James Houston

Feuer unter dem Eis / Das schwarze Gold der Arktis

W0178800

DER AUTOR Der kanadische Schriftsteller, Illustrator und Maler James Houston wurde 1921 in Toronto geboren. In zahlreichen Büchern für Kinder, Jugendliche und Erwachsene schildert er seit vielen Jahren das entbehrungsreiche Leben der nordamerikanischen Indianer und Inuit, das er als Regierungsbeamter in der östlichen Arktis von 1953 bis 1962 selbst kennenlernte. Seine Geschichten sind Geschichten über das Erwachsenwerden, Geschichten über die damit verbundenen inneren Konflikte und über den Kampf ums Überleben in einer menschenfeindlichen Natur.

James Houston

Feuer unter dem Eis
Das schwarze Gold der Arktis

Aus dem Amerikanischen
von Thomas Lindquist

Band 20649

Der Taschenbuchverlag
für Kinder und Jugendliche
von Bertelsmann

Von James Houston ist bei
C. Bertelsmann erschienen:

Wie eine Schneeflocke im Sturm

Bei OMNIBUS ist erschienen:

Elfenbeinjäger im ewigen Eis (20043)
Flussläufer (20004)

Umwelthinweis:
Dieses Buch wurde auf chlorfrei gebleichtem
Papier gedruckt.

Erstmals als OMNIBUS Taschenbuch November 1999
Gesetzt nach den Regeln der Rechtschreibreform
© 1990 der deutschsprachigen Ausgabe bei
C. Bertelsmann Jugendbuch Verlag, München
in der Verlagsgruppe Bertelsmann GmbH
Alle deutschsprachigen Rechte vorbehalten
© 1977/1982 der Originalausgaben James Houston
Die Originalausgaben erschienen unter den Titeln
»Frozen Fire. A Tale of Courage« und
»Black Diamonds« bei Atheneum, New York
Übersetzung: Thomas Lindquist
Umschlagbild: Peter Klaucke
Umschlagkonzeption: Klaus Renner
NB · Herstellung: Stefan Hansen
Satz: Uhl + Massopust, Aalen
Druck: Presse-Druck Augsburg
ISBN 3-570-20649-1
Printed in Germany

www.omnibus-verlag.de   10 9 8 7 6 5 4 3 2

Feuer unter dem Eis

Für alle Eskimostudenten
und ihre Freunde im Norden oder Süden.

ᔅᐅᒋ

ᐃᓄᐃᑦ ᐃᑦᓴᐅᓇ ᓇᑦᑐᐃᓇ
ᐸᑲᓇᓱᓯᓇᑐ ᐃᑦᐸ
ᓇᓱᑯ ᑲᔅᓇᓱ
ᔅᐅᒋ

Vor einigen Jahren wurde in der kanadischen Arktis ein Junge vermisst. Eine groß angelegte Suchaktion zu Wasser und zu Lande wurde gestartet.

Trotz schrecklichen Wetters und außerordentlicher Gefahren bewies der Junge während seines Kampfes um das nackte Leben bewunderungswürdigen Mut.

Auf den Ereignissen, die sich damals zugetragen haben, basiert dieses Buch.

James Houston
Frobisher Bay, Nordwestterritorium
Kanada, 1977

1

Matthew Morgan fröstelte, als er das Hotel in der Innenstadt Montreals verließ. Es war fünf Uhr früh, kalt und stockfinster wie mitten in der Nacht. Er half seinem Vater und dem Fahrer das Taxi zu beladen und krabbelte dann auf den Rücksitz. Zwischen Schlafsäcke eingezwängt, beobachtete er, wie hinter ihnen die Umrisse der Stadt grau wurden und dann verschwanden, während die eisige, gelbe Morgendämmerung sich über den Winterhimmel ausbreitete.

Als sie den Flughafen Dorval erreicht hatten, kroch Matthew mühsam heraus, packte mit seinem Vater den Gepäckwagen voll und schob ihn durch die Drehtür.

Drinnen quietschten ihre schweren, gefütterten Stiefel auf dem glatten Boden und in der Weite des fast leeren Gebäudes hallte das Geräusch wider.

Air India, Japan Airlines, Eastern Airlines, Air France, Alitalia, Aeroflot – alle Schalter waren zu dieser frühen Tageszeit unbesetzt.

Als sie um die Ecke bogen, sahen sie den Schalter der Nordair und davor eine Gruppe von Leuten, die sich, genauso wie er und sein Vater, mit ihren Polarausrüstungen abplagten. Sie waren alle so beschäftigt, dass sie kaum bemerkten, dass die Ostfenster wie Gold aufleuchteten, als die ersten Strahlen der frühen Morgensonne sie trafen.

»Achtung! Achtung! Nordair-Flug Nummer drei nach Baffin Island ist fertig zum Abflug! Nordair numéro trois est prêt maintenant. Montrez vos billets, s'il vous plaît!«

»Beeil dich!«, rief sein Vater ihm zu. »Wir sind spät dran!«

Matthew fröstelte innerlich vor Aufregung, wenn er daran dachte, dass sie zweitausend Meilen nach Norden in die kanadische Arktis fliegen würden. Er erinnerte sich wieder an ein Farbfoto, das er einmal gesehen hatte, auf dem ein Polarbär bei seiner Beute kauerte. In seiner Vorstellung sah er wieder das Furcht einflößende Bild des weißen Bären. Es war ein erschreckendes Traumbild, das Matthew seit dem Tage verfolgte, an dem sein Vater gesagt hatte, dass sie zusammen in die Arktis gehen würden.

Matthew fuhr zusammen, als er einen Ausruf seines Vaters hörte: »So viel kann es doch nicht sein!« Mr. Morgan strengte seine Augen an und konnte kaum glauben, dass die Waage ein so hohes Gewicht für ihr Gepäck anzeigte.

»Stell deine beiden Taschen vorsichtig drauf«, sagte sein Vater, »unser Übergewicht wird sonst noch ein Vermögen kosten.«

Matthew guckte auf die drei großen Aluminiumkisten und wartete, während der Angestellte, der mehr Französisch als Englisch sprach, die Frachtkosten berechnete. Da war der lederne Handkoffer seines Vaters, sein praller Seesack und der lange Metallkasten, der das Messgerät, Messpfähle und ihre Lieblingsangelruten enthielt.

»Fünfhundertundsiebzig Pfund«, sagte der Angestellte.

»Das macht … Augenblick mal …« Er tippte die Zahlen in die viereckige schwarze Rechenmaschine. »Achthundertund … einunddreißig Dollar … und fünfundsiebzig Cent.«

»Heiliges Kanonenrohr! Einen armen Geologen erwischt's immer.« Der Vater seufzte. Er zog seine Geldbörse und bezahlte mit Hundertdollarnoten, die er einzeln zwischen den Fingern rieb, um zu sehen, ob nicht zwei zusammenklebten. »Wir können froh sein, dass wir an einen Ort kommen, wo wir nicht viel Geld ausgeben können, weil ...«

»Ich weiß«, sagte Matthew. »Weil wir nicht viel Geld haben.«

»Du hast es erfasst!«, sagte sein Vater. »Du wirst schon sehen: Ein Hubschrauber frisst Geld wie ein Elefant Heu.«

Zusammen durchquerten sie die Absperrung und hasteten durch den endlos langen Flur, bis sie bei Ausgang sechzehn anlangten.

Draußen war die Luft scharf und kalt. Sie begannen die behelfsmäßige Treppe zu erklimmen, die durch die großen Frachttüren in das dämmrige Innere des blau-silbernen Nordair-Flugzeuges führte.

Vor ihnen war eine Krankenschwester einem Mann behilflich, der an Krücken ging.

»Ist das ein Eskimo?«, flüsterte Matthew und starrte auf den kleinen, tief gebräunten Mann mit den breiten Backenknochen.

»Es muss wohl einer sein«, antwortete der Vater. »Er fliegt mit uns ins Eskimoland.«

»Ich hab noch niemals einen Eskimo gesehen«, sagte Matthew.

Als er das Wort »Eskimo« hörte, blieb der kleine Mann stehen, wandte sich um, wobei er seinen Körper im Gleichgewicht hielt, und blickte die beiden Morgans an. Seine dunklen, schmalen Augen schienen Matthew auf jede Stärke und Schwäche zu prüfen, die in ihm verborgen lag.

Matthew war fast so groß wie sein Vater, hatte die gleichen wachsamen grauen Augen, doch das sandfarbene Haar seiner Mutter. Er war schlank, mit schmalen Hüften, doch seine Schultern verrieten, dass er Kraft besaß. Als sie noch in Arizona gelebt hatten, war er der schnellste Läufer seiner Schule gewesen.

Matthew bewegte sich unbeholfen und dieser Eindruck wurde noch dadurch verstärkt, dass seine Arme und Beine den Kleidern entwachsen waren. Er hatte gehofft, sein Vater werde ihm zwei neue Hemden und ein Paar längere Hosen kaufen, doch stattdessen hatte er zu Weihnachten ein Paar Kletterstiefel mit Stahlkappen und ein Buch bekommen: »Geologie für jedermann«.

Am ersten Februar hatte sein Vater ihm erzählt, dass sie zusammen in den Norden gehen würden. Das bedeutete, dass er in den nächsten zwei Wochen die Schule verlassen musste, aber er hatte sie schon früher so oft gewechselt, dass er nur wenige Freunde in seiner Klasse hatte, die ihn vermissen würden.

»An diesem Ort wird es besser sein«, sagte sein Vater. Aber das hatte er jedes Mal zu Matthew und seiner Mutter gesagt.

Der Eskimo, der vor Matthew ging, zuckte vor Schmerz zusammen, sagte »*Nelunuktovingalook*« und stieg weiter die Flugzeugtreppe hinauf.

Drei Viertel des Innenraums waren mit Frachtgut beladen, das mit kräftigen Seilen festgezurrt war. Für Passagiere stand nur ein Dutzend Sitze zur Verfügung. Da waren außer ihnen zwei Angehörige der Royal Canadian Mounted Police, der Eskimo und die Krankenschwester, zwei Männer von einer Wetterstation mit buschigen Bärten und dicken, grün gefütterten Parkas und ein magerer Mann mit stahlgefassten Brillengläsern, der eine lederne Aktentasche mit dem Aufdruck »Kanadische Regierung« trug.

Die vier Motoren des kräftigen walfischförmigen Flugzeuges erwachten zu dröhnendem Leben. Das Flugzeug donnerte die Startbahn hinunter, hob ab und stieg steil in den klaren, blauen Winterhimmel.

»Willkommen an Bord der Nordair«, sagte die Stimme

des Piloten aus der Kanzel. »Unsere Flugzeit nach Frobisher beträgt voraussichtlich vier Stunden. Die Temperatur hier oben ist vierzig Grad unter Null.«

Matthew sah seinen Vater an. Er wirkte gewaltig groß in seinem unförmigen, daunengefütterten Parka, die er wegen der Hitze im Flugzeug geöffnet hatte. Er schien mindestens zehn Zentimeter höher zu sitzen als jeder andere. Matthews Vater sah aus wie ein Rugbyspieler mit seiner mächtigen Stirn, grauen, tief liegenden Augen, seiner gebrochenen Nase und der immer gebräunten Haut, da er bei jedem Wetter in den Bergen nach Erz schürfte. Gewöhnlich war Mr. Morgan guter Laune, aber manchmal erschien er ruhelos wie ein bengalischer Tiger, der in seinem Käfig hin und her läuft. Seine Hände waren gewaltig groß und viereckig und sein Körper war hart wie Eisen, denn er hatte viele Meilen zurückgelegt, um nach den wertvollen Mineralien zu forschen, die er dennoch nie zu finden schien.

Matthew zog den Reißverschluss seines Parkas auf.

»Ja, Matt, nun sind wir wieder mal unterwegs und fliegen zusammen in ein neues Leben«, sagte sein Vater, kippte seinen Sitz nach hinten und starrte aus dem Fenster. Hinter ihnen verschwanden die bewohnten Gebiete und an ihre Stelle trat ein ausgedehnter Winterwald mit immergrünen Bäumen, verschneiten Hängen und den Windungen eines zugefrorenen Flusses, der sich daran entlangzog.

»Ich wünschte, Mama wäre hier und könnte das sehen.« Matthew seufzte. »Es würde ihr gefallen ...«

»Aber sie ist nicht hier und du und ich werden uns an den Gedanken gewöhnen müssen, dass sie nicht mehr mit uns kommen wird.« Matthews Vater drehte sein Gesicht weg und sah aus dem Fenster.

»Ich weiß«, sagte Matthew, »aber ich hab's mir eben gewünscht.«

»Wünschen ändert nichts.« Sein Vater holte tief Atem. »Von jetzt an sind wir in unserer Familie nur zu zweit und wir müssen das Beste daraus machen. Manchmal ist das nicht leicht, wie jetzt zum Beispiel.«

In der Kabine wurde es heiß und Matthew schlief ein. Gewöhnlich stand er um diese Zeit auf. Als er erwachte, sprach sein Vater mit einem der beiden Polizisten.

»In einer Stunde werden wir ankommen«, sagte der jüngere der beiden Polizisten, stand auf und setzte sich neben Matthew. »Sieh, da unten. Alle Bäume sind verschwunden.«

Tief unter ihnen konnte Matthew ein beinahe endloses Schneefeld sehen, das nur von zackigen Felsklippen unterbrochen wurde, die lange blaue Schatten warfen. Weiter draußen lag die Hudsonstraße, ein gigantisches Puzzle aus Treibeis. Zwischen den langsam treibenden Eisschollen schimmerte nachtschwarzes Meerwasser.

»Wir verlassen das Festland von Nordamerika«, sagte der Polizist. »Du kannst kaum erkennen, wo das Land in das zugefrorene Meer übergeht. Wir sind über der Ungavabucht. Jenseits dieser Meerenge liegt Baffin Island. Es ist die fünftgrößte Insel der Welt und ein Teil des arktischen Archipels. Ganz weit entfernt kannst du gerade jetzt seine weißen Berge aufragen sehen. Du gehörst zu den Glücklichen«, sagte er. »Nicht viele Jungen bekommen Gelegenheit, eine Insel zu sehen wie diese, außer sie sind Eskimos.« Er lachte.

»Ich bin in Moose Jaw in Saskatchewan geboren. Dort ist flaches Prärieland. Nun will ich mir die Ozeane und Berge ansehen, über die ich in der Schule gelesen habe.«

»Ziehen Sie Ihre Parkas über und schnallen Sie sich an«, sagte der Pilot durch das Bordmikrofon. »Wir befinden uns im Anflug auf Frobisher. Da unten sind zweiundvierzig Grad minus und ich bin gewarnt worden, dass auf der Landebahn sehr viel Eis ist.«

Als sie ihren Landeanflug in den langen Fjord begannen, sah Matthew, dass das Durcheinander zerbrochener Eisschollen in eine feste, schneebedeckte Eisfläche überging. Im Osten und Westen hoben sich vom Wind kahl gefegte Berge scharf vom Hintergrund ab.

»Das ist der Grinnelgletscher«, sagte Matthews Vater und deutete mit dem Finger hin. »Hier drin habe ich ein Gefühl«, sagte er und schlug sich an die Brust, »dass, wenn ich die alte Dame Fortuna jemals finden soll, sie sich genau dort unten versteckt. Ich glaube, ich kann das Kupfer beinahe riechen, Matt. Ich kann die hellen Adern im Eruptivgestein glitzern sehen. Von dort, irgendwo genau unter uns, kam im letzten Oktober ein Eskimo nach Frobisher mit ein paar Brocken von natürlichem, massivem Kupfer. Einer davon war so groß, dass der Mann ihn fast nicht auf seinen Schlitten rollen konnte. Und wir beide, mein Sohn, wir werden das gesamte Erzlager mit dem seltenen Metall finden. Wir werden reich sein, ich sage dir, reich.«

Er lachte vergnügt und schlug seine großen, rauen Hände zusammen. »Dann werden wir nicht mehr blass werden, wenn uns irgendein Angestellter einer Luftfahrtgesellschaft eine Rechnung über tausend Dollar für die Fracht überreicht.«

Matthew erinnerte sich daran, was seine Mutter zu ihm gesagt hatte. »Dein Vater glaubt sich immer nur einen einzigen Schritt von einem gewaltigen Erzlager entfernt, das in der Erde verborgen ist. Gewöhne dich daran. Er ist wie ein Fischer, der daran glaubt, dass ein großer Fisch direkt unter der Oberfläche nur auf seinen Haken wartet. Wer weiß, vielleicht findet er eines Tages wirklich das, wonach er sucht.«

Da war sie wieder, die Mutter, in seinen Gedanken war sie zurückgekehrt. Aber es hatte keinen Zweck. In diesem

Augenblick hatte er keine Mutter und keine Heimat, die er sein eigen nennen konnte. Er hatte nur seinen Vater und vor sich diesen neuen Ort, der halb im Schnee begraben lag.

Matthew schaute aus dem Fenster. Das Flugzeug kreiste. »Was ist das da unten?«, fragte er den Polizisten.

»Abgestürzte Flugzeuge... ein ganzer Friedhof voll. Viele, viele andere sind mit Schnee bedeckt. Sieht schrecklich aus, nicht wahr? Im Zweiten Weltkrieg wurde diese Landebahn ›Kristall II‹ genannt. Hier kamen bei schlechtem Wetter haufenweise Bomberpiloten herein, die auf der Nordroute von Europa kamen, fast ohne Treibstoff oder mit Motorschaden. Meistens hatten sie keine andere Wahl, die armen Teufel, und sie landeten, so gut sie konnten.«

Matthew hörte, wie das Motorengeräusch sich veränderte, und sah, wie die großen Flügelklappen ausgefahren wurden. Er packte die Armlehnen seines Sitzes und fühlte den Stoß, als das schwerfällige Flugzeug hart auf der Landebahn aufsetzte und über die vereiste Fläche raste.

Plötzlich und ohne Warnung begann das schwere Flugzeug zu schwanken und zur Seite zu schlittern; das Steuerruder legte sich schief. Matthew umklammerte mit den Händen die Armlehnen und hing mit seinem ganzen Gewicht im Sicherheitsgurt.

2

Das schwere Flugzeug zitterte. Dann richtete es sich mit einem durchdringenden Quietschen der Reifen auf.

»Puh!«, sagte der junge Polizist. »Das war knapp.«

»Tut mir Leid, Herrschaften«, sagte der Pilot. »Das ist der arktische Wind.«

Das Flugzeug beschrieb einen Kreis und rollte langsam auf das Kontrollgebäude des Flughafens zu.

Als Matthew mit seinem Vater und den anderen ausstieg, peitschte ein stechender Wind, der aus dem Norden heranheulte, ihnen die Gesichter. Beim Atmen schien er Matthews Nasenlöcher von innen zu zerbeißen und schnell zog er den Nylonwindschutz seiner Parkakapuze um seine Wangen. Als die Passagiere auf das Flughafengebäude zueilten, sah Matthew, wie wirbelnde Schneefahnen über die hart gewordenen Schneewehen entlang der Landebahn getrieben wurden. Sie stiegen wie goldener Rauch in die trübe Nachmittagssonne, die über der Bergkette im Westen hing.

Der Flughafen war klein und mit Menschen voll gestopft. Die meisten von ihnen waren Eskimos. Der Raum war mit blauem Rauch erfüllt und Matthew hörte Englisch, Französisch und Eskimo, alles sehr schnell gesprochen. Alle trugen ihre dicken Kleidungsstücke offen, denn die Luft war dampfend heiß. Berge von Gepäck und seltsamer Ausrüstung türmten sich überall auf. Ein Dutzend Leute hatte offenbar vor, den Rückflug nach Süden, nach Montreal, anzutreten, und andere waren einfach nur gekommen, um ihre Freunde zu verabschieden.

Matthew sah, wie das Gesicht seines Vaters aufleuchtete, als er den Hubschrauberpiloten begrüßte, den er beim Schürfen südlich der Ungavabai kennen gelernt hatte.

»Matt, das ist Charlie«, sagte sein Vater. »Er ist der wilde Australier, von dem ich dir erzählt habe. Früher flog er über das nördliche Territorium von Alice Springs nach Borroloola, wo die Wüstentemperaturen an einem hübschen warmen Winternachmittag auf siebzig Grad ansteigen. Frag mich nicht, wie es Charlie nach Alaska und in die kanadische Arktis verschlagen hat. Vielleicht kann er dir in diesem Frühjahr beibringen, wie man aus der Luft den Unterschied zwischen Hämatit, das ist Eisen, und gewöhnlichem frühkambrischem Granit herausfindet.«

»Dass ich nicht lache«, sagte Charlie und schüttelte kräftig Matthews Hand. »Alles, was ich übers Schürfen weiß, habe ich von deinem Vater gelernt. Ich dachte ›Pechblende‹ sei eine komische Art, einen Kricketball zu schlagen, bis dein alter Herr das klebrige, schwarze Zeug ausbuddelte und mir erzählte, wie viel eine Tonne davon wert ist.«

»Schon gut, inzwischen weißt du eine Menge«, sagte Matthews Vater. »Matt, du musst ihm mal zuschauen, wenn du Gelegenheit dazu hast. Er kann einen Hubschrauber in der Luft schweben und tanzen lassen wie einen großen Moskito. Ich sage dir, wenn wir zusammen arbeiten, können wir das Metall beinahe riechen, das sich im Felsen verbirgt.«

»Das ist wahr«, sagte Charlie. »Wir beide wären heute schon reich, wenn diese zweifelhafte Bergwerksgesellschaft sich unsere Schürfanteile nicht gegen alles Recht angeeignet hätte.«

»Wart's ab, Charlie. Dieses Mal wird es anders kommen. Alles wird vorher unterschrieben und von einem Dutzend scharfäugiger Rechtsanwälte für uns beglaubigt werden.«

»Ich werde erst daran glauben, wenn ich es sehe!« Charlie lachte. Er war klein, mit einem kräftigen Nacken und Schultern wie ein Gewichtheber. Er hatte feuerrotes Haar und ein sommersprossiges Gesicht. Die Mundwinkel zogen sich zu einem Lächeln nach oben, das ihn nie zu verlassen schien.

»Sie ist da drin, Matt. Matilda, meine ich!« Charlie deutete in das Innere des großen, dunklen Hangars. »Ich wage fast nicht sie im Winter herauszulassen. Sie hasst die Kälte. Sie lässt Matilda seufzen und schnaufen wie einen schwangeren Koalabären.«

»Wer ist Matilda?«, fragte Matthew. »Ihre Frau?«

»Um Himmels willen! Nein, mein neuer Hubschrauber. Ich nenne ihn ›Waltzing Matilda‹«, sagte Charlie. »Ein viersitziger Hubschrauber. Du wirst sie noch sehen. Matilda ist eine Schönheit. Sie ist phantastisch angestrichen, rot wie ein Feuerwehrauto, und hat die neuesten Instrumente. Sie machen sie geschickter als einen Falken. Sie nimmt mich nur mit, damit ich den Flug genießen kann.«

Matthew lachte. Er mochte alles an Charlie. Er war so, wie sein Vater gesagt hatte.

Matthew wandte den Kopf und bemerkte den Eskimo mit den Krücken. Die Krankenschwester an seiner Seite blickte durch die gefrorenen Scheiben des Flughafens, als warte sie auf jemanden. Sie fragte den jungen Polizisten etwas, nickte und ging weg, offensichtlich zu einem Telefon.

Eine kleine, untersetzte Eskimofrau war eingetroffen, um den Mann mit den Krücken abzuholen. Sie trug Stiefel aus Seehundfell und einen langen, segeltuchüberzogenen Parka, der mit Wolfspelz besetzt war. Sie schien seine Frau zu sein. Ein Baby auf ihrem Rücken blickte mit großen Augen in den überfüllten Raum. Neben der Frau stand ein kleines Mädchen, eine Miniaturausgabe der Mutter, und neben dem Mann stand ein Junge, ungefähr in Matthews Alter, den Matthew für den Sohn hielt. In dem großen Raum verteilt, saßen Eskimos in Gruppen zu dreien oder vieren, schwiegen und beobachteten aufmerksam, was um sie herum vorging. Matthew fragte sich, ob er sie je durchschauen würde. Der Mann mit den Krücken sprach mit seinem Sohn und deutete direkt auf Matthew. Er lächelte breit, zeigte seine kräftigen, unregelmäßigen Zähne und winkte Matthew.

Matthew zögerte und ging dann schüchtern auf sie zu.

»*Aiiya!* Dies ist mein Sohn Kayak«, sagte der Mann.

»Kayak bedeutet ›Kleines Boot‹. Mein Sohn spricht ein wenig Englisch. Lernt er in der Schule. Sprich zu ihm. *Ataii!*«

»Hallo«, sagte der Eskimojunge schüchtern. »Wie heißt du?«

»Matt-hew Mor-gan«, antwortete Matt und sprach seinen Namen sorgfältig aus.

Kayak fragte ihn: »Wo kommst du her?«

»Montreal. Aber dort bin ich nicht zu Hause.«

Blitzartig musste Matthew über sein Zuhause nachdenken. War es Arizona, Britisch-Kolumbien, Yukatan oder Nebraska? In all diesen Gegenden hatte er gelebt, doch keine von ihnen schien seine wirkliche Heimat zu sein.

»Wirst du in Frobisher wohnen?«, fragte Kayak.

»Ja. Ich hoffe, eine Zeit lang. Jedenfalls den Sommer über!«

»Oh«, sagte Kayak. »Du wirst hier zur Schule gehen?«

»Ich denke schon. Was für eine Art Schule ist hier?«

»Eine runde Schule«, sagte Kayak und beschrieb mit seinen Händen einen Kreis. »Sieht aus wie ein silberner Napfkuchen. Wenn du willst, zeige ich sie dir, wenn ich meinen Vater nach Hause gebracht habe. Die Krankenschwester … sie versucht einen Krankenwagen zu bekommen. Aber mein Vater sagt, dass er keinen Krankenwagen braucht. Er will, dass ich ihn auf unserem eigenen Motorschlitten nach Hause fahre. Willst du ihr das sagen, wenn wir weg sind? *Ophaneearkeet?*«

Matthew hatte keine Zeit mehr zu antworten. Kayaks Mutter lächelte ihn an, während die Eskimofamilie einer hinter dem anderen in die eisige Luft hinausging.

Durch das Fenster sah Matthew Kayak und seinen Vater auf die schwarzen Plastiksitze eines abgenützten gelben Motorschlittens steigen. Kayak warf den Motor an und sie fuhren schnell einen engen Schneepfad hinunter. Mutter und Tochter gingen hinterher. Sie winkten dem Vater fröhlich zu und er winkte mit seinen Krücken zurück. Es war eine wilde, befreite Bewegung und Matthew erkannte, wie überglücklich er sein musste, wieder daheim bei seiner Familie zu sein.

Als die Krankenschwester zurückkehrte, sagte Matthew zu ihr: »Der Sohn des Eskimomannes, den Sie mit dem Flugzeug hergebracht haben, hat mich gebeten, Ihnen zu sagen, dass er seinen Vater nach Hause bringen würde.«

»Oh!«, antwortete sie. »Danke, dass du's mir gesagt hast. Ich habe gerade im Krankenhaus angerufen. Der Mann hätte wirklich erst dort hingehen sollen.« Sie schien etwas verärgert. »Jetzt werde ich ihn in diesen kleinen Eskimohäusern nie wieder finden. Er spricht fast kein Englisch, weißt du, und ich kann die Eskimosprache nicht. Aber ich könnte dir erzählen, wie begierig er war, nach Hause zu kommen. Es spielte gar keine Rolle für ihn, wie behaglich und warm oder wie gut das Essen in den Krankenhäusern unten im Süden war. Eskimos denken nur daran, nach Hause zu kommen. Kannst du dir das vorstellen? Ich suche immer wieder nach Möglichkeiten, in den Süden zu fliegen, nach Florida oder auf die Westindischen Inseln, mit Sonnenschein und Palmen. Aber die Eskimos! Sie wollen nur zurück in diese gefrorene, windige Gegend. Ich werde sie nie verstehen.«

»Matt, komm jetzt«, rief sein Vater. »Wir haben den Lastwagen schon fast beladen.«

»Nimm die Schlafsäcke auf den Rücken«, sagte Charlie, »und lasst uns gehen. Matt, willst du dich zwischen mich und deinen Vater quetschen oder willst du draußen mitfahren?« – »Drinnen«, sagte Matthew. – »Kluges Kind!« Charlie lachte. »Es ist nicht weit, aber im Führerhaus meines

23

Kängurulasters ist es sogar ohne Heizung wärmer als draußen.«

Als sie an den kleinen, hell gestrichenen Häusern vorbeifuhren, halb begraben in den Schneebergen, die ein gewaltiger Schneepflug aufgeworfen hatte, deutete Charlie durch die gefrorene Windschutzscheibe.

»Das ist also Frobisher. Früher haben die Eskimos hier friedlich gelebt. Sie sagen, ein-, zwei-, dreitausend Jahre lang. Vor langer Zeit schon haben sie eine Lebensweise entwickelt, als Seehundjäger und Iglubauer in dieser vollständig erfrorenen Welt zu überleben.«

»Warum haben sie damit aufgehört?«, fragte Matthew.

»Weil plötzlich der Krieg kam und wir sie in eine völlig neue, lärmende, verrückte Welt gestürzt haben. Jetzt fragen wir uns, warum es ihnen solche Schwierigkeiten macht, sich an diese Welt zu gewöhnen. Als die Stadt Frobisher gebaut wurde, hörten viele Eskimos auf zu jagen und auf dem freien Land zu leben. Sie kamen und halfen uns den Krieg zu gewinnen, wie wir es von ihnen verlangten. Aber die Jobs, an die sie sich gewöhnt hatten, gibt es inzwischen nicht mehr. Es ist dieselbe Sache wie in Alaska, vielleicht noch schlimmer.« Er machte eine Pause.

»Wir sind diejenigen, die ihnen diese Schwierigkeiten eingebrockt haben. Niemand weiß, wie es enden wird. – Ein Eskimo mit dem Namen Simoonee hat mir vor zwei Jahren das Leben gerettet.«

»Wie war das?«, wollte Matthew wissen.

»Er wandte die altmodischen Methoden an, die er von seinem Vater und seinem Großvater gelernt hatte. Aber das ist eine andere Geschichte«, sagte Charlie. »Siehst du das da drüben? Dort leben die meisten Eskimos. Sie nennen den Ort *Ik-haloo-weet*. Das bedeutet ›Platz zum Fischen‹. Die Weißen hier nennen ihn Apex. Es ist ein Glück, dass die

Eskimos so starke, zähe Burschen sind. Sie waren vor uns hier und sie werden möglicherweise noch hier sein, nachdem wir längst verschwunden sind; es sei denn, wir legen bald ein paar törichte Angewohnheiten ab.«

Vor einem großen Gebäude hielten sie an. Es war von der Regierung gebaut worden, grau angestrichen wie ein Gefängnis und hatte keine Vorhänge hinter den dreifach verglasten Fenstern.

»Ich hab's fertig gekriegt, dass sie's euch leihweise überlassen«, sagte Charlie und kletterte aus dem Lastwagen. »Ich weiß nicht, wie es drinnen aussieht. In diesem Haus haben Anthropologen, Zoologen, Ornithologen, Klimatologen gewohnt und Gott allein weiß, wer sonst noch. Lasst uns reingehen.«

Sie mussten sich mit ihrem ganzen Gewicht gegen die Haustür werfen, um sie aufzukriegen.

»Die verdammten Angeln sind eingefroren«, sagte Charlie.

Es war ein schweres Stück Arbeit für Matthew, das Gepäck mit ins Haus zu tragen.

Als sie fertig waren, schmetterte Charlie die Wohnungstür ins Schloss und sagte: »Um Himmels willen! Seht euch Matty an, seine Nase ist ganz weiß. Er geht hin und her und lässt sein Gesicht erfrieren! Zieh deine Fausthandschuhe aus und halte deine warmen Hände an dein Riechorgan. Reib es nur nicht mit Schnee! Das ist ein Ammenmärchen und würde es nur schlimmer machen.«

Drinnen waren ein halbes Dutzend Armeebetten.

»Wirf deine Sachen auf eins davon«, sagte Charlie. Er öffnete die Küchenschränke und schaute hinein.

»Wir haben Glück. Die letzten Bewohner haben ein paar Beutel Tee zurückgelassen und Pulverkaffee ... und Trockenmilch ... und ... Schiffszwieback und Trockenfleisch.

Also wirst du nicht hungers sterben. Morgen werde ich dir ein paar frisch gefrorene arktische Rotforellen bringen«, sagte er und streckte seine Arme aus, um ihre Ausmaße zu zeigen. »Es ist eine Art Lachsforelle, die wir hier oben fangen. Der beste Fisch, den du in deinem ganzen Leben jemals gegessen hast.«

Matthew betrachtete ein paar Gefäße in einer Ecke des Küchenschrankes. Seine Nase und seine Wangen brannten wie Feuer, als der Frost langsam aus ihnen wich.

»Rühr diese Flaschen nicht an«, warnte Charlie. »Es ist Formaldehyd drin, um die Leber von Polarbären zu konservieren. Hast du gewusst, dass die Leber des Polarbären ungefähr das Einzige in der Arktis ist, das du nicht essen kannst? Sie ist so reich an Vitamin E, dass es dich umbringen würde. Das ist wahr. Sogar ein Schlittenhund würde daran sterben.«

»Gibt es viele Polarbären hier in der Gegend?«, fragte Matthew.

»Nicht gerade hier, weil sie den Krach der Motoren hassen. Aber unten an der Bucht gibt es eine ganze Menge. Wenn ich darüber hinwegfliege, sehe ich oft, wie sie auf dem Treibeis Jagd auf Seehunde machen.«

Matthew hatte zum zweiten Mal an diesem Tag die erschreckende Vision des großen weißen Bären.

»Dieses Haus ist genau das Richtige für uns«, sagte sein Vater. »Wenn du heute Abend wiederkommst, Charlie, hole ich meine Karten heraus. Dann können wir unseren Angriff auf die neueste und größte Kupfermine in Nordamerika planen!«

»Hört sich großartig an«, sagte Charlie. »Aber ruht euch erst mal aus, ihr zwei. Ich werde morgen kommen. Hier oben packen wir die Dinge nicht so hurtig an wie in Melbourne oder Toronto; erinnerst du dich?«

»Das ist richtig«, sagte Matthews Vater. »*Mañana*, wie die Mexikaner sagen, oder ›Morgen ist auch noch ein Tag‹, glaube ich. Aber vergiss nicht: Ich habe fast kein Geld mehr und eine sparsame Planung ist das Einzige, was mich bei der Bank retten kann. Ich habe nicht vergessen, was ein einziger Flugtag in deinem Wirbelvogel mich kosten kann.«

»Weil du gerade von Kosten sprichst«, sagte Charlie, »ich hätte beinahe das Wichtigste vergessen, verflixt noch mal.« Er rannte hinaus zu seinem Lastwagen und kehrte ebenso schnell wieder zurück.

»Hier sind sie«, sagte er und reichte Matthews Vater eine große Versandrolle. »Aus dem Etikett und der Versicherung schließe ich, dass es die neuen Luftbilder sind, die du bestellt hast. Sie sind furchtbar teuer, verglichen mit den alten Messtischblättern.«

»Sicherlich sind sie das«, sagte der Vater und schaute auf die Rechnung, »aber ich denke, sie werden ihr Geld wert sein.«

»Piep, piep«, machte Charlie, ließ die eingefrorenen Angeln wie kleine Schweinchen quieken und schlug die Tür hinter sich zu.

»Es ist kalt hier drin.« Matthews Vater schauerte zusammen. »Lass deine Parka an, bis ich den Ofen angezündet habe. Was möchtest du zum Abendessen? Hafergrütze oder ein paar hübsche harte Pilotenkekse in Tee getunkt?«

»Ich werde meine rösten«, sagte Matthew und zielbewusst machte er sich an die Arbeit, bis die Scheiben auf beiden Seiten schwarz waren.

»Ich möchte wissen, wie du diese Holzkohle ertragen kannst«, sagte sein Vater.

Matthew lachte. »Ich werde den Nachtisch zubereiten.« Er zog sein Messer aus der Scheide und schnitt eine Tafel Schokolade in zwei Hälften. Als sie mit dem Essen fertig waren, schlug Matthews Vater mit seiner schweren Hand auf den Tisch.

»Dies ist der richtige Platz, Matt. Hier oben kann ein Mann seine Seele noch sein eigen nennen.«

Er zog Stiefel, Hose und den Pullover aus. Das Feldbett ächzte, als er sich in seinen Schlafsack hineinwühlte.

»Nur wir beide, genug zu essen und ein guter, warmer Platz zum Schlafen. Was könnte ein Mann andres wollen … außer vielleicht fünf Millionen Pfund reinen, roten Kupfers zum gegenwärtigen Marktpreis! Dann würden wir vielleicht auf Jagd gehen, nach Diamanten in Südafrika oder nach Smaragden am Amazonas oder Rubinen in Sumatra.«

Er lachte und blickte Matt an.

»Dieser Ausflug wird aus dir einen wirklich tüchtigen Geologen machen. Vertiefe dich in das Buch, das ich dir gegeben habe. Bücher können dich fast alles lehren, bis auf das kribbelnde Gefühl der Spannung, Metall zu finden, das in der Erde verborgen ist.«

Matthew seufzte. »Wenn ich aufhören würde, zur Schule zu gehen, und dieses Buch läse … meinst du, ich könnte dann gleich mit dir hinausgehen und lernen, die Mineralien zu erkennen?«

»Nein«, sagte sein Vater. »Es ist notwendig für dich, zur Schule zu gehen, und es gibt eine Menge verschiedener Gründe dafür.«

»Ein anderer Ort, eine andere Schule.« Matthew seufzte und entspannte sich. Die wohlige Wärme des Schlafsacks hüllte ihn ein und er fiel in Schlaf.

Matthew erwachte in der Morgendämmerung und beobachtete den Atem seines Vaters, der wie Wasserdampf aufstieg.

Manchmal ist mein Vater hart und rau, dachte er. Ja, er

ist wirklich hart. Immer geht er irgendwohin in die Wildnis, wo das Leben schwer ist. Er liebt Orte mit eisigem Frost und glühend heißen Wüsten, wo es keine Bäume gibt oder üppigen Pflanzenwuchs, der die geologischen Formationen verdeckt. Wenn er häuslich wäre und gern gemächlich vor offenen Kaminen oder an Stränden unter Palmen säße, wäre er ein ganz anderer Mensch und könnte niemals diese Art von Leben führen. Ich bin froh, dass er mich mitgenommen hat, dachte er, sogar an diesen kalten Ort. Ich mag ihn geradeso, wie Mama ihn gemocht hat. Ich mag ihn, weil er so ist, wie er ist.

Sein Vater rollte sich herum und rief: »Es ist bitterkalt hier drin! Matt, wie würde es dir gefallen, ein bisschen zu üben, wie man diesen Propangasofen anzündet?«

»Ich könnte es später lernen«, antwortete Matthew.

»Komm, komm, fauler Knochen, ich werd's dir zeigen«, sagte sein Vater, »ich bin der Lehrer.«

Er hüpfte aus seinem Schlafsack und seine langen Wollunterhosen waren so strahlend weiß wie in einer Reklamesendung im Fernsehen.

Matthew krabbelte aus seinem Schlafsack, fuhr in die Stiefel und in seinen Parka und kauerte zähneklappernd neben seinem Vater.

»Zuerst zündest du das Streichholz an und hältst es dicht an den Brenner, dann drehst du am Regler … ganz langsam!«

Matthew sah eine blaue Flamme um den ringförmigen Brenner hochzüngeln.

»So«, sagte sein Vater. »Ich habe meinen Teil getan. Besorge du etwas Wasser für den Kaffee.«

»Der Wasserhahn funktioniert nicht«, sagte Matthew.

»Natürlich nicht … und es gibt auch kein Klo mit Wasserspülung hier. Alles heute Nacht eingefroren. Deshalb zahlen wir auch keine Miete für diese alte Bruchbude. Charlie sagt, dass das Eis draußen vor der Haustür hoch aufgeschichtet ist. Also wirst du hinausgehen und etwas holen. Viel Glück!«

»Warum nehmen wir keinen Schnee?«, fragte Matthew.

»Weil«, antwortete sein Vater, »trockener Schnee dir in einem Topf anbrennt, wenn du nicht aufpasst. Und sogar wenn du es schaffen solltest, ihn nicht anbrennen zu lassen, musst du drei- oder viermal Schnee nachfüllen, um einen einzigen Topf mit Wasser zu bekommen. Eis ergibt fast die gleiche Menge an Wasser, wenn es schmilzt. Ende der Unterrichtsstunde, die praktische Ausführung beginnt. Geh und hole etwas Eis, aber schnell!«

Matthew kämpfte mit der Haustür, bis sie sich mit einem plötzlichen Ruck öffnete, und kletterte über eine fünf Fuß hohe Schneewehe, die so hart wie Beton war. Er sah die Eisblöcke, auf einer hölzernen Unterlage aufgeschichtet, und in einem von ihnen stand aufrecht wie ein Dolch ein dünner, stählerner Eispickel. Ungeschickt schaufelte er Eis in einen großen Aluminiumkessel. Matthew spürte, wie die beißende Kälte durch Parka und Unterzeug nach ihm griff.

Er sprang über die Schneewehe zurück, schlug die Haustür ins Schloss, rannte durch das Haus, ließ den Kessel auf den Herd plumpsen und hüpfte in seinen Schlafsack zurück.

»Das war das letzte Mal, dass ich ohne Hosen nach draußen gegangen bin«, jammerte er.

»Jetzt weißt du, dass du nicht in Arizona bist!« Sein Vater lachte, während er Hafergrütze in den Topf schüttete.

»Puh«, sagte Mr. Morgan, als Matthew mit dem Zwiebackrösten begann. »Dieser Brandgeruch erinnert mich an deine Mutter. Immer verbrannte sie den Toast. Erinnerst du dich?«

Matthew antwortete nicht.

»Das kann nicht die Schule sein«, sagte Matthew. »Das Gebäude sieht eher aus wie ein rundes, silbernes Raumschiff mit roten Markierungen.«

»Charlie hat mir versichert, dass es die Schule ist, auch wenn sie keine Fenster hat. Komm. Lass uns hineingehen«, sagte Matthews Vater.

Im Büro schüttelte sein Vater die Hand des Direktors und sagte: »Was muss man hier tun, um seinen dreizehnjährigen Sohn mitten im Schuljahr anzumelden?«

»Nur den Jungen abliefern«, sagte der Direktor mit einem Lächeln. »Wir sind daran gewöhnt, dass Familien kommen und gehen. Dein Name ist ...?«

»Matthew Morgan. In Arizona war ich in der achten Klasse.«

»Gut«, sagte der Direktor. Er hatte einen buschigen Bart und trug einen dicken Rollkragenpullover. »Du kannst es hier in derselben Klasse versuchen und sehen, wie es geht! Ich weiß, dass dort noch ein Tisch frei ist.«

»Danke«, sagte Mr. Morgan. »Dann will ich Matt gleich hier bei Ihnen lassen. Ich habe einiges zu erledigen. Matt, ich denke, du weißt den Rückweg ... nach Hause, ich meine ... zum großen grauen Haus.«

»Ja«, sagte Matthew und sein Vater verschwand.

Der Direktor stellte Matthew seiner neuen Lehrerin vor. Das Klassenzimmer sah nicht viel anders aus als jene, die er bisher kennen gelernt hatte, außer dass das Licht von Neonröhren an der Decke kam. Er zählte siebenundzwanzig andere Schüler; achtzehn davon, so nahm er an, waren Eskimos, die anderen meist Kanadier aus dem Süden.

»Dies ist Matthew Morgan«, sagte die Lehrerin und begrüßte ihn. »Er kommt aus Arizona ...«

»Und Britisch-Kolumbien«, sagte Matthew stolz, »und davor Mexiko.«

»Ich komme auch aus Britisch-Kolumbien«, sagte ein langes, dünnes Mädchen. »Vancouver. Woher kommst du?« »Aus der Gegend des Kootanayflusses«, antwortete Matthew.

»Ich wette, dein Vater ist Bergarbeiter«, sagte das Mädchen.

»Geologe«, sagte Matthew, »und manchmal unterrichtet er Geologie, wenn er nicht gerade schürft.«

»Wer weiß, was ein Geologe tut?«, fragte die Lehrerin.

»Er erforscht Menschen«, riet ein Eskimojunge.

»Nein«, sagte die Lehrerin, »er untersucht Gesteine. Matthews Vater untersucht Mineralien und Gesteinsformationen. Anthropologen und Soziologen erforschen Menschen.«

»Hallo.« Matthew hörte neben sich eine flüsternde Stimme, und als er sich halb umdrehte, erkannte er Kayak, den Eskimojungen vom Flugplatz, dessen Vater an Krücken gegangen war. »Erinnerst du dich an mich? Ich bin Kayak.«

»Sicher erinnere ich mich an dich. War das dein Motorschlitten?«

»Nein«, sagte Kayak und sah enttäuscht aus. »Er gehört meinem Vater. Aber vielleicht bekomme ich nächstes Jahr einen. Treffen wir uns nach der Schule?«

Die Klasse hatte gerade Geografie. Im Laufe der Schulstunde bemerkte Matthew jedoch, dass Kayak sich mit etwas ganz anderem beschäftigte.

»Was machst du da?«, flüsterte Matthew, als er sah, dass Kayak sich über seinen Tisch beugte und seine Hand verstohlene kurze Bewegungen machte.

»Oh, dies hier«, sagte er und blickte auf, um sich zu vergewissern, dass die Lehrerin nicht herguckte, »es wird ein *nanungwak*, ein kleines Bild von einem Polarbären.«

Er hielt es hoch, sodass nur Matthew es sehen konnte.

»Ich schnitze es aus einem Bärenzahn. Wenn es fertig ist, hänge ich es mir um den Hals. Es wird mir viel Glück bringen.«

»Die Lehrerin kommt«, flüsterte Matthew.

»Das ist kein Glück«, sagte Kayak und ließ die kurze Feile, die Stahlwolle und den halb fertig geschnitzten Bärenzahn in seiner Hemdentasche verschwinden.

»Wie heißt die Hauptstadt von Afghanistan?«, fragte die Lehrerin und zeigte mit dem Finger direkt auf Kayak.

»*Kowyeemungilunga*. Ich weiß es nicht«, sagte Kayak.

»Natürlich! Würdest du mehr lernen und weniger schnitzen, wüsstest du es. Womit, glaubst du, willst du dir deinen Lebensunterhalt verdienen?«

»Mit Jagen und Schnitzen«, antwortete Kayak. »Auf diese Art verdient mein Vater seinen Lebensunterhalt. Und er kann noch nicht einmal ›Aff-gunnes-tan‹ sagen.«

Die Lehrerin schüttelte den Kopf. Sie ging zu ihrem Pult zurück.

»Matthew, welche seltenen Minerale findet man in Afghanistan?«

»Lapislazuli«, sagte Matthew. »Er ist taubenblau gefärbt. Es ist ein Halbedelstein.«

»Hört euch das an.« Die Lehrerin lachte und deutete auf Kayak. »Matthew kennt Afghanistan und weiß alles über die Mineralien dort. Eines Tages wird er Geologe sein, genau wie sein Vater.«

»Das ist gut«, sagte Kayak. »Er geht nach Aff-gunnes-tan und jagt blaue Edelsteine und ich bleibe hier, jage Karibus und schnitze, genau wie mein Vater. Auf diese Weise haben wir beide Arbeit.«

Um vier Uhr, als die Schule aus war, war es bereits dunkel und Kayak und Matthew gingen zu dem großen grauen Haus. Kayak trug nur ein Schneehemd, dünne Jeans und

eine vielfarbene, wollene Mütze. Er bewegte sich leicht-
füßig durch die verschneite Straße. Die Hände hatte er tief
in den Hosentaschen vergraben und er schien sich um die
Kälte gar nicht zu kümmern.

»Was ist da drüben los?«, fragte Matthew und deutete auf
eine Bergkette jenseits der zugefrorenen Bucht.

»Nichts«, sagte Kayak. »Überhaupt nichts, nur ein paar
Wölfe und Füchse. Oh, vielleicht meinst du Kingmerok. Es
liegt ungefähr einhundertundfünfzig Meilen südlich in dieser Richtung. Ich habe eine sehr nette Tante und einen Onkel, die leben dort. Und das Mädchen, das ich heiraten
werde. Sie wohnt auch da drüben. Ich habe sie einmal gesehen, als ich noch klein war.«

»Um Gottes willen, wir sind doch noch viel zu jung, um
ans Heiraten zu denken!«, rief Matthew.

»Nun ja, sie wurde von ihrem und meinem Vater für
mich bestimmt, als sie noch ein Baby in der Kapuze ihrer
Mutter war.«

»Und du hast sie nur einmal gesehen?«

»Ja, einmal«, sagte Kayak. »Sie ist schüchtern, so wie
Mädchen sein müssen, und sie lächelt sehr hübsch. Sie wird
eine wirklich gute Näherin werden. Ihre Mutter bringt's ihr
bei.«

»Eine Frau!«, sagte Matthew. »Ich habe niemals auch nur
im Traum an eine Frau gedacht.«

»Ich kenne ein paar Mädchen hier in der Gegend, die eine
hübsche Frau für dich abgeben würden«, sagte Kayak, »falls
du noch nicht versprochen bist.«

An der Tür sagte Kayak zu Matthew: »Jetzt gehe ich.« Er
wandte sich um und rannte die verschneite Straße hinunter.

Drinnen saß Charlie auf Matthews Bett und sein Vater
hatte Landkarten ausgebreitet, die den halben Fußboden bedeckten.

»Sieh dir das an«, rief Matthews Vater ihm zu. »Dies ist nur einer der Brocken des Schwermetalls, das der Eskimo gefunden und im letzten Herbst nach Frobisher gebracht hat, bevor der Schnee alles zudeckte. Sieh es dir genau an, mein Sohn.« Mit einem Messer zog Matthews Vater einen glänzenden Kratzer über die Oberfläche.

»Siebenundneunzig Prozent reines Kupfer. Stell dir bloß vor, wenn es uns gelingt, den Rest der Lagerstätte zu finden! Wir werden dich und deine Eskimofreunde anheuern, uns dabei zu helfen, unser Gebiet abzustecken.«

Mit ruhiger Stimme fragte dann sein Vater: »Wie ging's heute in der Schule?«

»Oh, wie anderswo auch«, antwortete Matthew.

»Prima«, sagte Ross Morgan, doch er dachte an ein Kupferlager und nicht an Schulen.

»Also, Charlie, du stimmst mir zu, dass wir dieses Gebiet überfliegen?« Er deutete auf die Karte.

»Ja! Es kommt mir viel versprechend vor«, sagte Charlie. »Der Wind und die Sonne haben den größten Teil des Schnees am Südhang des Berges entfernt. Wir könnten dort einiges zu sehen bekommen.«

Mr. Morgan nahm einen roten Wachsstift und markierte ein Quadrat auf der Landkarte zu seinen Füßen.

»Wie bald können wir starten?«, fragte er und Matthew spürte die vertraute Unruhe in seiner Stimme.

»Ich brauche einige Maschinenteile, die morgen eingeflogen werden, und wenn ich Glück habe, kann ich sie am nächsten Tag einbauen. Dann könnten wir aufbrechen, aber die Wetterstation sagt, dass ein großes Sturmtief sich über das Grönlandeis bewegt und nach Westen zieht. Das könnte uns aufhalten.«

»Gut, du baust die Teile ein und hältst den Hubschrauber bereit. Oftmals ziehen Stürme hinaus aufs Meer.«

»Das ist manchmal der Fall«, sagte Charlie. »Ich mache Matilda startklar und danach brauchen wir bloß noch zu warten, was geschieht. Sag, Matthew, wie ist das Gefühl, wieder in der Schule zu sein?«, fragte Charlie. »Hast du ein paar nette Mädchen in deiner Klasse?«

»Ja, einige«, sagte Matthew, »und ich habe einen Freund gefunden. Er heißt Kayak. Erinnerst du dich an ihn? Sein Vater ist der Mann auf Krücken vom Flughafen.«

»Natürlich«, antwortete Charlie. »Ich kenne den Jungen. Ich mag ihn und seine ganze Familie. Es sind gute Leute.«

»Kayak hat mir erzählt, dass sein Vater sich das Bein auf der Jagd gebrochen hat. Er fuhr mit seinem Motorschlitten durch unwegsames Eis und klemmte sich das Bein zwischen einem Eishügel und dem Schlitten ein. Kayaks Vater sagt, Maschinen seien zum Jagen nicht so gut geeignet. Er würde lieber das Hundegespann nehmen, wenn er nicht jeden Tag auf Jagd nach Nahrung gehen müsste.«

»Sein gutes Recht«, sagte Mr. Morgan. »Die Zeiten ändern sich überall. Ich freue mich, dass du Freunde gefunden hast, Matt. Charlie und ich werden für einen Tag oder länger wegfliegen, aber du wirst es hier aushalten können, nicht wahr? Du weißt, wie du Wasser bekommst und den Ofen anstecken musst. Ich werde ein paar Konserven für dich kaufen. Es wird dir doch nichts ausmachen, allein zu sein, oder?«

»Nein«, sagte Matthew. »Ich werde zurechtkommen.«

Am nächsten Tag aß Matthew sein Mittagessen in der Schule zusammen mit den anderen Schülern.

»War's auf der Schule in *Ari-zoona* eigentlich anders?«, fragte Kayak.

»Oh, gar nicht so sehr, außer dass es dort heiß ist und nicht bitterkalt. Gerade jetzt müssten die Kakteen blühen, das ist die schönste Zeit im Jahr.«

Als die letzte Stunde an diesem Tag zu Ende war, sammelte Matthew seine Bücher zusammen, fuhr in seine schweren Stiefel und zog den Parka an. Draußen wurde es dunkel.

»Willst du mit zu mir nach Hause kommen?«, fragte Kayak. »Ich werde dir was Hübsches zeigen, das mein Vater gemacht hat.«

»Sehr gern«, sagte Matthew. »Wo wohnst du?«

»Oben in der Eskimostadt. Die *kalunas* nennen sie Apex. Wir werden per Anhalter hinfahren.«

»*Kalunas?*«, sagte Matthew.

»*Ayii, kalunas.* So nennen wir Eskimos die Weißen. Es bedeutet, dass ihr buschige Augenbrauen habt, denn das war es, was meinem Volk, den *Inuit*, am meisten an den weißen Walfängern auffiel, die zuerst herkamen. Sie hatten lange, haarige Augenbrauen. Meine Großmutter hat mir erzählt, dass diese Walfänger tolle Tänzer waren und dass sie an Bord ihrer Schiffe Feste veranstalteten und Geschenke verteilten und Schifferklavier spielten, die ganze Nacht.«

Der erste Wagen, der an diesem Nachmittag an ihnen vorüberfuhr, war ein Schneepflug. Der Eskimofahrer winkte Kayak zu.

»Das ist der Mann meiner Schwester. Er stammt aus Pangnirtung. Er arbeitet für die Regierung. Verdient einen Haufen Geld.«

Matthew streckte seinen Daumen aus, als das nächste Auto vorbeifuhr.

»Oh, nicht bei denen«, sagte Kayak. »Die sind von der Polizei. Sie mögen es nicht, wenn Jungen per Anhalter fahren.«

Zwei Motorschlitten kamen in schneller Fahrt die Straße herauf. Kayak sprang auf die Straße und tanzte vor ihnen herum. Sie hielten an.

»Meine Vettern«, schrie er Matthew zu. »Steig bei Namoni ein. Ich werde mit Ashoona fahren. Ich wette um fünfundzwanzig Cents, dass wir euch bis zum Haus schlagen. Auf, wir machen ein Wettrennen!«

3

Namoni lächelte Matthew zu und deutete auf den schwarzen Plastiksitz hinter sich. Matthew sprang auf und die beiden Schlitten rasten mit halsbrecherischer Geschwindigkeit die drei Meilen lange Straße hinunter, kurvten durch die kleine Siedlung und kamen vor Kayaks Haus rutschend zum Stehen.

Namoni und Matthew siegten mit einer halben Sekunde Vorsprung. »Ich schulde dir fünfundzwanzig Cents«, sagte Kayak. »Mein Vetter sagt, dass seine Zündkerzen schmutzig geworden sind. *Nakoamiasit!*«, rief er beiden Fahrern zu. »Das bedeutet ›Vielen Dank‹ in der Eskimosprache. Wenn du vorhast hier zu wohnen, musst du *Inuktitut* lernen.«

»Ich werd's versuchen«, sagte Matthew.

»Wir sprechen ›Matthew‹ nicht so hart aus wie die Weißen. Wir sagen Mattoosie, dann klingt es wie Gesang. Wir lassen deinen Namen so weich klingen wie die Federn des Schneefinken.«

Das Haus von Kayaks Familie war winzig wie ein Schuhkarton aus Sperrholz und in hart gewordenen Schneewehen halb begraben. Es war zinnoberrot und lindgrün gestrichen. Der zerbeulte gelbe Motorschlitten stand davor. Schwaches Licht fiel durch ein zugefrorenes Fenster.

»Was ist das da oben auf dem Dach?«, fragte Matthew.

»Oh, das sind Robben«, erklärte Kayak. »Mein Vater hat sie draußen auf dem Eis erlegt. Mein Vater ist ein berühmter Schütze«, sagte er und tat so, als richte er ein Gewehr auf das Eis im Meer.

»Er bringt es mir bei. Wir gehen an jedem Wochenende raus und in den Schulferien jeden Tag. Und das da sind die hinteren Hälften der beiden Karibus, die wir geschossen haben. Wir bewahren das Fleisch auf dem Dach auf, damit mein Hund es nicht auffrisst. Es ist ein großer Husky und er ist verrückt nach Fleisch!«

Gebückt schritten sie durch einen niedrigen Eingang, der aus harten Schneeblöcken gebaut war, und betraten einen dunklen Vorraum, in dem es nach ranzigem Seehundstran roch. Kayak stieß die Tür auf und trat ein. Matthew folgte ihm.

Nur eine Petroleumlampe, die in der Mitte des Fußbodens aufgestellt war, erleuchtete den Raum. Es gab keine Stühle, nur einen niedrigen, selbst gemachten Tisch, über den Teller und halb geleerte Konservenbüchsen verstreut waren. Die Betten waren mit Haufen von Wolldecken, Kleidungsstücken und Karibufellen bedeckt. Es war sehr heiß im Inneren des Hauses.

Kayak nahm eine dickwandige chinesische Kanne und füllte sie mit einer schwarzen Flüssigkeit aus dem Kessel auf einem winzigen Ofen.

»Willst du eine Tasse Tee? Setz dich da drüben hin«, sagte er und schob ein schlafendes Kind auf die Seite.

»Lass nur«, sagte Matthew. »Ich stehe ganz gern.«

Er blinzelte, um die Augen an die Dunkelheit und an die einzige Lichtquelle zu gewöhnen. Er sah eine Frau, die ihn anschaute. Es war die Frau, die er auf dem Flughafen gesehen hatte. Sie saß auf dem Boden und nähte.

»Das ist meine *anana*, meine Mutter. Ihr Name ist Elisabee. Du weißt, sie heißt wie Ihre Majestät, die Königin Elisabee von England. Von ihr hat sie ihren englischen Namen.«

»Hallo«, sagte Matthew. »Ich freue mich Sie zu sehen.«

»*Kenokiak? Shogishapik?*«

»Meine Mama spricht nicht ein Wort Englisch«, sagte Kayak. »Sie fragt mich, wer du bist.« Er antwortete seiner Mutter. »*Iluajuk.* Ich habe ihr bloß gesagt, dass du mein Freund bist. So etwas Ähnliches wie ein Verwandter.«

Kayaks Mutter lächelte voller Wärme und zeigte alle ihre viereckigen, weißen Zähne. Sie wies auf einen Pappkarton.

»Sie bietet dir einen schönen Schiffszwieback an. Wäre nicht nett, Essen abzulehnen, wenn du zum ersten Mal in einem Haus bist.«

Von einem anderen Bett hörten sie ein Brummen; Kayaks Vater setzte sich auf und streckte sein Bein steif vor sich aus.

»Ich muss meinem Vater nach draußen helfen. Er will Wasser lassen.«

Nachdem sie zurückgekehrt waren, half Kayak seinem Vater zurück aufs Bett.

»Er sagt, dass wir einen großen Sturm kriegen werden.«

Matthew hörte eine Art Stöhnen und sah einen kleinen Mann auf einem Bett liegen. Auf seiner Brust lag eine Ziehharmonika.

»Das ist mein Onkel Parr«, sagte Kayak. »Manchmal fühlt er sich nicht wohl.«

In der dunkelsten Ecke des Zimmers wurde ein Streichholz angezündet und Matthew erblickte eine alte, grauhaarige Frau, die sich vorbeugte und irgendeine Lampe ansteckte. Es war eine steinerne Lampe von einer Art, die ihm völlig neu war. Sie war zwei Fuß lang und hatte eine ovale Form. In einer Vertiefung schimmerte eine Flüssigkeit.

Sorgfältig richtete sie den Docht mit dem Stiel eines Teelöffels auf.

»Da drüben ist meine Oma. *Annanachiak.* Sie zündet ihre Tranlampe an, damit du Vaters Schnitzereien sehen kannst.«

Kayaks Vater, Toogak, griff zu Boden und zog ein Tuch beiseite. Auf dem Fußboden sah Matthew einen Bären, so lang wie sein Unterarm. Im flackernden Licht schien er sich zu bewegen, als sei er ein lebendiges Wesen. Sein Kopf war nach vorn geworfen und seine Beine waren in einer vorwärts drängenden Bewegung ausgestreckt.

»Oh«, sagte Matthew, denn er hatte noch niemals etwas Ähnliches gesehen.

»Mein Vater hat ihn aus einem Stück von einem alten Walfischknochen gemacht, den er unten am Strand gefunden hat.«

Kayaks Vater sprach ihn in der Eskimosprache an.

»Er sagt, vielleicht hat dein Urgroßvater den Wal vor langer Zeit getötet. Jetzt, sagt er, verwendet er den Knochen, damit er ihm Glück bringt. Schau dir die Zähne des Bären an, sie sind aus Elfenbein gemacht. Fass sie nicht an, sie sind scharf.«

Die alte Frau sagte mit hoher, zittriger Stimme etwas zu Kayak.

»Meine Oma sagt, ich soll dir erzählen, dass sie fast ihr ganzes Leben in *Akeeaktolaolavik* zugebracht hat. Im Winter in einem Iglu, im Sommer in einem Zelt aus Seehundsfell. Sie ist nur hergekommen, sagt sie, weil mein Großvater alt und krank wurde. Ohne das Licht ihrer Lampe kann sie nachts nicht schlafen. Sie fürchtet sich vor der Dunkelheit. Sie sagt, dass eine Menge seltsamer Dinge, Gespenster und Geister, in der Finsternis herumwandern. Glaubst du das?«

»Nein«, sagte Matthew. »Aber erzähl ihr nicht, dass ich das gesagt habe.« – »Du musst keine Angst haben, dass ich's erzähle. Du kannst sagen, was du willst. Ich bin der Einzige in diesem Haus, der Englisch spricht, außer meiner Schwester Pia, und die ist nicht da.«

Die alte Großmutter sprach mit sanfter Stimme zu Kayak. Er hörte ihr aufmerksam zu.

»Sie möchte, dass ich dir erzähle, dass sie dich für einen jungen, weißen Polarbären gehalten hat, als sie dich zuerst sah. Sie sagt, es wär kein Traum gewesen, aber jetzt kommst du ihr ganz normal vor, wie alle anderen Weißen auch, nur dass du ein hübscheres Lächeln hast.«

»Wo ist dein Großvater?«, fragte Matthew und spähte in die dunklen Ecken des Raumes.

»Er liegt da hinten, auf dem Friedhof hinter diesem Haus. Er hat mir eine Menge Sachen erzählt, bevor sie ihn dahin gebracht und die Steine auf seinem Grab aufgetürmt haben.«

Plötzlich flog die Tür auf und ein Mann kam herein, der in der Eskimosprache lärmte, sang und geräuschvoll den Schnee von seinen Stiefeln trampelte.

Kayaks Mutter erhob sich schnell vom Boden, eilte zum Bett und setzte sich neben ihren Mann. Der Fremde streckte fordernd seine Hand gegen Kayaks Vater aus.

»Das ist ein anderer Onkel von mir«, sagte Kayak. »Er ist wieder betrunken. Und er will, dass mein Vater ihm Geld gibt, um mehr *imialook* zu kaufen; Whisky nennt ihr das.«

Kayaks Vater sagte etwas und der Onkel stieß die Lampe um. Bevor die Flammen den Raum in Brand setzen konnten, trat Kayak sie mit den Füßen aus. Die alte Großmutter deutete mit dem Finger auf den Mann und schrie etwas. Kayaks Onkel hielt inne und schwankte hin und her. Grunzend steckte er sich eine Zigarette an, drehte sich um und stakste aus der Tür.

Kayak schüttelte den Kopf.

»Ich weiß nicht, warum er so ist. Als ich klein war, draußen im Lager, war er der beste Jäger und der beste Hundegespannführer im ganzen Land. Jetzt lebt er hier. Er tut gar nichts. Er hat keine Hunde und kein Gewehr. Tagsüber ist er traurig und abends ist er betrunken. Sagt, er will zurückgehen aufs Land und ins Lager, aber er findet niemanden, der mit ihm gehen will. Er sagt, die Weißen mögen ihn nicht, niemand mag ihn. Das sagt er. Ich weiß nicht, was aus meinem Onkel werden soll.«

Matthew trank seinen Tee aus, aß seinen Zwieback und sagte: »Ich gehe jetzt besser nach Hause, sonst wird mein Vater sich fragen, ob mir wohl etwas zugestoßen ist.«

»Sicher«, sagte Kayak Er hob einen zerbeulten Wecker auf und sah nach, wie spät es war.

»Es ist leicht, jemanden zu finden, der einen mitnimmt. Viele Eskimos müssen heute Abend ins Krankenhaus zur Röntgenuntersuchung. Meine Großmutter soll auch hin, aber sie wird nicht gehen. Sie sagt, Gott und die kleinen Geister wissen schon den Tag, an dem ihre Seele ihren Körper verlassen wird. Es ist gar nicht nötig, dass irgendein junger Mann oder eine Frau im weißen Mantel mit einem Zauberkasten ihren Körper von innen anguckt, nur um ihr das zu sagen.«

»Alles in Ordnung jetzt«, sagte er, nachdem er einen schnellen Blick aus der Tür geworfen hatte. »Mein Onkel ist weggegangen.«

Matthew war gerade eine Minute draußen, als ein Motorschlitten an ihm vorübersauste, am Straßenrand wendete und zurückkam, um ihn mitzunehmen.

Es war ein Eskimo, der ihn auf schnellstem Weg über die weiß verschneite Straße brachte, die sich zum Haus der Regierung schlängelte.

»Danke fürs Mitnehmen. *Nak-o-mik*«, rief er und benutzte sein erstes Eskimowort, das »Danke« bedeutete.

Der Eskimo winkte ihm zu und Matthew rannte in das Innere ihres großen grauen Hauses.

»Ich war bei Kayak zu Hause«, sagte er zu seinem Vater.

Mr. Morgan sah nicht von seinen Karten auf, doch er murmelte eine Begrüßung. Er hatte seinen Winkelmesser in der Hand und errechnete Entfernungen. In der Ecke neben der Tür sah Matthew den fertig gepackten Segeltuch-Rucksack seines Vaters, den Sack mit den Messstäben, seinen Eispickel und den Felshammer mit der stählernen Spitze.

»Hast du darauf geachtet, ob die Sterne zu sehen sind?«, fragte er seinen Sohn.

»Ja, ein paar«, antwortete Matthew. »Aber es ist dunstig und sie sind schwer auszumachen. Der Wind ist jetzt stärker.«

Sein Vater ging nach draußen und suchte den Himmel ab. »Gar nicht so schlecht. Im Westen stehen noch einige Sterne und der Wind sollte sich bis morgen gelegt haben.«

»Kayaks Vater sagt, dass wir einen Sturm kriegen werden.«

»Na, wennschon, Eskimos können sich irren wie jeder andere auch. Charlie arbeitet am Hubschrauber. Er wird am Morgen flugbereit sein. Sobald es hell wird, brechen wir auf. Hör zu, Matt, ich möchte dir etwas Wichtiges sagen, bevor ich gehe. Ich habe es weder Charlie noch irgendeinem anderen gesagt. Ich glaube nicht, dass dieses Stück natürlichen Kupfers wirklich aus der Nähe des Ortes stammt, wo der Eskimo es gefunden hat.«

»Wie willst du das wissen?«, fragte Matthew.

»Nun«, sagte sein Vater, »wer Geologe sein will, muss auch ein wenig Detektiv sein. Zuerst schau dir mal dieses Stück Kupfer an. Sag mir, was du siehst.«

44

»Also: Es ist so schwer, dass ich es kaum heben kann«, sagte Matthew, »und du hast mit einem Beil draufgeschlagen und es zerschrammt.«

»Falsch. Diese tiefen Kerben hat kein Mensch gemacht«, sagte sein Vater.

»Wer dann?«, fragte Matthew.

»Ich glaube, die Natur hat diese tiefen Einschnitte gemacht, vor tausenden von Jahren. Wirf mal einen Blick auf diese großen Luftbilder von der anderen Seite der Frobisher Bay. Sie wurden im August aufgenommen, als so gut wie kein Schnee die Erde bedeckte.«

Matthew nickte.

»Weiter: Was fällt dir Eigenartiges an diesen farbigen Luftbildern auf?«, fragte ihn sein Vater.

»Ich sehe Schrammen, die in dieser Richtung verlaufen.«

»Nein«, sagte sein Vater. »Genau umgekehrt. Sie verlaufen in dieser Richtung… nach Südosten.«

»Woher weißt du das?«

»Weil wir wissen, dass vor tausenden von Jahren der Gletscher sich langsam in dieser Richtung bewegt hat, und das Gletschereis hat dieses Kupferstück mit sich geführt. Das Eis schob das Kupfer über die alte Felsenoberfläche und dabei wurde es gerieben und zerkratzt.«

»Vielleicht hinterlässt jedes alte Gestein solche Spuren.«

»Nein. Nicht jedes.« Er gab Matthew sein großes Vergrößerungsglas. »Sieh mal dort, oberhalb des Schattens dieser Schlucht, und sage mir, was du siehst.«

Matthew betrachtete das Foto sorgfältig.

»Hm, ich kann nichts erkennen, außer dass die meisten Kratzer anderswo weiß oder grau sind und viele von diesen hier blau und grün.«

»Richtig«, sagte sein Vater. »Du hast es gefunden! Kupfer. Wenn es verwittert, wird es blau-grün.«

»Du meinst, das dort ist Kupfer?« Er zeigte die Stellen auf der Fotografie.

»Nein, das ist es nicht. Es sind nur die schwachen Markierungen und Spuren, die das Kupfer zurückgelassen hat, wie die Spur eines tief eingedrückten Bleistiftstriches, die sich auf einem Blatt Papier tausende von Jahren erhält. Jetzt guck hierhin. Weitere grüne Kratzer. Und hier«, sagte sein Vater und fuhr mit dem Finger auf der Karte herum, »nun schau hier oben hin.«

»Ich sehe keine Farbe mehr. Nur die weißen und grauen Kratzer.«

»Genau«, sagte sein Vater. »Und was bedeutet das?«

»Dass das Kupfer nicht da oben war?«

»Klug gedacht«, sagte sein Vater. »Ich glaube, der Gletscher brachte das Kupfer genau an diesen Punkt, zog es zusammen mit anderen Stücken nach Süden und ließ es heruntersinken, als das Eis schmolz. Man nennt das ein ›Kupferfloß‹. Sieh her: Es liegt exakt dort, wo die grünen Linien beginnen, an der Südseite dieser großen Klippe. Ich glaube, wir haben das vor uns, was die Bergleute die ›Mutterader‹ nennen! Genau dort muss ein ungeheuer großes Kupferlager sein.«

Er bezeichnete den Punkt auf der Karte. »Das ist es, wonach ich mein halbes Leben gesucht habe.«

»Heiliges Kanonenrohr!«, rief Matthew aus und benutzte einen Lieblingsausdruck seines Vaters. »Du bist wirklich ein guter Detektiv. Was denkt Charlie darüber?«

»Sch!«, machte sein Vater und schielte zur geschlossenen Tür. »Ich habe dir doch schon gesagt … Charlie weiß nichts davon … niemand weiß es und ich werde es Charlie nicht eher erzählen, bis wir in der Luft sind.«

»Warum?«, fragte Matthew.

»Ganz einfach«, sagte sein Vater. »Charlie hat die Ange-

wohnheit, viele Abende mit seinen Freunden zusammenzuhocken. Und wenn seine gutmütige, australische Zunge
sich einmal in Bewegung setzt, kannst du nie wissen, welche Geheimnisse sie ausplaudern wird.«

Matthew griff nach dem Vergrößerungsglas und studierte
die grünen Kratzer noch einmal.

»Das ist schlecht«, sagte er, »dass man sie draußen fast
nie sehen kann, weil die Felsen meistens mit Schnee bedeckt sind. Vielleicht wirst du bis zum Sommer warten
müssen.«

»Ich warte nicht bis zum Sommer«, knurrte Matthews
Vater. »Die ganze Zeit vorher habe ich geschlafen und dadurch ein Vermögen verloren. Es liegt am Warten, dass wir
heute arm sind! Diese neuen farbigen Fotokarten sind von
der kanadischen topographischen Behörde vor weniger als
drei Wochen veröffentlicht worden. Und mittlerweile
haben Unmengen von Geologen, Schürfern und Bergwerksgesellschaften Gelegenheit gehabt, sie zu studieren. Ich bin
nicht der Einzige, der die Bedeutung jener blau-grünen
Linien erraten kann. Vergiss nicht, Matt«, fuhr sein Vater
fort, »es kommt dir draußen wie Winter vor, aber es ist
schon März. Und wenn du dir die Südhänge der Hügel anschaust, kannst du eine Menge Felsen sehen, die der Frühlingssonne ausgesetzt sind. Ich glaube, dass die Südseite jener Klippe genug gutes Wetter mitbekommen hat, dass ich
mineralogische Proben entnehmen kann. Und wenn sie gut
ausfallen, werden wir hierher zurückkommen und dich und
ein halbes Dutzend Eskimos mit hinausnehmen, um uns zu
helfen. Zusammen werden wir unsere Gebiete abstecken,
bevor irgendein anderer schlauer ist. Stell dir vor, Matt, die
inneren Feuer der Erde haben das Kupferlager kochen und
brodeln lassen und es hat Millionen von Jahren darauf gewartet, dass ich und dieses komische Farbfoto zusammen

treffen. Ich sage dir, Matt, ich hab's gefunden. Endlich hab ich's gefunden! Jetzt packen wir's. Wir werden reicher sein als Könige!«

Er warf die Landkartenrolle in die Luft und tanzte durch den Raum. Unter seinem mächtigen Gewicht schien das ganze Haus zu zittern.

Die Tür flog auf und Charlie trat ein.

»Was hat die Tanzerei zu bedeuten?«, fragte er.

»Oh, Matt und ich veranstalten gerade eine kleine interne Feier. Wir freuen uns, dass wir zusammen hier oben sind.«

»Na schön. Aber du würdest nicht herumtanzen wie ein fideler Landstreicher, wenn du die Wetterkarte gesehen hättest.« Charlie brummte. »Sie besagt, dass ein übles Sturmtief sich auf uns zubewegt. Die Nordair sagt, dass ihr vorgesehener Flug sich verzögern könnte. Sie haben mich gefragt, ob du die Gruppe von Bergwerksmännern kennst, die vorhaben morgen herzukommen. Sind es Freunde von dir?«

»Nein, sind sie nicht. Wer sind sie? Wie heißen sie?«, fragte Matthews Vater und sah beunruhigt aus.

»Ich weiß es nicht«, sagte Charlie. »Aber sie wollen mich und meine Matilda anheuern und sie haben über eine Tonne Schürfausrüstung bei sich. Sie müssen reich sein!« – Matthews Vater runzelte die Stirn. Er sah Charlie scharf an, breitete die Hände aus und sagte: »Siehst du, was ich gemeint habe, Matt? Wir haben Konkurrenz bekommen.«

Er wandte sich um und knurrte: »Vergiss sie, Charlie. Ich habe alles gepackt. Lass uns einen Blick aus der Haustür werfen!«

Matthew beobachtete sie, wie sie an der verschneiten Straße standen und besorgt hinauf zum Himmel starrten.

»Für mich sieht's ziemlich gut aus«, sagte sein Vater, als

sie zurückkamen. »Ich sage dir, was wir tun werden: Am Morgen, sobald es hell wird, werden wir aufbrechen, einen Blick auf die Gegend am Grinnelgletscher werfen und dann vor der Dunkelheit zurückkommen, bevor der Sturm losbricht.«

»Es ist dein Geld, Ross Morgan«, antwortete Charlie. »Du kannst damit machen, was dir gefällt. So lange ich ein paar hundert Meter weit sehen kann, werde ich Matilda überallhin fliegen. Aber ich rate dir zu warten, bis das Sturmtief diesen Teil des Landes verlassen hat.«

»Charlie, ich will es auf jeden Fall morgen früh versuchen«, sagte Matthews Vater mit Entschiedenheit. »Wir treffen uns um sechs Uhr.«

»Du bist der Chef«, sagte Charlie. »Ich werde meinen Flug heute Abend am Tower des Flughafens registrieren lassen, damit wir morgen keine Zeit verlieren. Es war das östliche Ende des Grinnelgletschers, nicht wahr?«

»Ja«, sagte Matthews Vater und zögerte. »Ja. Dahin wollen wir.«

»Einen Flug registrieren lassen... was hat er damit gemeint?«, fragte Matthew, nachdem Charlie die Tür hinter sich zugeschlagen hatte.

»Ganz einfach: Er sagt dem Tower Bescheid, wohin wir fliegen, nur für den Fall, dass... nun ja, für den Notfall.«

»Aber du willst morgen ja gar nicht zum Ostende des Gletschers. Das ist südwestlich von hier. Du steuerst aber nach Norden.«

»Hast du nicht gehört, wie er sagte, morgen kämen Schürfer hierher? Du kannst deine Stiefel verwetten, dass sie diese neuen Luftbilder gesehen haben. Ich werde ihnen den Weg zum Schatz nicht auf die Karte zeichnen und sie im Tower zurücklassen! Würdest du das tun? Das Erste, was sie morgen früh fragen werden, wird sein: Wo ist Ross

Morgan heute hingeflogen? Und die Leute im Tower werden es ihnen mit Freuden sagen, wenn sie es wirklich wissen. Siehst du, was ich meine, Matt? Du bist die einzige Menschenseele, die weiß, was ich weiß. Und wenn dich irgendjemand fragt, bevor wir zurück sind, so halte deinen Mund fest verschlossen. Hast du mich verstanden?«

4

Matthew erwachte, als sein Vater sich ankleidete. Er drehte sich in seinem Schlafsack herum.

»Kein Grund für dich aufzustehen, mein Sohn. Es ist erst halb sechs und ich werde einen kleinen Übungsmarsch hinunter zum Hangar machen.«

Matthew sah, wie er den Rucksack schulterte und seine übrige Ausrüstung aufnahm.

»Willst du nicht frühstücken?«, fragte Matthew.

»Nein«, sagte sein Vater. »Du weißt doch ... mein Magen ist immer ein wenig durcheinander, wenn ich aufgeregt bin. Und, Matt, ich bin jetzt ein wenig aufgeregt ..., weil ich so ein gutes Gefühl habe ... Etwas kommt auf uns zu, auf mich und auf dich.«

»Viel Glück, Papa. Ist draußen gutes Wetter?«

»Ich weiß es nicht. Ich traue mich gar nicht nachzusehen. Jedenfalls werden wir genau bei Einbruch der Dämmerung zurück sein. Mach dir selbst Frühstück und zu Mittag kannst du in der Schule essen. Mach's gut, Matt.«

»Wiedersehen, Papa.«

Die Tür schloss sich und Matthew konnte hören, wie der Schnee in der bitteren Kälte unter den Stiefeln des Vaters knirschte. Matthew wartete und lauschte auf das Knarren des großen Hauses in der arktischen Stille. Er dachte an seine Mutter. Niemals in seinem Leben hatte er sich einsamer gefühlt.

Er musste wieder eingeschlafen sein, denn als er aufwachte, erfüllte schwaches Morgenlicht den Raum und er fürchtete, zu spät zur Schule zu kommen.

Er sprang aus dem Schlafsack, fuhr in seine Kleider, griff hastig nach einem harten Schiffszwieback, röstete ihn auf beiden Seiten schwarz und nagte daran, während er zum Gebäude der neuen Schule hastete.

Der Wind fegte die winterliche Straße hinab, stieß tausend Schneeteufel vor sich her und ließ sie wie eisige, rauchartige Figuren herumwirbeln. Im Osten war der Himmel dunkelgrau und über sich hörte Matthew ein geisterhaftes Stöhnen.

In sechs oder sieben Stunden werden sie zurück sein, sagte er zu sich selbst. Sie werden dem Sturm ein Schnippchen schlagen.

Gegen Mittag war es beinahe stockfinster geworden, und als Matthew aus der Schultür blickte, konnte er nicht einmal mehr die Straße erkennen.

»Das ist ein schwerer Sturm, der aus den Bergen kommt«, sagte Kayak. »Sind dein Vater und Charlie heute Morgen losgeflogen?«

»Ja«, sagte Matthew, »aber ich glaube, dass sie umgekehrt sind. Sie müssten inzwischen zurück sein.«

»Ich hoffe«, sagte Kayak. »Da draußen wird es tüchtig wehen. Nicht gut für Tiere oder Jäger. Jedermann hasst einen Wind wie diesen.«

Als die Schule aus war, sagte Matthew, dass er nach Hause laufen werde.

»O nein, das wirst du nicht«, sagte Kayak. »Im letzten Frühjahr hat ein Mann von der Funkstation versucht, nur ein kleines Stückchen zu gehen, bei einem Sturm wie heute. Sie haben ihn gefunden, erfroren, saß starr wie ein Stein in einer Schneewehe an der Straße. Wir steigen jetzt in den Schulbus.«

Der Schulbus hielt vor dem großen grauen Haus und der Eskimofahrer öffnete die Tür, damit Matthew aussteigen konnte.

»Wirst du da drin zurechtkommen?«, fragte Kayak.

»Oh, sicherlich! Mein Vater wird inzwischen da sein und wenn nicht, wird er bald kommen.«

»Ich weiß nicht«, sagte Kayak. »Ich habe den ganzen Morgen gelauscht, ob ich sie hören kann. Kein Motorengeräusch. Jetzt ist das Wetter so schlimm, dass kein Flugzeug mehr fliegen kann.«

Matthew musste gegen die Gewalt des Windes ankämpfen, um sich seinen Weg zu bahnen, und dabei waren es nur ein Dutzend Schritte vom Bus bis zum Haus. Er konnte kaum die Tür erkennen, denn der entfesselte Schneesturm machte ihn beinahe blind.

»Papa, bist du da?«, rief Matthew, kaum dass er eingetreten war. Es kam keine Antwort. Das graue Haus schien im eisigen Dunkel zu beben. Mit zitternden Fingern drückte Matthew auf den Lichtschalter. Nichts geschah. Er versuchte es noch einmal. Nichts. Zumindest dieses Haus war ohne elektrischen Strom.

Er nahm eine der dicken, weißen Notkerzen vom Schrank, zündete sie an und setzte mit dem gleichen Streichholz den Propangasofen in Betrieb.

Ruhig bleiben, sagte er zu sich selbst. Wenn du meinst, dass es dir schlecht geht, denke daran, wie schlecht es erst Vater und Charlie gehen muss, irgendwo draußen in diesem Sturm.

Er saß auf dem Bett und starrte in die Kerzenflamme,

während es draußen so dunkel wurde, als sei es Nacht. Ein plötzlicher Windstoß blies das Licht aus. Die Tür wurde aufgestoßen und zwei Polizisten stampften den Schnee von ihren Stiefeln und ließen den Lichtkegel ihrer Taschenlampen durch den Raum wandern. Matthew strich ein Streichholz an und entzündete die Kerze aufs Neue.

»Alles in Ordnung mit dir?«, fragte der Größere der beiden, nahm seine Pelzmütze ab und schlug sie gegen seine kniehohen Stiefel, um den Schnee abzuschütteln.

Matthew sprang auf. »Ist mein Vater zurückgekommen?«

»Noch nicht«, antwortete der andere Polizist und sah ihn nachdenklich an. »Da draußen ist ein schwerer Sturm. Aber dein Vater sitzt vermutlich gesund und wohlbehalten in einem Iglu, den Charlie gebaut hat. Die Eskimos haben ihm beigebracht, die Blöcke zu schneiden und zusammenzufügen.«

»Charlie versteht sein Handwerk«, sagte der jüngere der beiden Polizisten. »Er baut eine runde Mauer aus Schnee und dann spannt er eine Zeltbahn darüber. Ich weiß es. Ich habe selbst einmal eine Nacht mit ihm draußen zugebracht.«

Der große Polizist lachte.

»Sicher. Bei ihnen ist bestimmt alles in Ordnung. Dieser Sturm wird gegen Morgen vorbeigezogen sein. Dann wirst du sehen, wie sie hier hereinstürmen und nach heißem Essen rufen und nach Unmengen von Kaffee.«

Der jüngere Polizist sah Matthew ernst an. »Dein Vater hat doch Lebensmittel mitgenommen, nicht wahr?«

»Ich … ich weiß nicht genau«, sagte Matthew und sah im Küchenschrank nach. »Er hatte zwei Tafeln Schokolade im Rucksack und Charlie hatte Sandwiches, glaube ich.«

»Oh, dann geht's ja«, sagte der Polizist. »Ich denke jetzt

an dich. Es ist ein bisschen einsam hier in diesem kalten Haus. Möchtest du nicht rüberkommen zu uns ins Polizeigebäude und bei uns übernachten? Wir haben eine freie Koje.«

»Nein, danke ... ich fühle mich hier wohl.«

»Wir kommen später noch mal vorbei und sehen nach dir, falls die Straße frei ist. Aber sie schneit immer mehr zu. Bist du sicher, dass du nicht mitkommen willst?«

Gegen zehn Uhr wünschte Matthew, er wäre mit ihnen gegangen. Er legte sich ins Bett, denn der zunehmende Wind trieb feinen Schnee unter der Tür hindurch und blies ihn über den Boden wie eisigen Zucker.

Es war die schlimmste Nacht, die Matthew jemals verbracht hatte. Das ungeschützte Haus zitterte und schüttelte sich wie ein altes Schiff, als der Wind es erfasste. Scharfe Schneekristalle prasselten gegen die Fensterscheiben, als ob tausend böse Geister daran kratzten, um in das Haus einzudringen. Ein Schreckensbild seines Vaters suchte ihn heim, wie er frierend und hilflos durch den Sturm kroch.

Lange bevor der Morgen dämmerte, verließ Matthew sein Bett. Er zündete den Ofen an und bereitete sich aus Pulver eine warme Milch. Sie war erbärmlich und schmeckte wie Kalk, doch irgendwie war es immer noch besser, als allein in der Dunkelheit zu liegen und schreckliche Visionen seines Vaters zu haben.

Es war ungefähr halb acht, als die Außentür sich kreischend öffnete. Matthew hörte, wie Füße sich trampelnd vom Schnee befreiten.

»Papa!«, schrie er gellend und riss die Zimmertür auf.

»Tut mir Leid, Mattoosie. Ich bin's nur«, sagte Kayak und schüttelte den Schnee aus seinem Parka. »Ich habe mir gedacht, du könntest etwas einsam sein, also komme ich dich besuchen. *Pudluriapunga* nennen wir das: ›Ich komme dich besuchen‹. Sieh, meine Mutter schickt dir ein hübsches, fettes Stück Fisch. Gewöhnlich schicken wir einer kranken Person Fisch. Meine Großmutter hat gesagt, dass du nicht krank bist, aber beide machen sich doch Sorgen, dass du ganz allein hier bist. Sie sagen, du würdest hungrig sein. Hast du was zum Frühstück gehabt?«

»Nein. Mir geht's gut. Im Augenblick mag ich nichts essen.«

»Warte nur. Wirst schon mögen, wenn du den gekochten Fisch riechst. Er ist prima.«

Kayak ging nach draußen, brachte Eis herein, bröckelte es in den Topf und zerschnitt den gefrorenen Fisch in zwei Hälften.

»Es sieht so aus, als ließe der Wind nach«, sagte Kayak. »Nicht mehr so viel Schnee, der aufgewirbelt wird. Aber es ist noch zu schlecht, um zur Schule zu gehen. Bei diesem starken Wind ist die Schule geschlossen. Die Lehrer haben Angst, dass der Wind sich in den Kapuzen der kleinen Mädchen fängt und sie wegbläst.«

Er lachte.

»Ich habe Spielkarten mitgebracht«, sagte er und breitete sie auf Matthews Schlafsack aus. »Ich bringe dir ein Eskimospiel bei. Es nennt sich *Tidlimotlu koleetlo*. Du wirst schnell lernen, es zu spielen.«

Die Fenster liefen an und der Geruch von Fischsuppe und Zwieback erfüllte den Raum.

»Dieser verbrannte Zwieback riecht grässlich«, sagte Kayak. »Warum lässt du ihn so schwarz werden?«

»Ich mag den Geschmack und der Geruch erinnert mich an die Küche meiner Mutter.«

Matthew aß wie ein Mann, der am Verhungern ist, und

fühlte, wie die Wärme der Fischsuppe sich in ihm ausbreitete. Irgendwie war ihm nicht nach Kartenspielen zu Mute.

Er legte sich auf den Schlafsack und lauschte auf den Wind, der an den Fenstern rüttelte.

»Kriech in deinen Sack und schlaf«, sagte Kayak. »Ist es in Ordnung, wenn ich mich auf das Bett deines Vaters lege?«

»Natürlich«, sagte Matthew und er sah zu, wie Kayak ihr kleines orangefarbenes Zweimannzelt entfaltete und als Decke über sich breitete.

Als sie erwachten, war es später Nachmittag, und es herrschte tödliche Stille. Kayak hustete und setzte sich auf. Matthew sah, dass der Atem wie Dampf vor Kayaks Mund stand.

Als sie mit dem Abendessen fertig waren, war es dunkel.

»Der Wind ist weg«, sagte Kayak. »Komm, wir gehen rüber zur Funkstation und fragen, ob sie irgendwas von Charlie und deinem Vater gehört haben.«

Draußen sahen sie, dass der Mond aufgegangen war. Er warf unheimliche Figuren aus Licht und Schatten über die frischen Schneewehen, die in die Straßen gefegt und hoch um die Gebäude aufgehäuft worden waren. Als sie über die Schneehügel kletterten, war Matthew überrascht, wie massiv sie waren. Ihre Fußstapfen hinterließen kaum eine Spur.

»Also, du bist der junge Matthew Morgan?«, sagte der Funker, als sie die Baracke betraten. Er schüttelte ihm die Hand.

»Die Polizei war letzte Nacht hier, als der Sturm am schlimmsten war. Wir hatten haufenweise Störungen in unserem Gerät. Wir riefen nach Süden durch, um die Regierung zu verständigen, dass ein Flug überfällig ist. Wir rufen weiter und wenn's negativ ist bis Mitternacht. Dann können sie die Sache der Such- und Rettungsabteilung von der Luftwaffe übergeben.«

»Sind sie schon hier?«, fragte Matthew.

»Teufel, nein«, sagte der Funker. »Sie sind in Greenwood in Nova Scotia, ungefähr achtzehnhundert Meilen von hier. Seit Johnny zur Schicht gekommen ist, um vier Uhr, hat er alle zehn Minuten einen Ruf rausgehen lassen, wir haben Charlies Frequenz abgehört und die Notruffrequenz der Luftwaffe. Aber wir haben keine Antwort bekommen. Matildas Funkgerät muss tot sein. In diesem Land friert die Kälte die Flugzeuge ein, wenn sie am Boden stehen.«

Matthew schauderte bei den Worten »tot« und »einfrieren«. »Könnt ihr irgendwas tun?«, fragte er mit zitternder Stimme.

Der Funker lächelte ihm zu. »Mach dir keine Sorgen, mein Sohn. Wenn die Rettungsabteilung der Luftwaffe sich entschließt herzukommen, dann kommt sie unheimlich schnell. Aber die Polizei hat ein Flugzeug mit Schlittenkufen in Chimo. Wenn wir nichts von Charlie und deinem Vater hören, werden sie wahrscheinlich irgendwann morgen eine Suchaktion starten.«

Während des Schneesturms war es nicht besonders kalt gewesen, doch in der Stille, die ihm folgte und in der der Wind aufgehört hatte, sank die Temperatur auf minus 41 Grad Celsius.

Matthew brachte zwar den halben nächsten Tag in der Schule zu, doch er konnte sich auf nichts konzentrieren. Immer musste er an seinen Vater denken, der irgendwo draußen in einer eisigen, weißen Wildnis war. Sogar die Berge, deren nackten Fels der Wind umbraust hatte, standen nun da wie gekrümmte weiße Gespenster, die durch die drohenden blauen Schatten schielten.

Nach der Schule kam Kayak wieder mit in Matthews Haus.

»Ich bin nur froh, dass meine Mutter nicht da ist«, sagte Matthew. »Sie würde diese langen Tage des Wartens hassen.«

»Wo ist deine Mutter?«, fragte Kayak.

»Sie ... also ... sie war ... Sie starb bei einem Autounfall in Arizona. Sie ...«

»Oh«, sagte Kayak.

Gerade in diesem Augenblick hörten sie das Geräusch eines Flugzeugs und rannten nach draußen. Es war hellgelb mit blauen Flügelenden und blauem Heck.

»Mattoosie! Das ist das Polizeiflugzeug«, rief Kayak.

Sie hörten, wie das Motorengeräusch anschwoll, und beobachteten, wie das Flugzeug zur Landung ansetzte.

»Sie haben Schlittenkufen. Sie können fast überall landen.« Kayak zeigte mit der Hand nach oben. »Horch! Guck mal, da hinten. Noch ein Flugzeug. Ein großes.« Er beschattete mit der Hand die Augen gegen das Licht der tief stehenden Abendsonne. »Es ist das Rettungsflugzeug der Luftwaffe. Sieh! Du kannst an den Seiten die großen Kanzeln für die Beobachter leuchten sehen. Jetzt werden sie Charlie und deinen Vater finden. Du brauchst nur noch zu warten!«

Zusammen rannten sie zu den Hangars, und als sie die Landepiste erreichten, waren beide Flugzeuge gelandet.

Zwei Polizisten mit Pelzmützen, blauen Parkas und hellgelben Streifen an den Hosen kamen zusammen mit der Besatzung der Luftwaffenmaschine heran.

»Dies ist Matthew Morgan«, sagte der große Polizist und schüttelte den Armeefliegern die Hände. »Es ist Matthews Vater, der da draußen mit Charlie hockt. Sie müssen irgendwo südwestlich von hier sein, in der Gegend um den Grinnelgletscher. Ich werde euch Charlies Flugplan zeigen.

Radio Grönland sagt, dass wieder eine tiefe Wolkendecke und schlechtes Wetter zu erwarten sind.«

Matthew fühlte sich elend wegen des Flugplans. Sollte er es ihnen sagen?

»Sir«, begann er dem Polizisten zu erklären, »der Flugplan ist falsch. Sie sind weiter nördlich ... Ich meine ... ich glaube ...«

»O nein«, sagte der Polizist. »Charlie wusste, wohin er wollte. Versuche ruhig zu bleiben. Wir werden sie bald finden.«

Der Luftwaffenpilot nickte Matthew zu und sah auf die Uhr. »In zwei Stunden wird's dunkel und wir brauchen die Hälfte dieser Zeit zum Tanken. Also werden wir eine gute Mütze voll Schlaf nehmen und beim ersten Tageslicht starten.«

Der Polizeipilot warf einen Blick auf Matthew und sah seine gespannte Haltung.

»Willst du morgen mit uns kommen, Matthew? Wir brauchen jedes scharfe Auge, auf beiden Seiten der Maschine. Wenn du willst, kannst du deinen Kumpel mitbringen. Eskimos sind Superspäher. Sie können einen weißen Fuchs erkennen, der über weißen Schnee läuft.«

»Wenn ihr noch Platz habt, würde ich auch gern mitkommen«, sagte der Funker. »Ich habe morgen keinen Dienst und es macht mich krank, dass wir keine Signale hören. Ich brauch ein bisschen Bewegung. Ich würde gern bei der Suche helfen.«

»Gut«, sagte der Pilot. »Sag dem Koch, dass wir jede Menge Sandwiches und Kaffee brauchen. Wir sehen uns morgen früh um sechs Uhr. Alles klar? Und vergesst den Zucker nicht für den Kaffee!«

Matthew sah, dass die Navigatoren ihre Landkarten entrollten, in das Büro des Flughafendirektors gingen und die

Tür hinter sich schlossen. Neben der Tür standen vier fremde weiße Männer und unterhielten sich mit dem Mann vom Tower. Matthew schloss aus ihrem großen Haufen Ausrüstung, dass es die neu angekommenen Erzsucher waren. Er drehte sich um und ging schnell weg, um ihnen keine Gelegenheit zu geben, ihm Fragen nach seinem vermissten Vater zu stellen.

»Meine Großmutter sagt, dass du nicht allein sein sollst. Komm und schlaf bei uns«, sagte Kayak. »Nimm deinen Schlafsack mit. Wir werden meinen Vetter suchen und mit ihm nach Apex hinauffahren.«

»In Ordnung«, sagte Matthew. Er war heilfroh, dass er nicht noch eine weitere Nacht in dem einsamen Haus mit Warten verbringen musste.

Er rollte seinen Schlafsack zusammen, schlug die Haustür zu und sprang auf den Motorschlitten. Der Motor dröhnte auf, das Fahrzeug verließ die Straße und brummte quer durch die harten Schneewehen. Der eisige Ansturm des Fahrtwindes schien jedes Gefühl aus Matthews Gesicht zu peitschen.

Als sie Kayaks Haus betraten, machten ein Schwall von Akkordeonmusik, stechende Hitze und der Geruch von Seehundstran Matthew schwindlig. Er drehte sich um und hatte das Verlangen, in die frische Nachtluft hinauszurennen.

»Wirf deinen Schlafsack dort auf mein Bett«, rief Kayak und warf sein Deckengewirr auf den Boden. »Ich werde hier unten schlafen. Ich schlafe am besten auf einem hübschen, harten Fußboden.«

Kayaks Mutter Elisabee lächelte ihn an und sagte: »*Ionamut*«, und eine ganze Menge anderer Wörter in der Eskimosprache.

Kayak übersetzte. »Sie sagt, dass sie traurig ist über das,

was sie von deiner lieben Mutter gehört hat, und sie sagt, deine Mutter hätte deinem Vater auch nicht helfen können. Sie sagt, Leute gehen manchmal verloren, Jäger zum Beispiel. Manchmal kommen sie zurück. Manchmal ... das hat sie ungefähr gesagt.«

Sie deutete auf den Mann, der das Schifferklavier spielte. Kayak übersetzte wieder. »Parr war auch einmal verschollen, sagt sie. Er war einen ganzen Monat verschollen, im Januar.«

Matthew sah die Krücken neben dem Akkordeon und er sah, dass der Mann keine Füße mehr hatte.

Das Bild des großen, weißen Bären mit dem weit offenen Maul erschien im Raum und schwebte darin wie Rauch. Es erinnerte Matthew an das furchtbare Foto, das er in der Zeitschrift gesehen hatte.

»Mein Onkel Parr begrüßt dich, Mattoosie. Er wird ein ganz besonderes Lied für dich spielen. Sein Vater hat's einmal von den Walfängern gelernt, als sie mit ihren großen Schiffen in der zugefrorenen Bucht überwinterten.«

Parr begann ein altes Seemannslied zu spielen und bald darauf steckte die Großmutter ihren Kopf aus der Ecke und spielte Mundharmonika. Ein kleiner Junge kam herbei, setzte sich auf Matthews Knie und Kayak schnitt Gesichter. Matthew trank den süßen, schwarzen Tee und lachte mit allen zusammen. Für eine kleine Weile vergaß er fast seinen Vater, seine Mutter und seinen eigenen schrecklichen Kummer.

Später sagte er zu Kayak: »Wenn wir morgen mit dem Flugzeug hinausfliegen, werden wir sie geradewegs finden, ich wette. Es muss nicht schwer sein, die knallrote Matilda auf dem flachen weißen Schnee zu finden.«

Kayak nickte mit dem Kopf, doch er antwortete nicht.

Am nächsten Morgen rüttelte die Großmutter Matthew

und Kayak wach. Matthew rollte seinen Schlafsack zusammen, während Kayak seinen Vetter weckte, der neben ihm auf dem Fußboden geschlafen hatte. Mit dem Motorschlitten kehrten sie auf ihrer eigenen Spur von gestern zurück zum Flughafen.

Die Motoren beider Flugzeuge dröhnten bereits und liefen für den Flug warm. Matthew sah ehrfürchtig zu, wie die Besatzung und ein Dutzend Eskimos in das gewaltige Luftwaffenflugzeug kletterten. Der Pilot gab Gas, das Flugzeug donnerte die Piste entlang und hob sich in die Luft wie eine Silbermöwe. Als es wendete, sah er, wie es das orangefarbene Licht der Morgendämmerung widerspiegelte.

»Kommt«, sagte der Polizeipilot, »ich will in ihrer Sichtweite bleiben. Ich mag diese niedrigen Wolken nicht, die sich da hinten am Horizont zusammenballen. Das ist das Letzte, was wir brauchen können: einen neuen Sturm.«

Matthew hatte ein übles Gefühl im Magen, weil er wusste, dass sie wahrscheinlich am falschen Ort suchen würden.

Er beobachtete, wie der Schnee unter ihnen wegraste, und war überrascht, wie leicht sich das Flugzeug mit seinen breiten Flügeln in die Luft erhob. Sie drehten eine Runde um den Flughafen und wandten sich dann nach Westen, hinein in die arktische Düsternis. Vor ihnen sah Matthew die roten Lichter des Luftwaffenflugzeuges am Himmel blinken wie ein einsamer Christbaumschmuck.

Der Copilot kam nach hinten in die Kabine und zeigte ihnen eine Karte des Gebietes südlich des Gletschers.

»Zuerst werden wir im Zickzack fliegen und dann unsere Suche hier beginnen«, sagte er und markierte das südöstliche Planquadrat mit einem Kreuz.

»Haltet eure Augen weit offen und achtet auf jede Besonderheit, was auch immer ihr seht. Aber alle zwanzig Minuten erholt euch abwechselnd, schließt die Augen und ruht euch aus. Wenn ihr zu lange in den blendend weißen Schnee starrt, werdet ihr gar nichts mehr sehen. Wenn die Sonne herauskommt, setzt diese Sonnenbrillen auf, damit ihr nicht schneeblind werdet. Ruft uns, wenn ihr irgendetwas seht, und behaltet es im Auge. Verliert es nicht wieder, verstanden?«

»In Ordnung«, sagte Kayak. Er und Matthew starrten bereits aus dem Fenster.

»Was ist das?«, rief Matthew und deutete nach unten.

»Ein Felsen«, sagte Kayak.

»Ich glaube, er hat diese rostrote Farbe, weil Eisen drin ist«, sagte Matthew.

»Davon wirst du eine Menge sehen«, antwortete Kayak.

Der Zickzackflug über dem Gletscher erbrachte nichts und langsam begannen sie die einzelnen Planquadrate abzusuchen. Um neun Uhr aßen sie alle Sandwiches, außer Matthew.

Um zehn Uhr kam der Navigator zu ihnen, reckte sich und sagte: »Es ist schon schwer genug, draußen überhaupt den Erdboden zu erkennen. Viel zu viel treibender Schnee. Vielleicht morgen.« Er legte die Hand auf Matthews zusammensackende Schultern. »Das da draußen ist ein großes Land. Normalerweise sieht es flach aus, aber wenn du darüber wegfliegst, kannst du erkennen, dass es aus Hügeln und Schluchten und tausend kleinen zugefrorenen Seen besteht. Ich glaube nicht, dass wir den Hubschrauber heute überflogen haben. Charlie hat einen Besen mit. Er und dein Vater werden den Schnee damit von dem roten Hubschrauber wegfegen, damit wir ihn aus der Luft erkennen können. Und er hat eine Kiste mit Signalfackeln, sagen sie.«

Matthews Augen waren trocken, als ob Sand hineingeflogen wäre, und er war krank vor Kummer. Sollte er noch einmal versuchen zu erzählen, dass der angegebene Flugplan falsch war?

Gegen Abend verstärkte sich der Sturm und ein weiteres Armeeflugzeug kam an, um sich der Suchaktion anzuschließen. Seine roten Lampen an den Flügeln flammten rot über Frobisher.

Im ersten Licht des nächsten Morgens verließen die drei Flugzeuge die Startbahn. Matthew und Kayak waren wieder dabei. Für Matthew hatte sich keine Gelegenheit ergeben, vom geänderten Flugplan seines Vaters zu sprechen. Alles war so durchorganisiert, dass die Flugzeuge ohne Verzögerung aufsteigen konnten. Sorgfältig suchten sie jedes Planquadrat ab.

»Alle Planquadrate abgesucht«, hörte Matthew den Piloten aus der Führerkanzel rufen. »Wir haben noch zweiunddreißig Minuten für die Suche.«

Der Navigator kam nach hinten und reckte seine steifen Glieder.

»Matthew, Kayak, habt ihr heute überhaupt etwas gesehen?«

»Nein«, sagte Matthew beschämt. »Nur das alte Flugzeugwrack, das Sie uns gezeigt haben.«

»Fällt dir irgendetwas ein, Matthew? Hat dein Vater etwas Besonderes zu dir gesagt, bevor er wegging?«

»Ja … ja … das hat er«, sagte Matthew. Das war die Gelegenheit, es zu sagen.

»Mein Vater befürchtete, dass die neuen Schürfer Charlies Flugplan erfahren und ihm folgen könnten. Ich meine, mein Vater war sicher, etwas Wichtiges auf der Karte entdeckt zu haben. Er hat es mir gezeigt.«

»Wo auf der Karte? Zeig's mir.«

Er rannte nach vorn und holte seine Navigationskarte. Matthew sah sie aufmerksam an.

»Ich bin nicht sicher«, sagte er. »Dies ist eine ganz andere Karte und ein anderer Maßstab. Aber ich glaube, wenn das Wetter ihnen günstig war, könnten sie hier oben hingeflogen sein.«

Er zeigte es.

»Das ist außerhalb unseres Suchgebiets. Wir werden dort nachsehen«, sagte der Pilot. »Wir haben noch für eine halbe Stunde Treibstoff und wir können diesen Teil des Landes auf unserem Rückflug zum Flughafen kontrollieren.«

Matthew hörte, wie er über Funk die Armeeflugzeuge verständigte. Sie drehten und folgten dem Polizeiflugzeug. Ihr kleines Flugzeug flog niedriger als die anderen.

Matthew blickte auf die Luftwaffen-Gitterkarte. Wenn er doch nur die farbigen Luftbilder des Vaters hätte mit ihren grünen Linien! Wenn er doch nur die Umrisse deuten könnte, die auf der Karte die Hügel bezeichneten! Aber alles sah anders aus, wenn es wie jetzt mit Schnee bedeckt war.

Als sie auf Frobisher zuflogen, rief Kayak: »Ich sehe etwas. Da drüben.«

Er deutete aus dem Fenster auf die weite, weiße Fläche, die nördlich von ihnen lag.

»Ich kann nichts erkennen«, sagte Matthew.

»Aber es ist dort, es ist rot«, schrie Kayak. »Es ist Matilda. Ich würde sie überall erkennen.«

5

»Kayak sieht etwas«, rief Matthew dem Piloten zu.

»Du auch?«, fragte der Pilot und sah sich nach ihm um.

»Nein«, sagte Matthew leise und mit enttäuschter Stimme.

»Wo war es?«, fragte der Pilot.

»Da drüben«, sagte Kayak und zeigte in westlicher Richtung. »Aber ich kann's nicht mehr sehen. Es wird von einer Klippe verdeckt.«

»Tut mir Leid. Wir können jetzt nicht mehr nachsehen. Wir haben nicht genug Treibstoff. Ich werde die Luftwaffenpiloten bitten, das Gebiet auf ihrem Rückflug zum Flughafen zu überprüfen.«

Matthew hörte, wie er über Funk mit den beiden großen Flugzeugen sprach.

Im Dämmerlicht landete Matthew mit dem Polizeiflugzeug und zwanzig Minuten später, unmittelbar vor Einbruch der Dunkelheit, kamen die beiden Armeeflugzeuge über die Landebahn gedonnert und rollten in den Hangar.

»Wir sind dreimal hin und zurück über das Gebiet geflogen, aber außer ein paar Felsen im Wind haben wir nichts gesehen. Bist du sicher, dass du etwas gesehen hast, einen Hubschrauber? Einen roten?«

»Ich *war* sicher«, sagte Kayak schüchtern. »Vielleicht … vielleicht habe ich mich geirrt.«

Als sie in das Flughafengebäude gingen, fragte der Pilot: »Was sagt der Wetterbericht für morgen?«

»Sieht schlecht aus«, sagte Johnny. »Schlechte Aussichten für ganz Baffin Island. Oben im Norden bei Pangnirtung haben sie Sichtweite Null und die gleichen Bedingungen im Westen am Kap Dorset. Und über Igloolik ist Eisnebel. Wir können von Glück sagen, wenn wir morgen einen ganzen Flugtag zusammenkriegen.«

Während der Nacht wurde es wärmer und am Morgen gab es Nebel. Um sechs Uhr früh standen Matthew und Kayak auf der ausgestorbenen Startbahn. Die großen Armeeflugzeuge waren kaum zu erkennen. Sie schienen im Nebel zu liegen wie gestrandete Wale.

»Wir werden euch Bescheid geben«, sagte der Mann im Tower und nippte an seinem heißen, schwarzen Kaffee.

»Ich glaube nicht, dass irgendjemand heute fliegen wird, oder glaubt ihr's?«, fragte er und deutete auf das Ende der Startbahn, das in treibendem Eisnebel verschwand.

Matthew ging zum leeren grauen Haus zurück. Er entrollte die gewöhnlichen Landkarten seines Vaters, fand das Blatt »Südöstliches Baffin Island« und befestigte es an der Wand, sodass das Licht des Fensters darauf fiel. Er studierte die Karte genau, bewegte den Finger Zoll für Zoll nach Norden und prägte sich ein, wie die Hügel mit roten Umrisslinien gekennzeichnet waren.

Höhe über Normalnull: 200 – 300 – 400 Fuß. Sie waren rot. Ja, er konnte die Hügel ausmachen und fuhr mit dem Finger zwischen ihnen hindurch. Dies mussten die entsprechenden Täler sein. Der Bleistift zitterte in seiner Hand, als er für einen Augenblick seinen Vater vor sich sah, dessen Gesicht weiß gefroren war.

Matthew schloss die Augen und versuchte sich wieder zu konzentrieren. Er versuchte verzweifelt sich daran zu erinnern, wo die grünen Streifen auf den Luftbildern aufgetaucht waren. Schließlich streckte er seine Hand aus und zeichnete drei kurze Linien auf die Karte.

Als Kayak sich die Füße abtrat, wirbelte Matthew herum. Kayaks Augen waren von dem zweitägigen angestrengten Ausschauhalten gerötet und er sah müde aus.

»Ich glaube, dorthin sind sie geflogen!«, sagte Matthew und zeichnete einen kleinen Kreis auf die Karte.

Kayak studierte die Karte und verfolgte mit dem Finger eine Linie, die in nördlicher Richtung von Frobisher wegführte. »Ayii«, sagte er. »Das ist genau dort, wo ich das rote Ding gesehen habe. Es war kein Felsen, den ich gesehen habe. Es war rot und lag in einer kleinen Schlucht in der

Nähe einer Klippe. Felsen kann man in diesen Bergen nur dort sehen, wo der Wind sie frei geweht hat. Lass uns gehen und es den Piloten sagen.«

»Das ist nicht gut«, sagte Matthew. »Wir waren doch schon dort. Sie fliegen heute nicht. Es ist zu viel Nebel.«

»*Ayii*, und kein Wind, um ihn wegzupusten«, sagte Kayak. »Manchmal im Frühling bleibt es eine Woche so oder noch länger.«

»Eine Woche lang Nebel?« Matthew stöhnte. »Bis dahin werden sie tot sein.« Er musste der Wahrheit ins Gesicht sehen.

»Wie weit ist es?«, fragte Kayak und zeigte auf die Karte.

Matthew hielt ein Stück Papier an die Maßstabsangabe: Ein Zoll entsprach zwölf Meilen auf der Karte. Er maß die Entfernung und kam auf sieben Zoll, gab ein bisschen zu und multiplizierte dann acht mit zwölf.

»Sechsundneunzig Meilen«, sagte er, »weniger als hundert Meilen.«

»Mit dem Motorschlitten könnten wir hinkommen«, sagte Kayak. »Ich bin damit schon nach Kingmerok und zurück gefahren. Das ist weiter. Es war nicht schwierig.«

»Können wir heute aufbrechen?«, fragte Matthew.

»Nein«, sagte Kayak und machte eine Pause, um nachzudenken. »Vielleicht morgen, wenn die Flugzeuge wieder nicht fliegen können. Aber erzähl's niemandem. Sie würden es uns sofort verbieten! Mein Vetter geht mit seinem Vater auf Robbenjagd und sie benutzen den großen Motorschlitten seines Vaters. Er wird schon nicht verrückt werden, wenn ich seinen Schlitten sozusagen für zwei Tage ausleihe. Wir könnten deinen Vater und Charlie finden und sie schnell hierher zurückbringen.«

»Toll!«, sagte Matthew. »Was brauchen wir dazu?«

»Ungefähr fünfundsiebzig Liter Benzin«, sagte Kayak.

»Hier. Ich habe ein bisschen Geld.« Matthew zog seine Geldbörse aus der Tasche.

»Gut. Ich werde Benzin kaufen«, sagte Kayak. »Ich werde das 22er Gewehr von meinem Vater borgen und von Großvater das Fernrohr. Besorg du etwas zum Essen. Pack das Zelt ein, deinen Schlafsack und warme Kleider. Ich werde dir einen echten Pelzparka bringen, ein Paar Stiefel aus Seehundsfell und ein Paar Fausthandschuhe. Besorge Sonnenbrillen. Da draußen wird eine Menge grelles Licht sein. Es ist die schlechteste Zeit für so was – im Frühling und im Nebel.«

»Aber wenn die Flugzeuge morgen fliegen können, fliegen wir mit ihnen, verstehst du?«, fuhr Kayak fort. »Wir brechen morgen nur allein auf, wenn sie nicht fliegen können. Willst du mit zu mir nach Hause kommen?«

»Nein, danke«, sagte Matthew. »Ich bleibe hier.«

Am nächsten Tag war Matthew im ersten Morgenlicht am Tower. »Das Wetter ist heute noch schlechter als gestern«, sagte Johnny. Sein Gesicht sah grau aus.

Matthew konnte noch nicht einmal die Suchflugzeuge der Armee auf der Startbahn erkennen.

»Ich habe mit Lake Harbour und mit Arctic Bai gesprochen. Dieser ganze Teil der Insel ist mit dichtem Nebel bedeckt. Tut mir Leid für dich, Junge. Ich weiß, du musst vor Sorge um deinen Vater krank sein. Aber außer Warten gibt es nichts, was einer von uns tun könnte.«

Matthew rannte schnell die Straße hinunter, und als er das Regierungshaus erreichte, hörte er das Motorengeräusch eines Motorschlittens, das durch den dichten Nebel verzerrt wurde. Eine Minute später kam Kayak mit dem Schlitten seines Vetters an.

»Binde deinen Schlafsack so fest, dass du drauf sitzen

kannst«, sagte Kayak, »gegenüber von dem großen roten Benzinkanister. Ich habe den Tank voll machen lassen. Hast du das Zelt und das Essen?« Er sah nach, ob das Gewehr seines Vaters richtig angeschallt war.

»Ich habe Lebensmittel für zwei Tage«, sagte Matthew, »vielleicht auch für drei.«

»Ich helfe dir, alles auf diesem kleinen Schlitten festzubinden. Wir werden ihn hinter uns herschleppen, um deinen Vater und Charlie darauf zurückzubringen.« Sie arbeiteten gemeinsam, schnell und schweigend. Ihre Stimmen klangen im Nebel gedämpft.

»Setz deine Sonnenbrille auf und zieh die Kapuze über deine Mütze. Halte dich gut fest, aber sei bereit, schnell abzuspringen. Wir müssen dort hinunter«, sagte Kayak und deutete auf gewaltige zackige Eismassen, die entlang der Küste zusammengeschoben waren.

»Pass auf. Das ist die Sorte von holprigem Eis, die meinem Vater das Bein gebrochen hat. Wir müssen einen Weg hinausfinden auf das flache Eis der Bucht. Dieser Nebel macht es schwer, irgendetwas zu sehen. Beeil dich. Ich will nicht, dass ein Onkel von mir sagt: ›Kayak, wohin willst du mit all dem Zeug auf dem Schlitten deines Vetters?‹ Ich bin kein Meister im Lügen.«

Kayak zog den Starter und der Motor heulte wieder auf. Sie fuhren die lange, verschneite Böschung hinunter auf die Bucht zu.

Das ungefüge zusammengepresste Eis war höher aufgetürmt als Matthews Kopf. Ungeheure Eisplatten waren von der Gewalt der täglichen Flut hochgehoben worden. Die Durchfahrt war so eng, dass sie auf dem Sitz knien mussten, um ihre Beine in Sicherheit zu bringen. Als der Schlitten über einen tiefen Eisspalt glitt, sah Matthew neben sich das eisige, blau-grüne Wasser, das dick mit Schneematsch bedeckt war.

»Wir sind auf dem Meereis. Keine Sorge, es ist etwa neun Fuß dick«, rief Kayak Matthew zu, als sie sich aneinander drängten. »Wir müssen dort entlang«, sagte er und blickte zurück, um zu sehen, ob ihre Ladung noch fest auf dem kleinen Schlitten vertäut war.

Matthew starrte nach vorn, doch er sah nichts außer einer weißen Mauer treibenden Nebels. Hinter sich blickend, sah er, dass die Häuser von Frobisher verschwunden waren. Der vom Wind auf das Meereis gewehte Schnee war so hart, dass sie kaum eine Spur hinterließen.

Gegen Mittag hielten sie an. Während Kayak ihre Ladung erneut auf dem Schlitten befestigte, aßen sie zwei Zwiebäcke und teilten sich eine Tafel Schokolade. Matthew aß etwas Schnee.

»Iss nicht zu viel davon«, warnte Kayak. »Er macht dich nur durstig. Später werden wir etwas Eis klein hacken und Wasser kochen.«

Sie setzten ihre Fahrt durch das Eis fort, bis sie den Mond schwach durch den Nebel schimmern sahen. Er erleuchtete die geisterhaften Eishügel, die vor ihnen aufragten.

Kayak hielt den Motorschlitten an und ging zum Lastschlitten zurück. Matthew folgte ihm. Kayak zog einen kurzen Stab aus hartem Holz aus der Ladung hervor. Seine beiden Enden waren mit Eisenspitzen versehen.

»Was ist das?«, fragte Matthew.

»Eine alte Harpune«, antwortete Kayak. »Die Spitze und die Leine sind auch in meinem Pack. Ich brauche sie, um das Eis unter dem Schnee zu prüfen, bevor ich einen Schritt darauf tue. Sehr schlechter Platz hier.«

Er rammte die Harpune zwei Fuß tief in den Schnee, bis er auf hartes Eis traf.

»Manchmal verbirgt der Schnee breite Risse. Wenn du nicht aufpasst, kannst du ertrinken! Warte hier«, sagte

Kayak. »Wir sind jetzt auf der anderen Seite der Bucht. Hier gibt es gefährliche Spalten zwischen Eis und Land. Das kommt von Ebbe und Flut.«

Kayak verschwand im Nebel. Matthew stand wartend in der Stille. Endlich sah er die geisterhafte Gestalt Kayaks, der durch den Nebel zu ihm zurückhastete. Er atmete vor Erleichterung tief aus.

»Es wird sehr schwer werden, aus dem Eis rauszukommen. Wir müssen höllisch aufpassen. Es gibt keine alten Pfade, denen wir folgen können. Dieser Schneesturm hat alles zugeweht.«

Sie bestiegen den Motorschlitten und Kayak fuhr noch einmal in den Nebel hinein. Sie folgten seinen schwach erkennbaren Fußstapfen, bis sie an eine hohe Eisbarriere gelangten.

»Das Land liegt auf der anderen Seite. Kannst du diesen Schlitten fahren?«, fragte Kayak.

»Ja, ich denke schon«, sagte Matthew. »Ich habe aufgepasst, wie du's gemacht hast.«

»Dann folge mir. Aber fahr langsam. Ich werde durch dieses Eisgebirge klettern. Wenn du merkst, dass die Maschine in den Schnee zu sinken beginnt, springst du weit von ihr weg, legst dich flach hin und spreizt die Arme und Beine weit auseinander. So!« Er spreizte seine Beine und streckte die Arme weit aus.

Das klang nicht angenehm in Matthews Ohren, aber er betätigte die Hebel, bis sich die Maschine zollweise vorwärts bewegte. Dann ließ er rechts und links die Steuerschienen herab, um die Richtung zu prüfen, die er einschlagen musste, und folgte Kayaks Pfad.

Der erste vereiste Hang war in der Mitte durch einen langen, zackigen Spalt unterbrochen. Als Matthew ihn passierte, konnte er unter sich schwarzes Meerwasser sehen.

Der Spalt war nur einen Fuß breit, aber er sah höllisch gefährlich aus. Vor ihm kletterte Kayak durch eine enge Spalte, gebildet aus zwei Eisklötzen, die so groß waren wie Lastwagen. Auf dem vereisten Abhang geriet der Motorschlitten ins Schlingern, der kleine Schlitten stieß und drückte von hinten und Matthew verlor beinahe die Kontrolle über das Fahrzeug.

»Komm, beeil dich«, sagte Kayak. »Ich hasse es, in der Mitte zwischen Eis und Land zu hängen.«

In seinem ganzen Leben hatte Matthew nicht so schwer geschuftet wie jetzt, als er sich abmühte, die schwere Maschine vorwärts zu steuern.

Plötzlich hörte er die langsam laufende Schneekette kreischend mahlen, als wolle sie sich selbst in Stücke reißen.

Kayak kam zurückgerannt, warf sich mit seinem ganzen Körpergewicht gegen die Flanke des Schlittens und rief: »Hartes Gestein!«

Matthew sprang heraus, stellte den Motor ab und beide lehnten sich außer Atem an den Motorschlitten.

»Wir haben's geschafft«, sagte Kayak. »Wir sind auf festem Land.«

Er streifte seinen Fausthandschuh ab und fuhr mit der Hand über die Hartgummiglieder der Schneekette.

»Hier haben sie sich gelockert, aber sie sind nicht gebrochen.«

Vorsichtig ließ Kayak den Motor an und fuhr den Motorschlitten mit verminderter Geschwindigkeit auf den windgepeitschten Strand. Ringsumher standen eigenartige schwarze Steine wie Soldaten aufgereiht. Matthew spürte, wie ein leichter Wind aufkam, der die letzten übrig gebliebenen Nebelschleier zerriss. Vor ihnen im Nordwesten lagen die Berge, schimmernd im unheimlichen Mondlicht.

»Mein Großvater sagte immer, geradewegs durch jene

Schlucht sei der beste Weg durch die Berge«, sagte Kayak und zeigte nach vorn. »Im Sommer fließt dort ein Fluss mit vielen Wasserfällen. Jetzt ist er gefroren und sollte eigentlich genug Schnee auf dem Eis haben für einen guten Winterpfad.«

»Scheint mir schwierig«, sagte Matthew und starrte auf die steilen, weißen Klippen zu beiden Seiten der Flussmündung.

»Wer kann das sagen, der's nicht versucht hat«, erwiderte Kayak. »Bete mit mir, dass das Flusseis nicht durch den Sturm vom Schnee freigelegt ist.«

»Wir könnten das Zelt aufschlagen und hier schlafen«, sagte Matthew. Seine Muskeln zitterten vor Erschöpfung. Er hasste den Gedanken an den gewundenen, zugefrorenen Fluss, der wie eine weiße Schlange in den dunklen Schatten der Berge lag.

»Nein«, sagte Kayak. »Es ist mir zu gefährlich hier. Spürst du, wie der Wind zunimmt? Du hast gesehen, dass er den meisten Schnee vom Strand weggeblasen hat. Wenn dieser Wind stärker wird, zerreißt er unser Zelt und tötet uns. Ich will in diese Berge, wo wir sicher sind und vor dem Wind geschützt. Komm, beweg dich. Auf geht's.«

Er ließ den Motor an und Matthew setzte sich dicht hinter ihn. Vorsichtig nahmen sie ihren Weg über eine wellenförmige Hügelkette. Das Echo des Motorengeräusches wurde von den Abhängen zurückgeworfen. Sie folgten dem gewundenen Lauf des vereisten Flusses und blieben im Windschutz der Hügel. Vor sich, im Strahl des Mondlichtes, sah Matthew tückisch glitzerndes Eis.

»Zuerst wird es schlecht vorangehen«, sagte Kayak. »Aber vielleicht wird's später besser. Wenn wir durch diese Berge sind, ich denke morgen, finden wir deinen Vater und Charlie. Irgendwo da drüben. Da habe ich etwas Rotes gesehen.«

»Glaubst du, dass die Luftwaffe morgen fliegen wird?«, fragte Matthew.

»Ich weiß es nicht«, antwortete Kayak und blickte hinauf zum Nachthimmel und dem Mond.

»Der Wind kommt heute Nacht von Süden. Das könnte uns Nebel bringen vom offenen Meer. Aber wir sollten uns nicht zu sehr um den Nebel kümmern. Der ist nur schlecht für *tingmiaks*, für Flugzeuge.«

Tiefer in den Bergen spürten sie, wie der Flusslauf anstieg. Manchmal wichen sie gefrorenen Stromschnellen aus, die der Frost zu ungefügen Höckern geformt hatte. Es wurde kälter und der Mond verschwand hinter den steilen, weißen Klippen, die zu beiden Seiten des engen Tales aufragten.

Vor Kälte zitternd, saß Matthew auf dem Schlitten, seinen Kopf tief in den Parka vergraben. Er spähte nach vorn, seitlich an Kayaks pelzbesetzter Kapuze vorbei. Er sah einen gefrorenen Wasserfall, der sich vor ihnen erhob wie eine Festung mit weißen Mauern.

»Am Grund des Wasserfalls wollen wir Rast machen, bevor wir den schwersten Teil in Angriff nehmen.«

Als sie den Fuß des Wasserfalls erreichten, stellte Kayak den Motor ab.

»Ich hasse diesen Krach«, sagte er, stand auf und dehnte die Arme. »Ich könnte auf der Stelle einschlafen.«

»Ich auch«, murmelte Matthew. »Wir sind mehr als vierzehn Stunden unterwegs.«

Zusammen luden sie das Zelt und die Schlafsäcke ab.

»Wir wollen keine Zeit verschwenden mit Zeltaufschlagen«, sagte Kayak und rollte seinen Schlafsack neben dem Schlitten aus. »Wir schlafen in unseren Schlafsäcken und rollen uns bloß in das Zelt ein, damit wir morgen früh schnell aufbrechen können.«

Sie legten sich nieder und schon im nächsten Augenblick sah Matthew, dass Kayak in einen gesunden Schlaf gefallen war. Es herrschte völlige Stille. Matthew spähte in die Runde und starrte in die geisterhaften Schatten der Berge. Es war eine tote Welt, in der kein lebendes Wesen sich regte oder atmete. Doch irgendwo, hoch über ihm, hörte er den Wind seufzend durch die Bergpässe ziehen. Er schien die nächtlichen Sterne auf ihren einsamen Bahnen zu bewegen, jeden von ihnen herumzuwirbeln, sodass er Lichtsignale aussandte, die hell flackerten wie eisige Diamanten.

Matthew war so müde, dass er dieses Mal kein Bild des weißen Bären vor seinem inneren Auge sah. Er schloss seinen Schlafsack, zog das orangefarbene Zelt über seinen Kopf und schlief ein.

Kayak weckte ihn am nächsten Morgen. Obwohl sie im Schatten lagen, war der Himmel über ihnen von strahlendem Azurblau und die ersten Sonnenstrahlen tauchten die höchsten Bergspitzen in ein golden glänzendes Licht.

»Heute werden die Flugzeuge unterwegs sein«, sagte Kayak. »Vielleicht sehen wir sie. Vielleicht werden sie dort sein, wenn wir deinen Vater finden.«

Matthew fühlte sich so warm in seinem daunengefütterten Schlafsack, dass er sich kaum zwingen konnte, ihn zu verlassen.

Kayak zerbrach eine Tafel Schokolade und gab Matthew eine Hälfte.

»Heute wirst du alle deine Kräfte brauchen«, sagte er und ging zu einem Felsüberhang, wo er einen Eiszapfen abbrach. »Ich will keine Zeit verlieren mit Feueranzünden«, sagte er. »Lutsch ein bisschen dran, an Stelle von Wasser.«

Sie teilten sich eine kleine Schachtel Rosinen. Dann begann Kayak mit den Vorbereitungen zu ihrem Aufstieg, der seitlich an dem gefrorenen Wasserfall vorbeiführen sollte.

Er koppelte den kleinen Schlitten ab und bepackte ihn mit ihrer gesamten Ausrüstung.

»Der Motorschlitten kann diesen Schlitten unmöglich ziehen. Wir müssen zu Fuß gehen, den Pfad nach gefährlichen Felsbrocken abtasten und den Schlitten selbst hinter uns herschleppen. Mach Pause, wenn dir danach ist. Schwitz nicht zu viel. Trotzdem will ich erst nachsehen, wie viel Benzin noch im Tank ist.«

Kayak schraubte den Tankverschluss ab, fuhr mit einem kleinen Stab in die Öffnung und sagte: »*Ayii!* Braucht dringend Benzin.«

Er band den großen Reservekanister vom Schlitten los und füllte zum zweiten Mal seit ihrem Aufbruch in Frobisher den Tank.

»Leichter, als Hunde zu füttern«, sagte er, als er den Verschluss wieder auf den Tank schraubte. Sie banden zwei Seile an den Schlitten und spannten sich davor wie zwei Schlittenhunde.

Als sie endlich die Kuppe erreicht hatten, sackten sie erschöpft gegen den Schlitten. Matthew spürte, dass sein Hemd trotz der Kälte unter dem Parka feucht war. Er zog den Reißverschluss auf.

»Pass auf«, sagte Kayak. »Du wirst zu schnell kalt werden. Wenn dir heiß ist, zieh deinen Handschuh aus. Das wird allmählich deinen ganzen Körper abkühlen. Wenn deine Hand kalt geworden ist, steck sie schnell wieder zurück.«

Zusammen traten sie den Rückweg an. Kayak warf den Motor des Schlittens an, doch sie bestiegen den langen, schwarzen Sitz nicht. Jeder auf einer Seite gingen sie neben der Maschine, kletterten den steilen, unebenen Pfad hinauf, den sie hinterlassen hatten, und schoben aus Leibeskräften. Als sie schließlich wieder den höchsten Punkt des Falles erklommen und neben dem Schlitten gestoppt hatten, fiel

Matthew völlig ausgepumpt auf seine Hände und Knie nieder.

»Uff«, keuchte er. »Ich hätte nie gedacht, dass wir es schaffen.«

»Dieser gefrorene Wasserfall war der schlimmste Teil unseres Weges, Mattoosie. Wir müssten nahe an dem Ort sein, wo ich an jenem Nachmittag den Hubschrauber gesehen habe.«

Sie schlitterten über die oberen Ausläufer des vereisten Flusses auf den See zu, der ihn speiste. Matthew saß hinter Kayak und starrte voller Bewunderung auf die in Eis und Schnee gehüllten Berge. Kayak zog die Maschine von einer Seite auf die andere, versuchte jede Schneewehe und jedes Fleckchen Schnee für die Fahrt auszunutzen und das blanke Eis zu vermeiden.

»Sieh mal da drüben!«, rief er.

Über den Klippen sah Matthew den gewaltigen weißen Grat des Grinnelgletschers. Lange Schwaden von Schnee wehten von seinem westlichen Gipfel herab, rasend schnell und schimmernd wie gesponnenes Silber gegen einen Himmel, der kalt und blau wie harter Stahl war.

»Da draußen liegt ein großer See, direkt vor uns«, sagte Kayak. »Wir nennen ihn *Tessikotak*. Von dort aus werden wir das Hochland sehen.«

Sie kämpften sich vorwärts, bis sie das Ufer des Sees erreichten. Dann konnten sie sich erholen, während sie ihn auf einer weichen Schneedecke überquerten.

»Eine ganze Menge Wind hier draußen«, sagte Kayak, »aber wir sind nicht mehr weit von dem Punkt entfernt, wo ich den Hubschrauber gesehen habe.«

Sie hielten an und Kayak ging zum Schlitten zurück, um das altmodische Messingfernrohr aus dem Futteral aus Seehundsfell zu nehmen. Matthew hörte ihn stöhnen, sah ihn auf die Knie fallen und sich mit den Händen an die Schläfen schlagen.

»Was ist los?«, rief Matthew.

Kayak antwortete nicht. Er konnte nur auf die Spur deuten, die sie hinter sich gelassen hatten. Eine dünne, schwach gelbe Linie verlief nach rückwärts. Sie erstreckte sich über die ganze Länge des Sees.

»*Peetahungitoalook!*«, schrie Kayak. »Es ist alles weg. Unser Benzin ist weg! Der Verschluss des Kanisters ist verschwunden. Ich habe mich bemüht, ihn fest aufzuschrauben, aber er hat sich gelockert, und an dem verdammten Wasserfall haben wir ihn verloren!«

Er sprang auf die Füße, rannte zum Motorschlitten, schraubte den Tankverschluss ab und maß nach.

»Fast leer«, jammerte er. »Fast alles weg. Gerade noch genug für vielleicht eine Meile, höchstens für zwei. Und wir sind mehr als fünfundsiebzig Meilen von Frobisher entfernt. Vielleicht fünfzehn Meilen von dem Punkt, wo ich den Hubschrauber gesehen habe.«

Gerade in diesem Augenblick pfiff ein grimmiger Windstoß über den See und bauschte ihre Kapuzen. Hinter ihnen in den Bergen donnerte eine gewaltige Lawine zu Tal.

6

Kayak plumpste wieder in den Schnee. »Ich habe dich hergebracht, um deinen Vater zu suchen und zu retten, und was hab ich gemacht? Vielleicht habe ich dafür gesorgt, dass wir beide sterben müssen. Wir haben kein Benzin. Wir haben nur wenig Lebensmittel. Sieh dir den Sturm an, der über die Ebene direkt auf uns zukommt. Siehst du die großen wirbelnden Windriesen mit ihren Peitschen aus Schnee? Sie suchen nach uns. Hörst du, wie sie heulen? Sie machen sich bereit, uns in der Kälte erfrieren zu lassen!«

Matthew war ebenso angsterfüllt wie Kayak, doch er ging auf ihn zu und stellte sich neben ihn.

»Es ist nicht deine Schuld ... Das holprige Eis hat den Verschluss gelockert. Wenn irgendeiner Schuld hat, dann bin ich es. Du hast dein Leben riskiert, um mir zu helfen, meinen Vater zu finden.«

Kayak stand langsam auf und blickte Matthew in die Augen. »Bei dem aufkommenden Sturm ist es zu weit zum Zurückmarschieren. Unsre einzige Chance ist jetzt, dass wir sie finden. Möglicherweise ist Benzin im Hubschrauber.«

Er nahm die Schutzkappe vom Fernrohr des Großvaters und stützte es auf einem Felsen ab. Lange Zeit sagte er nichts, suchte sorgfältig die weite Ebene ab.

»Da drüben ist etwas. Dort, in dem blauen Schatten der Klippe«, sagte er. »Aber bei diesem Schneetreiben kann ich nicht erkennen, ob es Matilda ist oder bloß ein rostroter Felsen.«

»Lass mich sehen«, sagte Matthew. Seine Kehle wurde trocken, als er an die Möglichkeit dachte, Charlie und seinen Vater lebendig und gesund zu finden.

Er brauchte eine lange Zeit, um das kleine rote Etwas im Okular des Fernrohrs zu finden. Es musste drei oder vier Meilen weit entfernt sein und erwies sich als ein von treibendem Schnee halb verhüllter Fleck.

Kayak startete vorsichtig den Motor und steuerte das Fahrzeug vom gefrorenen See auf das Land.

»Fahr langsam«, sagte Matthew. »Auf diese Weise wird das Benzin länger vorhalten und wir kommen weiter.«

Er betrachtete den Schlitten aufmerksam, dessen Motor bereits zu stottern begann. Er fragte sich, ob sie irgendetwas davon gebrauchen konnten. Das Sitzkissen war zu schwer zu tragen. Es gab nichts, was für sie von Wichtigkeit hätte sein können – außer dem Rückspiegel vielleicht. Als der Motor sich verschluckte, keuchte und schließlich aussetzte, nahm Matthew sein Schweizer Armeemesser aus der Hüfttasche, schraubte den Rückspiegel ab und verstaute ihn in seinem Rucksack.

»Was machst du?«, rief Kayak ungeduldig. »Wozu soll das gut sein? Willst du in den Spiegel gucken, wenn du dein Haar kämmst und dir die Zähne putzt? Sei lieber froh, dass wir am Leben sind. Vergiss nicht, dass wir nach deinem Vater suchen.«

»Ich hab's nicht vergessen«, sagte Matthew. Zum ersten Mal war er ärgerlich über Kayak. »Über das Leben in dieser Gegend weißt du eine ganze Menge, nicht wahr? Aber hast du jemals von Pfadfindern oder Apachen gehört, die sich mit Spiegeln in der Sonne Signale geben? Ich habe gesehen, wie sie es in Arizona gemacht haben.«

»Wir sind nicht in Are-zoona und der Spiegel ist hier wertlos«, erwiderte Kayak. Er nahm das Fernrohr und suchte die öde Landschaft ab. Er zeigte noch einmal auf den trüben roten Fleck.

»Ich wette, dass sie es sind«, sagte Matthew, nicht weil er wirklich sicher war, sondern weil es der einzige Gegenstand weit und breit war, der ein Hubschrauber sein konnte. Er hatte den verzweifelten Wunsch, sich davon zu überzeugen und ihn mit eigenen Augen zu sehen.

»Ich weiß nicht«, sagte Kayak, »aber ich denke, wir machen uns auf und sehen nach. Vielleicht haben wir Glück. Wenn wir schnell marschieren, können wir das Ding erreichen, bevor der Sturm uns erwischt.«

Kayak kramte in seiner alten Tragetasche aus Segeltuch und zog ein zweites Paar knielanger Stiefel aus Seehundsfell hervor, die ein dickes Innenfutter aus Karibufell hatten.

»Hier«, sagte er. »Die müssten dir passen. Zieh sie an. Sie sind besser als deine schweren Stiefel. Roll das orangefarbene Zelt fest zusammen und schnüre es auf deinen Rucksack. Ich werde die beiden Schlafsäcke tragen, das Gewehr, das Schneemesser und das Fernglas.«

Kayak nahm die Leine vom Schlitten und rollte sie auf. »Wenn es da draußen stark stürmt, werden wir uns zusammenbinden. Das Schlimmste wäre, wenn wir uns im Sturm verlieren würden. Ich gehe voran und du hältst dich dicht hinter mir. Schrei, wenn du so müde wirst, dass du dich ausruhen musst.«

Matthew zog die Stiefel aus Seehundsfell an. Sie waren so leicht und bequem wie Mokassins.

»Vielen Dank. Sie sind großartig!«, sagte er.

Doch Kayak hörte ihn nicht. Er bewegte sich schon auf den roten Fleck zu, den sie im Fernglas gesehen hatten.

Auf dem vom Wind gehärteten Schnee hatte Matthew Mühe, ihm auf den Fersen zu bleiben. Er hatte keine Ahnung, wie lange sie auf den verschollenen Hubschrauber zumarschierten. Manchmal musste er sogar in Trab fallen. Kayaks Beine waren zwar kurz, doch er schien so schnell und sicher über den harten Schnee zu gleiten wie ein Karibu.

Kayak sah sich um.

»Setz die Schneebrille auf«, sagte er.

Die Sonne war in den niedrig hängenden weißen Wolken verschwunden, die sich über ihnen zusammenballten. Alles verschwamm in einem undeutlichen Halbdämmer. Es gab keinen Horizont mehr, nur noch einen beängstigenden Nebel aus wehendem Schnee.

Matthews Wadenmuskeln schmerzten. Ein Dutzend Mal hatte er das Verlangen, nach einer Pause zu rufen, doch dann eilte er weiter hinter Kayak her. Er hielt seinen Kopf gegen den Wind gebeugt und versuchte seine Stiefel genau in Kayaks Fußstapfen zu setzen. Er war entschlossen, den Hubschrauber zu erreichen.

Ein gewaltiger winterlicher Windstoß prallte gegen sie und ließ Matthew straucheln, sodass er auf die Knie fiel. »Ich kann nicht mehr!«, rief er. »Ich kann nicht mehr weiter. Warte auf mich!«

Kayak hielt inne und rannte zurück. Er kauerte sich einen Augenblick lang neben Matthew hin. Dann schüttelte sie ein neuer Windstoß durcheinander und trieb ihnen feinen Schnee in die Gesichter. Er brannte auf der Haut wie zerstoßenes Glas. Kayak wickelte die Leine auf, schlang sie um seinen Körper und band das andere Ende an Matthew fest.

»Ich gehe nirgendwohin ohne dich«, sagte er und versuchte einen Scherz zu machen.

»Komm, mein Bruder«, sagte er beinahe zärtlich. »Wir haben nur noch eine oder zwei Meilen zu gehen. Dann finden wir Matilda, Charlie und deinen Vater. Halte dein Gesicht vom Wind abgewandt und komm hinter mir her.«

Matthew fühlte, wie starke Arme ihm aufhalfen und dann ein leichtes Rucken des Seils, das sich um seine Hüften schlang. Sein Rucksack, der ihm am Morgen noch so leicht vorgekommen war, schien jetzt so viel zu wiegen wie ein ausgewachsener Gorilla, der auf seinem Rücken hing.

Er stolperte in Kayaks Fußstapfen dahin und redete sich selbst gut zu: »Diesen Fuß nach vorn … und jetzt diesen … dann diesen …«

Er versuchte an etwas anderes zu denken, an irgendetwas, doch kein Gedanke wollte in ihm aufkommen. Es gab nur tobendes, heulendes Weiß, das sich langsam in ein trübes Grau verwandelte, als bräche die Nacht herein. Nur einmal hob er den Kopf und sah Kayak an einem unförmigen wirbelnden Schneeungeheuer vorbeigehen. Es war weit größer als ein Mann und schien auf einem Fuß zu stehen, wie das schimmernde Gespenst eines Balletttänzers.

Dann schien es wie ein Geist zu seufzen und verschwand hinter den herabhängenden, wehenden Schneevorhängen.

Matthew hätte nicht sagen können, wie lange sie durch den Schneesturm gestolpert waren. Doch plötzlich prallte er gegen Kayaks gebeugten Rücken. Matthew kniete sich neben ihn und rieb seine tauben Wadenmuskeln.

»Hilf mir graben«, keuchte Kayak, der mit der langen Klinge des Schneemessers, das seinem Vater gehörte, in die Oberfläche des harten Schnees hineinhackte.

»Nimm deine Hände!«, schrie er.

»Grab! Buddle wie ein Hund. Der Wind wird immer stärker. Wir müssen uns beeilen. Hörst du mich? Los, beeil dich!«

Matthew wühlte im Schnee. Das Einzige, das er in den weißen Wirbeln sehen konnte, war ein Stein. Seine windumheulte Spitze ragte schwarz über dem Schnee empor. Er war nicht größer als ein Hund.

»Such ein Haltetau des Zeltes und binde es am Stein fest«, schrie Kayak durch den heulenden Schneesturm. »Verknote es ganz fest!«

Als es Matthew endlich gelungen war, ein Tau zu erwischen und es zu entwirren, schlang er es um den Felsen. Darauf warf er seine Handschuhe weg, machte einen losen Knoten und zog ihn mit allen Kräften zu. Er hielt.

Als er mit den Fingern wieder in seine Handschuhe fuhr, waren sie so steif gefroren, dass er sie kaum bewegen konnte. Er rollte sich in das Loch, das sie neben dem Stein gegraben hatten, und versuchte den Boden zu glätten. Kayak hatte große Schneeblöcke geschnitten und sie kreisförmig um das Loch aufgestellt. Über ihnen heulte der Wind wie ein hungriger Wolf.

»Jetzt roll das Zelt aus«, schrie Kayak, »aber halt's fest.« Das Halteseil des Zeltes war am Stein befestigt. Jetzt wehte der Wind das orangefarbene Nylon über das Loch. Voller Eile befestigten sie die anderen Seile an einigen der Schneeblöcke. Sie wurden straff und hielten der Gewalt des Sturmes stand. Ein zitterndes Dach bildete sich über ihnen. Nun kam ihnen der brüllende Wind weniger heftig vor.

Als sie keuchend dalagen, breitete sich ein seltsames Gefühl des Friedens in Matthew aus. Er hatte nur noch den Wunsch zu schlafen. Kayak stieß ihn mit dem Fuß an. »Roll die Schlafsäcke aus«, befahl er. »Aber warte einen Augenblick, lass mich erst unsere Parkas darunter ausbreiten. Zieh Hosen und Stiefel aus, Mattoosie, bevor du in den Schlafsack kriechst. Ich will versuchen unsere Lebensmittel zu finden.«

In der Dunkelheit war alles schwierig. Matthew strampelte so lange, bis es ihm gelang, sich in seinen daunengefütterten Schlafsack zu verkriechen. Er fühlte sich eiskalt an. »Zieh deinen Pullover aus und leg ihn auf deinen Kopf.«

Matthew tat, was ihm gesagt wurde.

Er hörte Kayak in seinem zerlumpten Leinensack herumwühlen. Er nahm eine Kerze und ein Päckchen Streichhölzer heraus.

»Ich hoffe, du hast eine Menge Streichhölzer mitgenommen«, sagte Kayak.

»Normalerweise hab ich keine bei mir«, antwortete Matthew, während er seine Taschen durchsuchte.

»Ich … ich glaube … ich … ich hab vergessen, welche mitzunehmen.«

Kayak stöhnte auf.

»Ich hab nur diese hier.« Er zählte. »Sieben ... acht ... neun. Neun Stück sind noch in dem Päckchen.«

»Dann haben wir also nur neun Streichhölzer«, jammerte Matthew.

»Du meinst: nur achtzehn Streichhölzer! Pass auf!«

Kayak nahm Matthews Messer. Geschickt spaltete er mit der dünnsten Klinge des Taschenmessers eines der Streichhölzer der Länge nach in zwei Teile.

»Da! Aus einem haben wir zwei gemacht. Aber du musst ganz furchtbar aufpassen, wenn du sie an der Reibfläche anstreichst. Meine Mutter hat mir gezeigt, wie man aus einem Streichholz drei machen kann, doch dazu brauchst du eine Rasierklinge.«

Matthew blinzelte, als das halbe Streichholz aufsprühte und in der Dunkelheit flackerte. Er sah, wie Kayak den dicken Kerzenstumpf an die Flamme hielt. Dann trieb er sein Schneemesser waagerecht in den dicken Mauerblock. Er neigte die Kerze seitlich, tropfte Wachs auf den Messergriff und setzte dann die Kerze aufrecht darauf. Die Flamme flackerte hin und her, doch sie verlöschte nicht.

»Ich sterbe vor Hunger«, sagte Kayak. »Ich könnte einen ganzen Ochsen aufessen.«

»Ich auch«, erwiderte Matthew. Er hielt einen Zwieback über die Kerze und schnupperte den rauchigen Geruch brennenden Mehls.

Sie teilten sich ihre einzige Büchse mit gefrorenem Cornedbeef und schlangen es hinunter.

»Dieses Fleisch wird deinen Körper heiß machen. Wenn du schläfst, gibst du die Hitze an den Schlafsack weiter. Los, lutsch noch ein bisschen Eis, wenn du durstig bist.«

Er blickte zum orangefarbenen Zeltdach hinauf. Es spannte sich jetzt glatt und leicht bebend über ihren Köpfen.

»Gar kein schlechtes Haus«, sagte Kayak. »Ich hoffe, dass es bis morgen hält. Die Kerze lassen wir brennen. Du wirst dich wundern, wie sie helfen wird, unseren kleinen Unterschlupf zu wärmen.«

Er langte hinüber und klopfte Matthew auf die Schultern. »Du bist ganz schön zäh für einen *kaluna*-Jungen. Du bist beinahe ein *Inuk*, ein richtiger Mann. Hör auf zu grübeln. Draußen ist ein furchtbarer Sturm. Um dir die Wahrheit zu sagen, Mattoosie, die meiste Zeit habe ich in unsrem Haus in Frobisher zugebracht. Seit der Zeit, als ich noch klein war und bei meinem Großvater im Lager lebte, habe ich nicht mehr bei einem solchen Sturm draußen übernachtet. Aber mein Vater hat mich oft zum Jagen mit raus auf das Eis genommen. Von ihm habe ich all die Dinge gelernt, die sein Vater ihm beigebracht hat. Eskimos brauchen niemals auf Schulen zu gehen, wie du sie kennst. Sie lernen schon als Kinder alles, was sie wissen müssen, von ihrem Vater, ihrer Mutter und den Großeltern. Jedenfalls ist es noch so, wenn sie draußen auf dem Land leben.«

Es stimmte, was Kayak über das Wetter gesagt hatte. Als Matthew erwachte, leuchtete das Zelt als oranger Fleck über seinem Gesicht. Die Welt schien von tödlicher Stille erfüllt. Sie zerrten die Parkas unter ihren Leibern hervor und schlüpften mühsam hinein. Sie zogen Hosen und Stiefel an. Alles war unter ihren Schlafsäcken trocken geblieben.

Kayak schnitt einen neuen Ausgang in die niedrige Schneemauer. Sie krochen ins Freie.

Alles hatte sich verändert. Massen von Schnee waren wie steifes Schaumgebäck zu hohen, wellenförmigen Wehen zusammengetrieben worden und die Frühlingssonne ließ die ganze Ebene bis zum nördlichen Horizont funkeln. Der

Himmel stand über ihnen wie ein endloser blauer Dom, den nicht eine einzige Wolke befleckte.

Sie arbeiteten mit bloßen Händen, als sie Schlafsäcke und Zelt zusammenpackten, denn es erschien ihnen beinahe warm.

»Der Frühling kommt schnell«, jubelte Kayak. »Diese ganze flache Tundra wird mit Blumen bedeckt sein – weiß, gelb und rot –, es ist herrlich! Bald werden die Stechmücken uns beißen. Setz deine Schneebrille auf. Ein Tag wie dieser kann deine Augen verbrennen und dich schneeblind machen«, warnte er.

Er hockte sich neben den Felsen und untersuchte den Horizont mit dem Fernglas.

»Siehst du den blauen Schatten dort drüben, neben der Klippe? In diese Richtung marschieren wir zuerst. Wir müssen darauf achten, dass wir die steigende Sonne immer im Rücken haben. Auf diese Weise gehen wir geradewegs nach Norden.«

Das Gehen war an diesem Tag viel schwieriger, weil der Neuschnee locker und weich unter ihren Füßen lag. Es war schon Nachmittag, als sie die Schlucht neben dem Hügel erreichten. Doch weit und breit war nichts zu sehen als eine endlose Schneewüste.

Jetzt nahm Kayak das Gewehr aus seinem Gepäck und trug es auf der Schulter. Er schien nach etwas Essbarem Ausschau zu halten.

Matthew fühlte, wie sein Magen sich vor Hunger zusammenkrampfte, und er wünschte, sie hätten die Rosinen aufgespart, um sie jetzt Stück für Stück essen zu können.

»Mattoosie«, sagte Kayak und deutete nach Norden. »Wir gehen in dieses kleine Tal da drüben. Wenn wir sie morgen nicht finden, müssen wir umkehren. Die Karibus sind weitergezogen. Hier draußen gibt's nichts Essbares.«

Er irrte sich. Kurz vor Einbruch der Dunkelheit machte Kayak Matthew ein schnelles Zeichen und kniete nieder. Er entsicherte das Gewehr und zielte sorgfältig. Alles, was Matthew sah, war ein schwarzer Fleck auf dem Schnee, nicht größer als sein Fingernagel.

Der Fleck bewegte sich und unmittelbar darauf hörte er den Schuss. Etwas Weißes sprang in die Luft, fiel herunter, zuckte und wurde dann steif. Zusammen rannten sie zu der Stelle und Kayak hob einen großen, schweren Polarhasen auf.

»Oh, Mattoosie«, sagte er. »Dieser *okalik* wird köstlich schmecken. Er ist hergekommen als ein Geschenk, um unser Leben zu retten. Vielleicht bringt er uns Glück.«

Voller Freude trug Matthew ihre Beute und sie marschierten, so schnell sie konnten, in das enge Tal. Sie fanden nichts – außer einer geschwungenen Linie von Fußabdrücken.

»Wer hat die hinterlassen?«, fragte Matthew.

»*Amahok*, ein Wolf. Ein großer!«, gab Kayak zur Antwort, als er die Fährte geprüft hatte. »Ich hoffe, dass er mittlerweile weit weg von hier ist. Vielleicht hat die Luftwaffe deinen Vater und Charlie inzwischen gerettet.«

»Ich kann nicht umkehren, ehe ich meinen Vater gefunden habe!«, ächzte Matthew.

»Es ist das Einzige, was wir tun können«, sagte Kayak.

Hundemüde stolperten sie in die Nacht hinein. Sie gruben noch einmal ein Loch, errichteten eine niedrige Schneemauer, zogen das Zelt darüber und banden die Seile fest. Kayak hockte im Schnee, zog dem Hasen das Fell ab, nahm ihn aus und zerschnitt ihn in vier Teile.

In ihrem Unterschlupf zündete er ihre letzte Kerze an. Er bot Matthew zwei Stücke des Hasen an und zeigte ihm, wie er das Fleisch über die Kerze halten musste.

»Auf diese Art«, sagte er, »kannst du es beinahe ein wenig braten und es wird warm.« Er lachte, drehte Matthew den Rücken zu und verzehrte seinen Anteil roh.

»Dies Kaninchen schmeckt wie eine Art Huhn«, sagte Matthew mit voll gestopftem Mund. »Glaubst du, dass wir morgen noch eins kriegen oder zwei oder drei?«

»Nein«, sagte Kayak. »Wir haben schon Glück gehabt, dass wir diesen einen Hasen gekriegt haben. Es gibt da draußen auch noch andere Jäger. Große Schneeeulen und weiße Wiesel. Sie lassen nicht viel übrig. Wölfe und Weißfüchse holen sich den Rest und ...«

Er hörte auf zu sprechen und lauschte. Am Ende des Tales erklang das lang gezogene einsame Geheul eines ausgewachsenen arktischen Wolfs.

»Ich hasse dieses Geheul«, sagte Matthew und würgte hastig den Rest des Hasen hinunter, als ob er ihn vor dem Wolf in Sicherheit bringen müsse. »Hört sich an wie das Geheul der Kojoten in Arizona, nur schlimmer.«

Kayak horchte auf das zweite Geheul und schwieg nachdenklich. »Mein Großvater sagte, dass Wölfe dich nur angreifen, wenn sie vor Hunger beinahe krepieren.«

»Eher bringt mich dieses Wolfsgeheul um.«

»Ach, keine Sorge. Heute Nacht wird er nicht kommen. Wölfe fürchten sich vor einem Licht in der Nacht.«

Kayak legte das Gewehr schussbereit zwischen sich und Matthew. Sie hüllten sich in ihre Schlafsäcke und versuchten zu schlafen.

»Mattoosie, schläfst du?«, fragte Kayak.

»Nein«, antwortete Matthew. »Ich denke dauernd an morgen Nacht. Dann werden wir keine Kerzen mehr haben. Und dann haben wir auch kein Licht, um den Wolf zu verscheuchen.«

»Wir denken erst daran, wenn die Zeit gekommen ist.

Wir leben. Wir haben Fleisch in unseren Bäuchen. Wir sind nicht krank. Über alles das solltest du froh sein, Mattoosie. Morgen ist auch noch ein Tag. Wir werden sehen, was dann geschieht. Heute Nacht schlafen wir!«

Am Morgen war der Himmel silber-grau. Der Horizont war nirgends zu sehen. Die Ausmaße jedes Gegenstandes in der Landschaft erschienen verzerrt.

»Schlecht heute«, sagte Kayak. »Keine Sonne, nach der wir uns richten können. Man verirrt sich leicht und geht im Kreis. Ich weiß nicht, wie wir heute nach deinem Vater suchen sollen, wenn Himmel und Erde eins sind.«

Überall lastete eine unheimliche Stille.

Matthew formte mit den Händen vor seinem Mund einen Trichter und sagte warnend: »Achtung! Ich werde jetzt schreien.«

Gellend ertönte seine Stimme: »Vater! Charlie! Vater! Charlie! Wo seid ihr?«

Das Echo rollte durch das Tal zu ihnen zurück: »Vater! Charlie! Vater! Charlie! Wo seid ihr?«

Der einsame Klang seiner eigenen Stimme erschreckte Matthew. Sie ließ ihm die Welt ringsum wie eine Echokammer erscheinen. Kayak warf sich erneut die Schlafsäcke auf den Rücken und wandte sich nach Süden.

»Komm! Es hat keinen Zweck. Wir können nicht hier bleiben. Wir müssen aufbrechen. Auf der Stelle! Wir müssen nach Frobisher. Wir müssen nach Hause.«

»Ich muss meinen Vater finden! Ich muss ihn jetzt finden! Er ist das Einzige, was ich habe!«

Kayak wandte sich um und sah ihn an.

»Nein, du hast mich. Ich werde dein Bruder sein. Dann bist du ein Teil meiner ganzen Familie. Sie machen sich Sorgen um uns. Sie warten auf uns, dass wir bald nach

Hause kommen. Meine Mama wird glücklich sein, wenn sie dich als Sohn hat. Sie wird für dich sorgen, wenn du krank bist, und wenn sie deine abgetragenen Handschuhe sieht, wird sie dir neue machen, ich weiß es.

Und meine Schwester Pia. Du wirst sie mögen. Sie lacht den ganzen Tag. Vielleicht flickt sie meinen zerrissenen Parka. Sie kann gut nähen. Kopf hoch, Mattoosie. Es sieht wie Winter aus, doch der Frühling wird bald kommen! Unser Vater wird uns beide zum Fischen mitnehmen. Du wirst sehen, er weiß hundertmal mehr als ich. Er kann auch dein Lehrer sein, Mattoosie. Du hast jetzt eine ganz neue Familie. Und außerdem: Was wissen wir eigentlich, was geschehen ist, während wir hier draußen herumgewandert sind? Vielleicht sind dein Vater und Charlie inzwischen schon zurück in Frobisher.«

Kayak lud das Gewehr auf seine Schulter. Matthew folgte ihm mit gesenktem Kopf. Er hatte immer noch das Gefühl, dass er seinen Vater im Stich ließ.

Sie marschierten fünf Stunden lang. Manchmal gerieten sie ins Stolpern, weil das unbestimmte Licht die Konturen der Schneewehen verwischte.

»Dort ist etwas«, sagte Kayak eifrig. »Das haben Menschen gemacht.«

Er rannte vorwärts und Matthew folgte ihm.

»Oh«, klagte Kayak und fiel auf Hände und Knie nieder. »Es stammt von uns selbst. Es ist das Loch, das wir letzte Nacht gegraben haben. Unsere Höhle, die wir heute Morgen verlassen haben. Wir sind in einem großen Kreis gegangen.«

Er schrie laut und blickte hinauf zu der blinden, sonnenlosen Wolkendecke. Er schüttelte seinen Kopf. »Mein Vater hat mich davor gewarnt, so etwas zu tun. Ich bin ein Narr gewesen.«

Er schützte mit seinem Arm die Augen vor dem grausam stechenden Glanz dieses Lichtes.

Sie saßen zusammen auf dem eingefallenen weißen Wall.

»Was können wir tun?«, fragte Matthew.

»Im Augenblick gar nichts«, gab Kayak zur Antwort. »Wir können hier nur schlafen bis zur Nacht und beten, dass es dann klar ist. Wenn der Nordstern da ist, können wir uns nach ihm richten und die ganze Nacht marschieren.«

So legten sie sich am Nachmittag schlafen, aber in der Nacht war das Wetter nicht besser. Sie schliefen wieder. Sie hatten nichts zu essen und keine Kerze, um ihr Zelt zu wärmen.

Am nächsten Morgen lagen überall große Nebelschwaden. In der Nähe ihres Zeltes sahen sie die breite Fährte und die gelbe Urinspur, die ein großer männlicher Wolf hinterlassen hatte.

»Es war derselbe«, sagte Kayak. »Er muss sehr hungrig sein, sonst wäre er nicht so dicht herangekommen. Vielleicht ist er am Verhungern und wartet auf ein Karibu, genau wie wir.«

Sie starrten ein paar Minuten auf die Fährte und schwiegen. »Lass uns gehen. Wenn wir hier herumlungern und darauf warten, dass etwas passiert, wird uns nur elend und kalt«, sagte Kayak. Er zog seinen Parka an.

»Dieses Lager lassen wir für immer hinter uns. Ich weiß eine Möglichkeit, wie wir von hier aus in gerader Richtung weitergehen können, ohne Kreise zu schlagen. Es kostet Mühe, aber es ist das, was ich schon vorher hätte tun sollen!«

Jeweils nach einigen hundert Schritten schnitt er einen langen, dünnen Schneeblock, stellte ihn auf und zupfte ein Büschel dunkler Haare aus dem Besatz seines Parkas. Er drückte es in die Mitte des Schneeblocks, sodass es aussah wie das Schwarze einer Zielscheibe.

»Wir gehen nur so weit, wie wir diese Markierung sehen können«, sagte er und wies zurück, »und dann bauen wir eine neue. Auf diese Weise können wir nicht in die Irre gehen.«

Im Laufe von drei Stunden hatten sie etwa zwanzig solcher Blöcke errichtet.

Plötzlich sahen sie in dem weißen Dunst, der vor ihnen hing, eine große, grau-weiße kauernde Gestalt. Sie kroch auf sie zu, fletschte die Zähne und starrte sie aus grausamen gelben Augen an.

7

»Es ist der Wolf«, sagte Kayak. Er hob sein Gewehr, um zu schießen, doch das Tier drehte ab und stahl sich durch den Nebel davon. Kayak rannte hinterdrein und Matthew folgte ihm.

Sie mussten etwa eine Meile zurückgelegt haben, als Matthew plötzlich einen Schreckensschrei Kayaks hörte und dieser vor seinen Augen verschwand. Matthew zögerte nur eine Sekunde, dann rannte er vorwärts. Doch die Tatsache, dass Kayak so plötzlich verschwunden war, machte Matthew vorsichtig.

Es war nur gut, dass er sich langsam vorwärts bewegte, denn plötzlich tat sich zu seinen Füßen ein gähnender, eisiger Abgrund auf. Er musste sich zurückwerfen, um nicht selbst hinabzustürzen.

Als er nach unten blickte, sah er ein schreckliches Gewirr von scharfen Felsen und tiefen Gletscherspalten, halb von Nebeln verhüllt.

Er hörte ein Stöhnen und ein paar Fuß unter sich sah er

nun Kayak, der sich an die vereiste Felswand klammerte. Mit einem Fuß suchte er wie rasend nach einem festen Halt.

Blitzschnell riss Matthew seinen Rucksack auf und zog eine ihrer langen Zeltleinen aus Nylon heraus. Er warf sich flach auf den Boden und legte mit Kopf und Schultern über dem Rand des Abgrundes hängend, die Leine sorgsam um Kayaks linkes Handgelenk. Dies war das einzige Stück von Kayak, das er erreichen konnte.

Kayak sagte kein Wort, doch Matthew hörte, wie er vor Anstrengung keuchte. Matthew sprang auf und rannte von der Kante weg. Er rannte so weit, wie es die Zeltleine erlaubte. Dann trat er den Schnee mit den Füßen nieder und grub sich knietief in den hart gepressten Schnee, wie bei einem Tauziehen auf Leben und Tod.

»Fang an zu klettern!«, schrie er. »Ich ziehe, so kräftig ich kann.«

Er spürte, wie ein fürchterliches Gewicht an der Leine zerrte, und hörte, wie das Nylonseil sich straffte, als Kayak den Felsen losließ, an den er sich bis jetzt geklammert hatte. Matthew folgte dem Seil mit den Augen und fürchtete, es könne reißen.

Er zog mit aller Macht und gewann einen Meter Seil. Das Gewicht, das er hielt, war so groß, dass der Schnee unter seinen Füßen nachgab. Doch er zog weiter, mit aller Kraft, die er seinem Körper abzwingen konnte.

Kayaks Finger erschienen oberhalb des Klippenrandes und wühlten umher wie zwei verzweifelte Krebse. Jetzt mussten sie einen Halt gefunden haben. Einen Augenblick lang hing das Seil schlaff und Matthew holte eine gute Manneslänge ein. Dann stemmte er sich mit seinem ganzen Gewicht gegen den Zug und sah Kayaks Kopf und Schultern auftauchen. Er hing am Seil wie ein Sterbender.

Durch Matthews ständigen Gegendruck auf das Seil unterstützt, warf Kayak sein Gewicht mit einem letzten gewaltigen Aufhieven nach vorn. Keuchend lag er am Rand des vereisten Felsens. Immer noch baumelten seine Beine über dem Abgrund. Matthew holte das Seil ein und rief: »Kriech zu mir her.«

Kayak hatte nicht die Kraft dazu und Matthew musste befürchten, dass er zurückrutschte, wenn die Spannung des Seils nachließ. Langsam arbeitete er sich nach vorn, strengte sich wie wahnsinnig an, bis er nahe genug war, um Kayak bei der Hand zu packen. Vorsichtig zog er ihn von der Klippe weg, rückwärts, in Sicherheit.

Sie lagen beide im Schnee und waren nach diesem furchtbaren Kampf nicht mehr fähig sich zu bewegen.

Kayak war der Erste, der sprach. Seine Stimme zitterte.

»Ich habe das Gewehr verloren … das Schneemesser … und meine Schneebrille. Alles ist weg. Ich konnte es fallen hören. Die Sachen schlugen oft gegen den Felsen, bis sie unten waren.«

Matthew kroch auf Händen und Knien vorwärts und blickte auf den Grund der Klippe hinunter.

»Es ist ein gewaltiger Spalt im Felsen da unten«, sagte er. »Es ist fast wie eine lange, tiefe Höhle. Das Gewehr und das Messer sind also fort. Die Harpune auch. Und unser Zelt … es ist in zwei Hälften zerrissen.«

Matthew machte das Seil von Kayaks Handgelenk los und half ihm auf die Beine. »Komm«, sagte er. »Die Hauptsache ist, dass wir noch leben und in Sicherheit sind. Wir müssen diesen Spalt umgehen, bevor die Nacht kommt. Wir bleiben zusammen!«

Es dauerte sehr lange, ehe sie einen Weg fanden, der um den Spalt herumführte. Dichter Schnee fiel. Kayaks Arm hing seitlich herab, als ob er aus dem Gelenk gesprungen wäre. Doch als Matthew ihn danach fragte, schüttelte er nur den Kopf und sagte: »Von nun an haben wir Pech.«

Matthew fragte sich, wie es wohl werden würde – keine Iglumauern, ein zerrissenes Zelt, kein Licht, keine Wärme, nichts zu essen. Während sie durch den endlosen Schnee stolperten, spürte er, wie seine eigene Hoffnung ihn Stück für Stück verließ. Sie waren ausgezogen, um seinen Vater zu suchen, und nun mussten sie beide selbst dem Tod ins Gesicht sehen. Kayak, der bisher immer die Spur für ihn getreten hatte, taumelte nun hundert Schritte hinter ihm her.

Im grauen Abendlicht sah Matthew, wie sich vor ihm auf dem Schnee etwas bewegte. Gerade wollte er Kayak zurufen, er solle mit dem Gewehr herkommen, als ihm einfiel, dass sie es verloren hatten.

Was vor ihm auf dem Schnee kauerte, war von dunkler Farbe, jedoch weder ein Hase noch ein Fuchs. Konnte es ein Vielfraß sein?

Plötzlich drehte es sich um und starrte ihn an. Es schien ein menschlicher Kopf ohne Körper zu sein – nur ein Kopf mit wirrem Haar und den wilden Augen eines erschreckten Ponys. Eine Kette aus Zähnen baumelte vor einer großen Stirn.

Ich werde verrückt, dachte Matthew, als er sah, wie der Kopf sich in die Runde drehte und verschwand.

»Kayak!«, keuchte er, und als er sich umdrehte, sah er, dass dieser dicht neben ihm war.

»Ich hab den Kopf eines Menschen gesehen, genau vor uns auf dem Schnee!«

»Der Hunger macht dich irr«, murmelte Kayak. »Jäger sehen zuweilen seltsame Dinge hier draußen.«

»Schau dahin«, flüsterte Matthew. »Dort ist ein zweiter.« Kayak fuhr sich mit der Hand über die Augen.

»Ich hab's gesehen. Das Gesicht, meine ich. Es ist sehr schnell wieder untergetaucht.«

»Es war nicht dasselbe Ding, das ich vorher gesehen habe«, sagte Matthew. »Das neue war kleiner.«

»Sieh, noch eins!«, flüsterte Kayak. »Das sind keine wirklichen Wesen. Das müssen *tornait* sein … böse Geister.«

»Da ist der große Kopf wieder«, sagte Matthew und krümmte sich startbereit zusammen wie ein Sprinter vor dem Losrennen.

»*Kenookiak?*«, sagte eine tiefe, polternde Stimme.

Sie konnten die Zähne des Wesens nicht sehen.

»*Inootweenak*«, antwortete Kayak und zu Matthew sagte er hastig: »Der Kopf fragt, wer wir sind. Ich hab gesagt, wir sind Menschen, bloß Menschen.«

»*Shoonamik peeumaveet?*«, rief der Kopf.

»*Kakpoosi*«, erwiderte Kayak. »Der Kopf fragt, was wir wollen. Ich hab gesagt, dass wir entsetzlichen Hunger haben.«

»*Kilee, kilee*«, brummte der Kopf.

»Er sagt, dass wir zu ihm kommen sollen. Ich hab Angst«, flüsterte Kayak.

»Was sollen wir machen?«, fragte Matthew.

»Nichts«, antwortete Kayak. »Hingehen.«

Sie erhoben sich vorsichtig und gingen auf den Kopf zu. Er verschwand.

Als sie den Ort erreichten, wo er gewesen war, sahen sie im Schnee ein Loch. Als sie hineinblickten, starrte ein wildes Augenpaar zu ihnen hinauf.

»Steht nicht herum wie zwei blöde Holzklötze«, bellte eine Stimme auf Englisch. »Kommt runter!«

»Ich geh nicht runter in dieses Loch«, sagte Kayak. »Dieses Ding spricht jede Art von Sprachen und wird mir die Beine abbeißen.«

»Ich komme runter ... Sir ...«, sagte Matthew furchtsam.

Er hielt inne und lauschte. Aus dem Loch erklang eine singende Stimme: »Auf, komm her, Junge. Was hält dich ab? Ho, ho, ho!«

Matthew ließ sich in das Loch hinab. Er spürte, wie ihn ein Paar kräftige Arme um die Hüften packte. Eine Stimme in der Dunkelheit unter ihm rief etwas.

»Ich habe einen von ihnen. Hier, halt ihn, Frau. Ich werde den anderen packen!«

Matthew fühlte, wie ihn jemand an der Kapuze des Parkas ergriff und ihn durch einen dunklen Durchgang in einen matt erhellten Raum zog. In dem Schatten des Raumes bewegten sich verschiedene schemenhafte Gestalten.

Hinter ihm kam Kayak in den Raum gestolpert.

»Es sind zwei«, knurrte die tiefe Stimme. »Das ist keine schlechte Jagdbeute für einen Tag, besonders in dieser Gegend.«

»Warum? Es sind nur zwei arme, verloren gegangene Jungen«, rief die Frauenstimme aus der Düsternis und sie schnatterte wie eine Ente. »Dieser hier ist ein *kaluna*. Er hat ein rotes Gesicht und gelbe Haare. Aber der da ist mit Sicherheit ein *Inuk*.«

»Wie ist dein Name, Junge?«, fragte die kräftige, raue Stimme. »Woher kommst du?«

»Aus Frobisher«, sagte Kayak. »Der dort heißt Mattoosie. Ich heiße Kayak. Wir suchen Mattoosies Vater und den Hubschrauberpiloten Charlie. Unserem Motorschlitten ist das Benzin ausgegangen. Jetzt sind wir alle verloren.«

Der wilde Mann blickte seine Frau an und lachte.

»Deshalb haben wir die Suchflugzeuge in der Luft herumbrummen hören. Ich nehme an, sie wollten deinen Vater finden. Aber hier in der Gegend ist er nicht, Jungens, ich müsste es ja wissen. Oder meint ihr nicht?«

Aufmerksam blickte Matthew sich im Raum um und versuchte sich klar darüber zu werden, ob er sich in einem runden Haus befand, das über der Erde erbaut worden war, oder ob es sich um eine eigentümliche natürliche Höhle unter der Erde handelte. Zu beiden Seiten des Raums brannten in einer Reihe, ungefähr ein Fuß lang, gelbe flackernde Flämmchen wie ein Dutzend Kerzen. Alles andere lag im Schatten. Dicht über seinem Kopf wurde das Dach von den gewölbten Rippenbögen uralter Wale gestützt. Sie gaben ihm das unheimliche Gefühl, mitten im Körper eines lebendigen Ungeheuers zu sein.

Mindestens die Hälfte der Bodenfläche des runden Raumes wurde von einem großen Bett eingenommen, das an der Rückwand befestigt zu sein schien. Es war mit einem großen Haufen von Tierfellen, Armeedecken und jeglicher Art von Kleidungsstücken bedeckt. Viele sonderbare Metallgegenstände fingen das schwache Licht ein und blinkten und schimmerten von den Wänden wie leuchtende Zähne. Auf dem Bett schliefen mehrere kleine Kinder.

Matthew drehte sich um, als der wilde Mann ihn anstarrte. Er hatte zottiges Haar und kleine, bewegliche Augen über seinen vorstehenden Wangenknochen. Seine Kiefer waren so ausgeprägt, dass man ihnen die Kraft zutraute, die Schenkelknochen eines Bären zu zermalmen. Als er den Kopf bewegte, begannen die Zähne, die er vor der Stirn trug, zu klappern. Sein Parka, Hosen und Stiefel waren aus Karibufell gemacht und viele kleine Zaubersäckchen und Symbole hingen um seinen Hals oder waren auf die Ärmel seines Parkas genäht.

Er schnaubte und sagte: »Dies ist das Land, in dem ich lebe. Ich heiße keine Fremden willkommen. Seit wir hier leben, haben wir keinen Besucher gehabt, nicht wahr, Frau?«

»Nur Karibus und Bären«, antwortete sie und deutete auf gebleichte Schädel, zottige Felle und einen Haufen von Geweihen.

»Habt ihr immer hier draußen gelebt?«, fragte Kayak.

»Ich sage dir: Nein!«, rief der wilde Mann aus. »Ich habe in Frobisher gelebt. Ich bin dort geboren. Das war früher, als es noch *Ikhaloweet* genannt wurde. Bevor die Luftwaffe der Alliierten kam. Dort lebte damals nur ein einziger weißer Mann, der mit Fuchsfellen handelte und eine Eskimofrau hatte. Es war ein prächtiger Platz zum Fischen und die Karibus kamen gewöhnlich geradewegs herunter zu unserem Lager am Fluss. Dann hat sich alles verändert. Ich hasse diesen lärmenden Ort mit seinen knatternden Lastwagen und Flugzeugen. Einige Eskimos dort führen sich auf wie die Narren. Kein Wunder.«

»Das sagte mein Großvater auch immer«, sagte Kayak.

»Genau. Er hatte Recht«, schrie der wilde Mann. »Wie war doch noch der Name deines Großvaters?«

»Tytoosie«, gab Kayak zur Antwort.

»Oh, ich kannte ihn.« Der wilde Mann lachte. »Ich mochte seine Art. Ein schneller Mann mit dem Hundegespann und ein prima Jäger. Er hatte einen Sohn namens Toogak.«

»Das ist mein Vater«, sagte Kayak voller Stolz.

»Na, und warum leben so prächtige Leute wie deine Familie noch immer an einem so verrückten Ort wie Frobisher, voll gestopft mit Menschen, die wie ein Walross an einem winzigen Felsen kleben? Warum breiten sie sich nicht aus und jagen, erfreuen sich am Land, wie ich es tue, wie unser Volk es immer getan hat?«

»Ich weiß es nicht«, sagte Kayak. »Fast jeder spricht davon wegzugehen. Doch niemand tut's. Vielleicht würden sie sich hier draußen verloren fühlen – wie wir. Wenn wir dieses Haus nicht gefunden hätten, wären wir verhungert, denke ich!«

»Hör auf, vom Tod zu reden«, sagte die Frau des wilden Mannes. »Esst diese schöne, heiße Suppe«, sagte sie und reichte jedem einen zerbeulten Blechnapf mit der Aufschrift »U.S. Army«.

Matthew fühlte sich ziemlich schwindlig, als er das fette, köstliche Gebräu kostete, und er merkte, wie der Dampf ihm ins Gesicht stieg. Die Frau nahm zwei Karibuschenkel aus dem Topf und spaltete sie mit einem schweren Messer.

»Vorwärts«, sagte sie, »greift zu und nehmt euch einen schönen Brocken Fleisch. Esst langsam.«

Sie lachte und sagte warnend: »Wenn ihr hungrig seid und zu schnell esst, wird es euch wieder hochkommen.«

Als sie mit dem Essen fertig waren, setzte Kayak sich auf dem Bett zurück. Matthews Kopf fiel nach vorn.

»Legt euch hin und ruht euch aus«, sagte sie und rollte eines ihrer schlafenden Kinder zur Seite, um für Matthew Platz zu schaffen.

»Erzählen könnt ihr später. Schlaft jetzt.« Sie warf zwei Decken über die beiden Jungen.

Als sie erwachten, war es im Inneren des Hauses dunkel, doch ein heller Lichtstrahl, der durch den Eingang fiel, ließ Matthew erkennen, dass es Morgen war. Kajak saß bereits aufrecht da und stocherte mit einem geliehenen Messer in einem Karibuknochen herum.

»Mattoosie«, sagte er und schwenkte den Knochen. »Das ist *putik*, Knochenmark.« Er hielt ein weiches, köstliches Stück in die Höhe und stopfte es dann in den Mund.

»Es ist die beste Nahrung der Welt. Die *kalunas* werfen es meistens fort. Hier, versuch mal ein Stück.«

Es kam heiß aus dem Topf und schien in Matthews Mund wie weiche Butter zu schmelzen.

Als das Licht im Haus sich verstärkte, konnte Matthew erkennen, dass die roten Lichter, die ihn von den Wänden angefunkelt hatten, die Scheinwerfer alter Militärjeeps und Lastwagen waren. Die schimmernden Zähne erwiesen sich als Roste aus Kühlschränken. Über dem Kopf der Frau, leuchtend im Licht der Öllampen, sah er viele Reihen leerer, farbiger Glasflaschen und die Wände waren mit hunderten von Bildern beklebt. Sie waren in völliger Unordnung, manche sogar an der Decke befestigt, sodass man sie betrachten konnte, während man im Bett lag.

Als der wilde Mann sah, dass Matthew die Bilder anstarrte, schnaubte er wie ein Pferd und sagte: »Das meiste, was die weißen Männer machen, ist Trödel und Schund.«

Er streifte seine Ärmel zurück und Matthew sah, dass er an jedem Arm ein halbes Dutzend Armbanduhren trug. »Ich habe die Zeiger abgemacht«, rief er, »weil ich nicht will, dass eine Erfindung der Weißen mir irgendetwas vorschreibt. Ich brauche nur Sonne und Mond, die mir sagen, wann ich aufstehen und schlafen gehen soll.«

Der wilde Mann erhob sich plötzlich, stellte sich auf die Zehenspitzen und steckte seinen Kopf aus dem Eingang im Dach. »Ayii«, bellte er. »*Silachiakpalo*. Es ist ein schöner Tag. Schnell, Frau, füttere diese Jungen mit Fleisch und dann sollen sie sich auf den Weg machen. Lasst euch durch uns nicht aufhalten, Reisende. Eure Stiefel sind trocken. Meine Frau hat sie für euch weich gekaut. Zieht sie an. Setzt euch in Bewegung, beeilt euch, schwirrt ab!«

»Verzeihung, wir dachten, wir könnten bleiben …«

»Ich werde euch Folgendes sagen«, sagte der wilde Mann: »Wenn ihr versprecht, auf der Stelle zu gehen, werde ich euch drei schöne Geschenke geben. Als Erstes: diesen Bogen mit Pfeilen. Er ist unbenutzt. Seht.«

Er langte hinter sich und wühlte im Bettzeug herum.

Schließlich zog er einen langen Plastikbogen mit Köcher hervor. Er war zweifach gebogen, mit einer glänzenden Folie überzogen und das Preisschild klebte noch daran: 25 Dollar und 95 Cent! »Da!«, sagte er. »Er ist brandneu. Stammt aus dem U.-S.-Armee-Laden. Und hier ist ein hübscher, grüner Köcher, voll mit Pfeilen. Wenn ihr nicht wissen solltet, wie man damit umgeht, verzieht euch schnell nach draußen und lernt es!«

Seine Frau begann wieder zu gackern wie eine Henne, die ein Ei legen will.

»Wir hatten Stunden im Bogenschießen auf der Schule«, sagte Matthew. »Komm, Kayak, wir gehen besser.«

»Einen Augenblick noch, Jungens«, flüsterte der wilde Mann. »Rast nicht ohne meine anderen Geschenke davon. Hier sind ein Schneemesser und etwas Karibufleisch. Mein drittes Geschenk ist das Wichtigste. Ich werde euch zeigen, wie ihr nach Hause zurückkommt. Und wenn ich deinen Vater über die Jagdgründe wandern sehe, werde ich ihm ebenfalls sagen, wohin er gehen muss, um nach Frobisher zu kommen. Nun macht, dass ihr hinaufkommt, schnell wie die Füchse und raus mit euch!«

»Nicht, bevor ich ihnen das hier gegeben habe«, schrie die Frau und legte ein aus Sehnen geflochtenes Halsband um Matthews Nacken.

»Da«, sagte sie, »dieses Amulett wird dir helfen, deinen Weg zu finden, und dich nachts warm halten.« Matthew blickte auf sein Geschenk. Auf die Sehne waren ein Vogelschnabel und ein Bärenzahn aufgezogen und ein kleines Lederbeutelchen hing daran, das mit irgendeinem Klumpen gefüllt und fest zugenäht war.

Sie gab Kayak eine Schutzbrille von der altmodischen Art, wie Eskimos sie trugen.

»Du hast deine zerbrochen, *ayii*?«, fragte sie. »Diese hier ist von Eskimos gemacht und sehr stabil. Trage sie, damit du nicht schneeblind wirst wie mein Bruder.«

Matthew fühlte ein Paar kräftige Arme um seinen Leib und er wurde durch das Loch ins Freie gehoben. Kayak kam ihm nachgestürzt.

Der Kopf des wilden Mannes erschien über dem Schnee. Er nickte und machte mit seiner Nase eine auffordernde Bewegung. »Geht dort entlang. Marschiert einen halben Tag geradeaus. Ihr werdet zu einem gewundenen kleinen Fluss kommen, der fest zugefroren ist. Folgt ihm bis zu einem Wasserfall, der so schnell fließt, dass sein Wasser nicht gefriert. Ihr werdet den Nebel hoch in der Luft über ihm stehen sehen. Es sieht aus, als käme er aus dem Kessel des Teufels. Wo der Fluss sich in zwei Arme teilt, folgt dem richtigen«, sagte er und schlenkerte seinen linken Arm durch die Luft.

»Dort gibt es eine Menge wilde, weiße Hühner mit pelzigen Füßen, die am Fluss gefrorene Beeren fressen.«

Er warf ihnen den Plastikbogen und den Köcher zu. Als sie über den Schnee rutschten, schrie er: »Auf Wiedersehen, Jungen, und kommt nicht wieder. Hört ihr mich? Weil ihr uns nicht mehr hier finden würdet. Euer Kommen würde für mich bedeuten, dass ich hier verschwinden muss. Ich glaube, wenn ihr zurück seid, werdet ihr alles diesen Krachmachern in der Stadt erzählen. Ihr werdet sagen: ›Wir haben weit da draußen eine komische Familie getroffen.‹ Und sie werden aufbrechen, um mich zu begaffen, denn sie können die Vorstellung nicht ertragen, dass ich und meine Familie hier draußen frei leben. Versteht ihr mich: in Freiheit! Sie werden mir Nadeln in den Arm stechen wollen, meine Kinder auf Schulen schicken, damit sie lernen zu werden wie sie und nicht wie ihr Vater. Geht weg! Erzählt ihnen alles, was ihr wollt. Wenn sie nämlich hierher kommen und uns suchen, werden wir von hier verschwunden sein. Hört ihr mich: verschwunden!«

Er lachte, blinzelte mit den Augen und sein Kopf verschwand unter dem Schnee.

Kayak und Matthew schleppten sich mühsam nach Süden auf den entfernten Fluss zu. Hinter sich hörten sie den wilden Mann auf einem leeren Honigeimer trommeln und ein Eskimolied singen, als ob ihn die ganze Welt nichts anginge.

»Zuerst dachte ich, er sei verrückt«, sagte Kayak. »Jetzt bin ich nicht mehr sicher.«

»Er ist richtig verrückt«, sagte Matthew. »Warum hätte er sonst die Zeiger der Armbanduhren abgemacht?«

»Vielleicht hat er Spaß daran, sie bloß an den Armen zu haben, ich meine, das glänzende Gold und Silber. Vor zwei Tagen, als deine Uhr stehen blieb, wussten wir die Uhrzeit auch nicht mehr. Und jetzt kann deine Uhr dir nicht mehr helfen, die Zeit wieder zu finden. Warum hast du sie nicht weggeworfen?«

Matthew sah seine Uhr an. »Ich konnte sie einfach nicht wegwerfen. Aber ich würde sie für eine einzige Schachtel Streichhölzer eintauschen.«

Matthew hätte nicht sagen können, wie lange sie marschiert waren, bevor sie den Nebel vom Fluss aufsteigen sahen, der unter dem rauschenden Wasserfall offenes Wasser zeigte.

»Da ist er«, sagte Kayak, »wie der Mann gesagt hat: der Kessel des Teufels.«

Der Himmel wurde grau, als sie das Eisloch erreichten, das durch das herabstürzende Wasser offen gehalten wurde.

»Ich werde einen Schluck trinken«, sagte Matthew. »Ich bin's Leid, immer Schnee zu essen.«

Das Wasser sah zu kalt aus, um es mit den Händen zu

schöpfen. Also kniete er sich auf das Randeis neben Kayak und trank direkt aus dem Fluss. Plötzlich glaubte er am Grunde des Flusses etwas glänzen zu sehen.

»Was ist das?«, fragte er Kayak. »Siehst du es dort unten im Kies glänzen?«

»Ich weiß nicht«, antwortete Kayak. »Vielleicht ein paar kleine, gelbe Steinchen.«

Matthew streifte den Ärmel seines Parkas und seines Pullovers hoch, legte sich auf das Eis und langte in das Wasser hinunter.

»Brr! Welch ein Unsinn«, sagte Kayak. »Dein Arm wird abfrieren, du wirst dich zu Tode frieren!«

Matthew konnte den gelben Kiesel gerade mit seinen Fingerspitzen berühren. Er lockerte ihn und umfasste ihn dann und schon fühlte er, wie das Wasser durch seine Kleider drang. Er zog seinen Arm aus dem Fluss. Als er mit der kalten Luft in Berührung kam, wurde er taub.

Kayak riss seine Mütze vom Kopf, rieb Matthews Arm und zog den Ärmel des Parkas herunter. »Was ist in dich gefahren?«

Matthew antwortete nicht, denn er war völlig in die Betrachtung des gelben Kiesels in seiner Hand vertieft. Der war beinahe so groß wie ein Sperlingsei.

Plötzlich hörten sie ein Rauschen über ihren Köpfen und aufblickend sahen sie eine Schneeeule, die flach über sie hinwegflog. Ihre gebogenen Krallen waren gekrümmt, als wolle sie zupacken. Die große Eule ließ sich am Fluss auf einem aufrecht stehenden Eisbrocken nieder, weniger als zwanzig Schritt von ihnen entfernt. Sie plusterte drohend ihre Federn auf. Matthew hörte, wie sie zischte und mit dem Schnabel schnappte. Sie glühte ihn aus tigergelben Augen an.

Er kniete nieder, griff nach dem großen Bogen, den er auf

dem Rücken trug. Sorgfältig setzte er einen Pfeil auf die Bogensehne, zielte ruhig und zog die Sehne mit voller Kraft zurück. Der große Vogel schlug wütend mit den Flügeln.

Der Bogen in seinen Händen gab nach und zerbrach. Der Pfeil fiel zu seinen Füßen nieder.

»Hast du etwa versucht diese Eule zu töten?«, keuchte Kayak. »Vielleicht hatte das Zaubermittel, das die Frau dir gegeben hat, genug Stärke, diesen Bogen zu zerbrechen, oh, was hast du für ein Glück gehabt, dass er in Stücke gebrochen ist. Wenn du der Eule ein Leid angetan hättest, würden wir diesen Ort nie lebend verlassen.«

»Dieser komische Plastikbogen ist durch die Kälte so spröde, dass er zerbrochen ist. Das ist alles. Keine Zauberei. Er ist glatt in zwei Teile zerbrochen«, antwortete Matthew.

Kayak holte tief Luft.

»Kein Zauber? Mein Großvater kannte sich mit Eulen aus. Er hätte dir erzählen können, dass Eulen sprechen können wie Menschen. Er hätte dich gewarnt und gesagt: ›Schieß niemals eine Eule, niemals!‹ Sieh!« Kayak deutete auf den wütenden Vogel.

Das Eis unter den Füßen der Eule begann in den letzten Strahlen der arktischen Sonne aufzuleuchten und zu glühen.

»Ich sage dir, diese Eule hat Zauberkräfte«, flüsterte Kayak. »Sieh doch nur, wie sie ihren Sitzplatz in Flammen setzt, um dich zu warnen.«

»Ich glaube nicht daran«, flüsterte Matthew zurück.

Vorsichtig bewegte er sich seitwärts den Fluss entlang, bis der große Vogel einen wütenden Schrei ausstieß und mit lautlosen Flügelschlägen davonflog. Matthew näherte sich dem Eisblock, auf dem der Vogel gehockt hatte.

»Da sind wirklich Flammen. Sie brennen im Innern des Eisblocks«, rief er Kayak zu. »Ich sehe sie lodern. Ich sehe gefrorenes Feuer!«

Matthew hob einen Eisklumpen auf und warf ihn kühn gegen den funkelnden Sitz der Eule. Die schimmernde Oberfläche des Blocks zersprang und zersplitterte in tausend Stücke. Kayak beobachtete es voller Entsetzen.

Matthew rannte zu der Stelle, an der die Trümmer des Eulensitzes lagen. Kayak sah, wie er niederkauerte, etwas aufhob und es im Abendlicht sorgfältig prüfte. Plötzlich zog er sein Taschenmesser hervor und bohrte und hackte mit der Messerspitze an einem Gegenstand herum, der im Eis eingeschlossen gewesen war. Kayak rannte zu ihm.

Zuerst konnte Matthew nicht sprechen. Er deutete nur wortlos in das mit Kieseln bedeckte Flussbett.

»Dort ist ein großer! Und noch einer! Und hunderte sind im Eis eingeschlossen und über das Flussbett verstreut«, flüsterte er endlich und hielt den glänzenden Kiesel hoch, um den langen, hellen Kratzer zu zeigen, den sein Messer hinterlassen hatte. »Kayak, das ist Weichmetall. Prüf mal sein Gewicht. Sieh nur, wie das Feuer der Erde es geschmolzen hat.«

Er schwenkte seine Hand über dem Fluss. »Weißt du, was das ist?«, fragte er. »Das ist reines Gold.«

8

»Diese Eule hat dich nur an der Nase herumgeführt.« Kayak brummte missmutig. »Das Ganze ist nicht wirklich. Es muss Katzengold sein. Unser Lehrer hat uns davon erzählt.«

»Es ist echtes Gold, sage ich dir«, rief Matthew. Mit dem Messer machte er einen breiten Schnitt in ein zweites Klümpchen und hielt es hoch, sodass es im letzten Abendlicht aufflammte und leuchtete.

»Katzengold ist scharfkantig und viel zu hart, um es einzukerben. Richtiges Gold ist weich wie dieses hier! Mit dem Eisblock, auf dem die Eule gesessen hat, muss es vom Flussbett heraufgekommen sein. Dies ist echtes Gold!«

Matthew rannte am Rande des offenen Wassers entlang zu einer seichten Stelle, an der das Kiesbett direkt unter der Oberfläche des eiskalten Flusses lag. Er watete in das Wasser, blieb stehen und hob drei Klümpchen auf. Er machte eine Kerbe in das größte und stieß einen Schrei aus.

»Es ist alles Gold! Echtes Gold, Kayak. Hier liegt eine Menge davon. Schau, da und dort. Wir sind reich, sage ich dir. Wir sind für alle Zeiten reich!«

Kayak ging vorsichtig am Flussufer entlang und sah die Goldklümpchen im Kies zu seinen Füßen matt schimmern. Er bückte sich nicht, um sie aufzuheben.

»Ich habe schon ein Dutzend«, schrie Matthew und streckte seine frierenden Hände aus. Er begann sich die nassen Klumpen in die Taschen zu stopfen. Dann starrte er Kayak an, der bewegungslos dastand und ihn beobachtete.

»Du begreifst es wirklich nicht!«, sagte Matthew. Er bückte sich und hob ein Klümpchen auf von der Größe einer Olive. Er warf es hoch, fing es wieder auf und sagte: »Es wiegt ungefähr vier Unzen. Und eine Unze Gold ist ungefähr einhundertunddreißig Dollar wert. Vier mal einhundertunddreißig sind ... fünfhundertundzwanzig Dollar. Wie viel hat der Motorschlitten deines Vetters gekostet?«

»Fast tausend Dollar«, sagte Kayak.

Matthew bückte sich und hob ein weiteres, kaum kleineres Klümpchen auf.

»Da«, sagte er und warf beide Kayak zu. »Diese beiden sind ein Geschenk von mir. Geh dir einen nagelneuen Motorschlitten kaufen.«

»Wo?«, sagte Kayak. »Ich sehe niemanden weit und breit, der Motorschlitten und Benzin verkauft.«

»Später natürlich, Dummkopf«, sagte Matthew. »Kannst du nicht ein bisschen weiterdenken?« Matthew fuhr fort Goldkörner aus dem Fluss zusammenzuraffen. »Ich wünschte, mein Vater wäre hier.«

»Der Dummkopf bist du«, rief Kayak. »Wir sind drauf und dran, hier draußen zu sterben, wenn wir uns nicht beeilen, und du stehst im Fluss, wirst nass und grapschst nach kleinen Steinchen.«

»Schau dir diesen an!«, rief Matthew und hatte ein verrücktes Leuchten in den Augen. »Er ist riesig. Damit könntest du einen Flug um die Welt bezahlen und jeden Tag die besten Sachen essen … Kuchen und Pasteten und Eiskrem.«

»Hör auf mit Eiskrem«, befahl Kayak. »Komm raus aus dem Fluss und hilf mir ein Schneehaus zu bauen oder die Wölfe werden das Fleisch von unseren Knochen nagen. Siehst du dieses kleine Stückchen Feuerstein«, fragte Kayak und hob es vom Flussufer auf. »Wie viel ist es wert?«

»Nichts«, antwortete Matthew. »Sieh her, was ich hier habe, ist Gold!«

»Vielleicht ist dieser Feuerstein mehr wert als ein ganzer Haufen von deinem Gold«, sagte Kayak und steckte ihn in die Tasche.

Als Matthew endlich aus dem Fluss stieg, war es dunkel. Zusammen bauten sie das Schneehaus als Schutz gegen den fallenden Neuschnee.

»Es ist jetzt eine schreckliche Jahreszeit«, sagte Kayak, als sie das Fleisch aßen, das die Frau ihnen gegeben hatte. Sie hockten in der Dunkelheit ohne Wärme und Licht.

Sogar im Schlaf hörte Matthew nicht auf, wilde Geschichten vom Schatz im Fluss und von dem Wolf zu erzählen.

Als Kajak am nächsten Morgen erwachte, war er allein. Er kroch aus dem Ausgang. Unten im Fluss stand Matthew, zitternd vor Kälte, und suchte in dem eiskalten Wasser nach Goldkörnern, um seinen Rucksack zu füllen.

»Hör auf damit«, rief Kayak. »Wir müssen sofort aufbrechen. Eine solche Ladung kannst du nicht tragen.«

»O doch, ich kann«, erwiderte Matthew. »Würdest du ein Vermögen in Gold zurücklassen?«

»Ich könnte es und du solltest es auch tun«, schrie Kayak.

Er hob Matthews Packen an. »Damit wirst du nicht weit kommen.«

»Du musst mich erst mal sehen, wenn's darum geht, Gold zu tragen.«

Gegen Mittag kämpfte sich Matthew in Kayaks Spur vorwärts, hundert Fuß hinter ihm, und am Abend hatte Kayak das Iglu allein gebaut und kauerte wartend am Boden, bis er die Gestalt des weißen Jungen mühsam heranstaksen sah.

Als Kayak ihm half den schweren Pack abzusetzen, fiel Matthew auf die Knie. Sein Gesicht war mit kaltem Schweiß bedeckt.

»Du kannst das nicht noch einen Tag machen«, sagte Kayak. »Du verschleppst unser Tempo zu sehr. Morgen früh werden wir nichts mehr zu essen haben. Du wirst dich selbst umbringen.«

»Schon möglich«, sagte Matthew leise. »Aber ich kann diesen Haufen Gold nicht einfach liegen lassen. Was würde mein Vater sagen?«

»Vor einiger Zeit habe ich dir gesagt, du seist wie ein *Inuit*, wie ein Eskimo. Doch nun sage ich dir, du handelst wie ein verrückter *kaluna*. Ich kann dir nicht helfen, wenn du so weitermachst.«

Sie aßen die letzten winzigen Reste ihres Vorrats und legten sich schlafen, ohne ein weiteres Wort miteinander zu wechseln.

Am Morgen, als Kayak wach wurde, war Matthew erneut allein fortgegangen. Kayak sah ihn eine halbe Meile voran am Flussufer entlangstolpern. Kayak überholte ihn mit Leichtigkeit und wollte gerade die Spitze übernehmen, als Matthew mit schwacher Stimme hervorstieß: »Willst du den Rucksack nehmen und mir helfen das Gold zu schleppen? Es ist ein Vermögen wert. Wir werden es teilen, halbe-halbe.«

»Nein! Nein!«, sagte Kayak mit Entschiedenheit. »Ich werde diese vedammten Steine nicht einen einzigen Schritt für dich schleppen.«

Matthew seufzte tief auf. Mit schmerzerfülltem Gesicht schlüpfte er mit einer Schulter aus dem Tragegurt. Dann ließ er seine schwere Last fallen und betrachtete sie traurig.

»Komm«, sagte Kayak. »Ich helfe dir es auszukippen. Es ist nichts als eine Ladung Steine, die hier draußen wertlos sind.« – »Wir werden diese Stelle nie wieder finden«, klagte Matthew und starrte auf den Haufen Gold, der jetzt im Schnee verstreut war.

»Ich will diesen Unglücksort nie wieder sehen«, sagte Kayak. Er musste Matthew von der Stelle wegzerren, denn der schien von dem Anblick des kostbaren Metalls wie gebannt.

Endlich war der Zauber gebrochen und sie setzten sich einträchtig in südlicher Richtung in Bewegung.

In dieser Nacht hatte Matthew, geschwächt von Müdigkeit und Hunger, schreckliche Träume. Er schrie laut auf, als er das Bild des großen, weißen Bären vor sich sah.

Langsam bahnten sich Kayak und Matthew ihren Weg am zugefrorenen Fluss entlang nach Süden auf die Berge zu.

Die Lebensmittel waren verbraucht, das Gewehr verloren und der Bogen zerbrochen. Als sie anhielten, um auszuruhen, sagte Kayak: »Ein Mensch ist genau wie eine Lampe oder ein Ofen. Wenn du ihm Brennstoff gibst, leuchtet er auf und ist warm. Wenn du es aber nicht tust, geht das Feuer aus. Ich sage dir, mein Feuer geht aus. Ich fühle, wie es langsam stirbt.«

Doch sie quälten sich weiter durch das kalte, graue Zwielicht des arktischen Nachmittags. Zur Nacht bauten sie ein winziges Schneehaus und krochen wie zwei müde Hunde hinein. »Manchmal glaube ich, dass der wilde Mann uns den falschen Weg gewiesen hat«, sagte Matthew. »Manchmal glaube ich, dass wir immer noch im Kreis gehen.«

»Nein«, erwiderte Kayak. »Ich habe mir diese beiden Berge genau gemerkt, die genau geradeaus vor uns liegen. Wenn wir sie hinter uns haben, müssten wir den langen Meeresarm sehen. Marschiere du nur immer hinter mir in meinen Fußstapfen. Morgen erreichen wir die Berge.«

Am nächsten Tag blies ihnen ein kalter, scharfer Wind in den Rücken und schien sie nach vorn zu treiben. Matthews Hunger war so groß, dass er sich leicht genug fühlte, um abzuheben und über den Schnee zu segeln. Kurz vor Einbruch der Dämmerung erreichten sie die Berge und hasteten durch ein lang gestrecktes Tal.

»Nur noch ein kleines Stück«, rief Kayak Matthew zu. »Ich will unser Iglu auf dem höchsten Punkt errichten.«

Als sie diese Stelle erreicht hatten, war es dunkel geworden. Kayak rannte zu Matthew, ergriff ihn am Arm und schüttelte ihn.

»Wir haben's geschafft! Wir haben es geschafft!«, flüsterte er.

Matthew hätte nicht sagen können, ob Kayak lachte oder weinte.

»Sieh, da drüben. Auf der anderen Seite der Bucht. Siehst du die Lichter schimmern? Das ist Frobisher. Von dort sind wir gekommen!«

Weit entfernt am Horizont sah Matthew ein schwaches gelbes Leuchten am Himmel. »Ich möchte wissen, ob mein Vater da drüben ist«, sagte Matthew. »Lass uns weitergehen!«

Matthew machte einen Schritt nach vorn, doch seine Beine zitterten und drohten jeden Augenblick nachzugeben.

»Nein, nein«, sagte Kayak. »Dieser Lichterglanz muss dreißig Meilen entfernt sein.« Er zog sein langes Schneemesser aus seinem Rucksack. »Wir werden hier unser Iglu bauen und schlafen. Morgen früh sind wir besser bei Kräften.«

In der Morgendämmerung brachen sie auf und wanderten den langen Abhang hinunter auf die zugefrorene Bucht zu. Als sie endlich das Eis erreichten, fühlte Matthew sich wie befreit.

Kayak kniete im Schnee und holte die Hälfte des zerbrochenen Bogens hervor, die er aufbewahrt hatte. Er band das Schneemesser am Bogen fest.

»Warum tust du das?«, fragte Matthew.

»Siehst du den schwarzen, nebligen Weg, der vor uns liegt? Das Eis hat sich verändert. Es ist aufgebrochen. Wenn wir dort hinausgehen, muss ich unter dem Schnee offenes Wasser aufspüren. Ich traue keinem Eis, das in Bewegung ist.«

Sorgfältig prüfte er das Eis vor ihnen. »Du gehst nur in meinen Fußstapfen«, sagte er. »Beeil dich. Siehst du den Riss da vorn? Er kann sich öffnen. Er könnte breiter werden.«

Sie rannten auf die blau-grüne Linie zu, die sich im Zickzack wie ein gefrorener Lichtstrahl quer über ihren Pfad zog. In südlicher Richtung, wo das Seewasser das Eis überflutet hatte, konnte Matthew einen großen, grün schimmernden See erkennen.

»Zu breit für uns; wir können ihn nicht überqueren«, rief Kayak aus.

Er eilte in nördlicher Richtung am Rande des Spalts entlang.

Der Anblick des schwarzen Wassers, das vor ihnen gähnte, jagte Matthew Furcht ein. An einigen Stellen war der Spalt acht Fuß, an anderen zwölf Fuß breit.

»Über diesen Spalt kommen wir niemals«, sagte Matthew und hatte das Verlangen, in den Schnee niederzufallen und zu weinen.

»Komm«, sagte Kayak. »Beeil dich! Wir müssen in Bewegung bleiben.«

Der Spalt zog sich vor ihnen entlang, so weit Matthew sehen konnte. Er war wie ein zackiger Riss in einem weißen Blatt Papier.

»Da ist ein Seehund«, flüsterte Kayak.

Matthew sah einen Kopf, rund und schwarz wie eine Kegelkugel, weniger als dreißig Schritte von ihnen entfernt im eisigen Wasser treiben.

»Ich wünschte, ich hätte das Gewehr meines Vaters«, flüsterte Kayak. »Da stehen wir: hilflos, halb verhungert – und all dieses Fleisch und Fett starrt uns an. Wenn ich doch wenigstens die Harpune hätte!«

Als ob er das schreckliche Wort »Harpune« gehört hätte, tauchte der Kopf des Seehundes unter das Eis und erschien nicht wieder.

»Wenn es Sommer wäre, könnten wir hinüberschwimmen wie Seehunde«, murmelte Matthew.

»Schwimmen?«, sagte Kayak. »Sogar im Sommer ist dieses Wasser so kalt, dass es uns beide innerhalb weniger Minuten töten würde. Was hast du im Süden auf der Schule gelernt? Ich meine, in Are-zoona und Britisch-Kolumbien und Me-xico?«

»Lesen, Schreiben, Geografie, Geschichte. Bogenschießen und Tennis. Das machte mehr Spaß.«

»Das habe ich auch auf der Schule gelernt«, antwortete Kayak, »aber nicht Bogenschießen und Tennis. Welches von diesen Fächern wird uns jetzt helfen, Mattoosie?«

»Ich weiß nicht. Ich glaube nicht, dass uns irgendeines davon helfen kann.«

»Das ist wahr. Das hilft uns alles nichts«, erwiderte Kayak. »Haben sie dir in der Schule etwas über Eis beigebracht, Mattoosie?«

»Nein.«

»Ein *kaluna* hat mir einmal gesagt, mein Großvater wisse gar nichts. Hast du das gehört? Unwissend! Aber alles, was wir richtig gemacht haben – gestern, heute, morgen –, stammt von meinem Großvater. Ohne das Wissen meines Großvaters wären wir beide schon tot.

Heute ist Eis unser Unterrichtsfach, Treibeis. Und die Gezeiten. Diese beiden können dich umbringen. Also wandern wir heute nach der Anweisung meines Großvaters. Er konnte nur bis zwanzig zählen und benutzte dabei seine Finger und seine Zehen. Als er starb, glaubte er, die Erde sei eine Scheibe. Aber er kannte die Geister, die das Eis in Bewegung setzen und wieder anhalten. Er sagte, in mondhellen Nächten kannst du das Zwergenvölkchen sehen. Sie liegen auf ihren Rücken neben den Spalten im Eis, kreuzen ihre Beine in der Luft, schreien und lachen und necken die armen Menschen. Würdest du sagen, dass er unwissend war, Mattoosie, dass er dumm war?«

»Nein, das war er nicht«, gab Matthew zur Antwort. »Er

verstand das Eis. Dein Großvater war nicht einen einzigen Tag in der Schule und ist doch heute mein Lehrer.«

»Schau mal her. Dort liegt unsere einzige Chance, den Spalt zu überwinden.«

Matthew sah, wie sein Freund Anlauf nahm und kräftig gegen ein vier Fuß großes Eisstück trat, das von der Hauptmasse abgebrochen und dann wieder fest angefroren war. Kayak kniete nieder und befreite das Eis an dieser Stelle sorgfältig vom Schnee. Dann entdeckte er die Bruchlinie, wo die Eisscholle wieder angefroren war. Er begann mit dem Schneemesser den Riss zu bearbeiten.

»Hilf mir«, rief er Matthew zu, der die größte Klinge seines Schweizer Armeemessers schon ausgeklappt hatte.

Sie knieten beide und arbeiteten verzweifelt. Kleine Eisstückchen bedeckten ihre Ärmel, schmolzen und rannen in eisigen Flüsschen an den Armen herab. Plötzlich kam die kleine Eisscholle mit einem weichen Rucken frei und setzte sich in Bewegung. Kayak hielt sie mit dem Messer fest und drehte sie langsam zu sich.

»Ich werde zuerst draufsteigen«, sagte er und setzte vorsichtig einen Fuß auf die Eisscholle.

Matthew sah, wie sie bebte und ein wenig einsank.

»Sie müsste mich tragen«, sagte Kayak.

Als ob er auf Eiern ginge, setzte er sorgsam ein Knie und dann das andere auf die leicht schwankende Scholle.

»Jetzt gib dem Eis einen Stoß«, sagte er Matthew. »Nicht so fest, dass du mich untertauchst, aber kräftig genug, dass ich zur anderen Seite treibe.«

Matthew lag auf dem Bauch und gab dem Eis mit beiden Händen einen abgezirkelten Stoß. Kayak lag auf Händen und Knien. Eine leichte Brise wehte über das Eis und ergriff die Scholle wie ein Segel, sodass sie sich halb herumdrehte. Matthew schloss die Augen und betete.

»*Nakomik*«, hörte er Kayak rufen, »vielen, vielen Dank.«
Er öffnete die Augen und sah, wie Kayak auf das feste Eis
auf der anderen Seite des breiten Spaltes kroch.

Dann begann Kayak, zwei Löcher in das Eis zu schlagen,
die ungefähr vier Zoll voneinander entfernt waren. Er arbeitete sich in Form eines V nach unten, bis die beiden Löcher
sich berührten und eine Art Öse entstanden war. Darauf
steckte er die Zeltleine durch das Eis und band sie fest.

»Mach dich fertig«, rief er Matthew zu und gab dem Eis
mit dem Fuß einen Stoß, sodass es über den Spalt zurück-
trieb. »Du bist schwerer als ich und das Eis ist sehr wack-
lig, wenn es auch sehr dick ist«, rief Kayak. »Wenn du rauf-
steigst, musst du mächtig vorsichtig sein.«

Auf allen Seiten vom tödlichen, kalten, schwarzen Was-
ser umgeben, kam sich Matthew wie ein Elefant vor, der auf
einem Ball balancieren soll. Langsam und vorsichtig zog ihn
Kayak über die klaffende Spalte zwischen dem schweren
Küsteneis und der großen Eismasse in der Mitte der Bucht.
Endlich konnte auch Matthew auf das starke Eis kriechen.

Wenn die beiden Jungen von einem Flugzeug aus hätten
sehen können, welchen Weg sie nun einschlugen, hätten sie
sich wohl weniger beeilt. Inzwischen war das Eis in der
Mitte der Frobisher Bay nämlich in ein gefährliches Puzzle
aus langsam treibenden Eisschollen zerbrochen. Die gewaltige Anziehungskraft des Mondes verursachte Ebbe und
Flut und durch die ungeheuren Kräfte der Gezeiten hob und
senkte sich das Eis bis zu dreißig Fuß.

»Ich denke, jetzt liegen wir richtig«, rief Kayak Matthew
zu. »Der Wind wird es uns leichter machen, über die Bucht
auf das Küsteneis in der Nähe von Frobisher zu kommen.«

Er irrte. Es war ein tödlicher Irrtum. Während der nächsten sechs Stunden hasteten sie über weite, aufgebrochene
Eisfelder, trieben vor jedem Schritt das Messer in das Eis

und prüften es. Kayak warnte Matthew wohl ein Dutzend Mal: »Tritt nur in die Fußstapfen, die ich gemacht habe.«

Am späten Nachmittag erkannten sie mit Entsetzen, dass die gewaltige Flut das Eis überschwemmte und vor ihnen, im Süden, todbringende Seen schuf. Bei jedem Schritt bildete Matthew sich ein, fühlen zu können, wie das zerbrochene Eis unter ihren Füßen sie nach Süden trieb, auf die Hudsonstraße zu, von wo aus sie in den Nordatlantik geschwemmt werden würden, dem sicheren Tod entgegen.

Als die Dunkelheit kam, kauerte Kayak auf dem Eis und verbarg seinen Kopf in den Händen. Er zitterte. Matthew hätte nicht sagen können, ob es aus Kälte, Hunger oder Furcht geschah.

»Es hat keinen Zweck weiterzugehen«, sagte Kayak. »Ich spüre, wie wir hinausgetrieben werden. Die Flut trägt uns zu weit nach Süden. Wir werden die andere Seite niemals erreichen.«

»Was soll das heißen?«, fragte Matthew, von Entsetzen gepackt.

»Siehst du den Hügel da drüben?«, sagte Kayak. »Als wir heute Morgen den Spalt überquerten, war er weit südlich von uns. Jetzt liegt er so weit nördlich, dass ich ihn kaum erkennen kann. Morgen werden wir dreißig oder fast vierzig Meilen abgetrieben sein. Ich sage dir, wir sind verloren. Ein für alle Mal verloren. Sieh dorthin. Schau dir an, wie das Eis sich gespalten hat.« Kayak zeigte es ihm.

»Vor kurzem waren wir noch auf Eisschollen, die eine Quadratmeile groß waren. Schau, wie sie jetzt alle zerbrochen sind. Jetzt kannst du keine fünfzehn Schritte mehr tun, ohne ins Wasser zu fallen. Es tut mir Leid, Matthew, aber mit uns ist es wirklich und wahrhaftig aus.«

Aus dem Norden kam ein grausamer Windstoß und umkreiste sie mit frostigen Wirbeln.

»Wir müssen ein Iglu bauen«, sagte Matthew und band Kayaks Schneemesser von dem zerbrochenen Bogen los.

»Ist hier draußen zu schwierig«, murmelte Kayak. »Der Schnee ist vom Salzwasser ganz nass.«

»Wir müssen unser Bestes tun«, erwiderte Matthew, schritt den kleinen Kreis ab, wie er es bei Kayak gesehen hatte, und begann, dünne, nasse Blöcke auszuschneiden. Mit dem Wind kamen dicke, feuchte Flocken herangetrieben.

»Komm und hilf mir«, rief er Kayak zu.

»Beweg dich nicht«, erwiderte Kayak flüsternd. In seiner Stimme war Entsetzen.

Vorsichtig drehte Matthew sich um und sah den weißen Kopf mit den glänzenden schwarzen Augen, der sich schlangengleich durch das eisige Wasser bewegte. Als er die kleine Eisscholle erreichte, auf der sie standen, hievte der gewaltige Polarbär seinen massigen Leib aus dem Wasser und schüttelte sich wie ein übergroßer Hund. Er wirkte gelb gegen den leuchtend weißen Schnee.

Matthew sah, wie der große Bär seinen Kopf nach vorn und zurück bewegte und misstrauisch schnüffelte. Sein riesiges blau-schwarzes Maul stand offen und zeigte sein furchtbares Gebiss. Mit einem dumpfen Grollen senkte der massige Bär den Kopf und kam watschelnd auf sie zu.

9

Matthew und Kayak lagen auf dem Eis und stellten sich tot. Sie bewegten nur vorsichtig ihre Köpfe, um den Bären beobachten zu können. Matthew umklammerte das Schneemesser wie einen Dolch und zitterte innerlich vor Erregung. Er spürte, wie das Meerwasser durch den Schnee sickerte und seine Kleider durchtränkte.

Als der Bär in ihrer Nähe vorbeischlich, hielt er nicht einmal inne, um ihnen einen Blick zuzuwerfen. Sie sahen, wie er flach zusammengeduckt über den Schnee kroch.

Vorsichtig blickte Matthew hoch. Auf dem Wasser zeigte sich der dunkle Kopf eines Seehundes, der aufmerksam und bewegungslos auf der Oberfläche zu schweben schien. Der Bär beobachtete ihn gespannt.

Als der Seehund nichts Verdächtiges bemerkte, wurde er sorglos: Sein Rücken erschien an der Oberfläche, er pumpte seine Lungen voll Luft und tauchte dann wieder unter das Eis. Der Bär schlängelte sich vorsichtig bis zur äußersten Spitze der Scholle, wo er den Seehund gesehen hatte. Er streckte seine Tatze aus und kratzte am Eis. Der Seehund musste das Geräusch unter Wasser gehört haben und neugierig geworden sein, denn er hob seinen Kopf ein zweites Mal über die Oberfläche. Er sah nichts außer einem gelblichen Schneehaufen und schwamm vorsichtig am Rande des Eises entlang.

Plötzlich schoss die rechte Tatze des Bären mit blitzartiger Geschwindigkeit nach vorn und versetzte dem Kopf des Seehundes einen tödlichen Hieb.

Die linke Tatze langte nach vorn und packte mit ihren großen, gebogenen Klauen den Seehund. Mit seinen Zähnen beförderte der Bär das hundertpfündige Tier mit Leichtigkeit auf die Eisscholle. Matthew beobachtete, wie der Bär den toten Seehund von allen Seiten beschnüffelte und ihn dann auf den Rücken rollte. Während er ihn mit den Tatzen festhielt, riss er das Maul auf und begann seine Beute zu verschlingen.

»Bleib ganz ruhig«, zischte Kayak durch die Zähne, die jetzt vor Kälte und Furcht klapperten.

Endlich merkte Matthew, dass der große Bär gesättigt war. Sie beobachteten, wie er sich sorgsam die Lippen leckte und das Seehundsfett von seinem Maul wischte wie eine riesige Katze. Er drehte sich um, watschelte auf sie zu, blieb stehen und schnüffelte in der Luft. Während es in seinem Bauch rumorte, trottete er erneut zum äußersten Ende der Eisscholle und glitt ohne einen Laut in das eisige Wasser.

Kayak setzte sich auf und verfolgte aufmerksam, wie der Bär in südlicher Richtung davonschwamm. Sie sahen, wie er auf eine andere Scholle kletterte, sich in gemächlichem Passgang in Bewegung setzte und im wirbelnden Schnee verschwand.

Steif gefroren wälzte sich Kayak auf Hände und Füße. Dann kauerte er am Boden wie ein Tier und behielt immer noch die Stelle im Auge, an der sie den Bären zum letzten Mal gesehen hatten.

»Ich bin durch und durch nass.« Kayak zitterte. »Steh auf«, sagte er trotzdem ruhig zu Matthew. »Wir sitzen in der Tinte. Jetzt schlimmer als je zuvor.«

Der Nordwind schien Matthews Hände an seinen Kleidern festzufrieren. Er überzog sie mit einer dünnen, weißen Eisschicht, hart wie Marmor.

»Wenn wir nass bleiben, werden wir erfrieren«, sagte Matthew, vor Kälte zitternd wie ein Hund. »Was sollen wir nur tun?«

»Ich weiß es nicht. Wir müssen uns was einfallen lassen.« Kayak ging zu den Resten des Seehundes und suchte in den Innereien. In der halben Dämmerung sah Matthew, wie er die Hauptschlagader abschnitt, das Herz herausholte und es auf das Eis legte.

»Schnell, wir werden ein Zelt bauen. Wenn du tüchtig arbeitest, wird es dich ein bisschen warm machen. Bewege Arme und Beine, damit deine Kleider nicht steif frieren.«

Am einen Ende der Scholle lagen Tafeln aus Eis von der Größe einer Tischplatte. Sie waren vom Druck der Flutwelle dort hingeschoben worden und lagen zerstreut umher wie Spielkarten. Kayak stellte drei davon aufrecht hin und lehnte die eine an die andere. Gemeinsam fügten sie dann noch zwei weitere hinzu, sodass ungefähr ein Kreis entstand.

»Jetzt hol Schnee«, sagte Kayak. Er schob ihn mit seinen durchnässten Stiefeln zu Türmen zusammen.

»Wir werden die Lücken und Risse zwischen den Eisplatten mit Schnee ausfüllen, um das Ganze stabil zu machen. Wenn heute Nacht der Wind unser Haus niederweht, können wir in der Dunkelheit niemals mehr ein neues bauen.«

Als ihr ungefügtes Zelt fertig war, sah es nicht besser aus als irgendein anderer elender Eishaufen.

Kayak rannte weg und kehrte mit dem gefrorenen Herz des Seehundes und den angefressenen Resten des Körpers zurück. Er schleifte sie in das Innere der kleinen Eishöhle.

»Drin ist es genauso kalt wie draußen«, sagte Matthew. »Wir haben nur unser eigenes Grab gebaut.«

»Es sei denn, wir machen ein Feuer.«

Sorgsam zog Kayak seine letzten Streichhölzer aus der Tasche und prüfte sie.

»Sie sind nass geworden«, stöhnte er, »und ihre Köpfe sind weg. Zwecklos.« Er warf sie in den Schnee.

»Dann können wir auch kein Feuer anmachen«, schrie Matthew mit klappernden Zähnen. »Wir haben keine Lampe, keine Streichhölzer, und alles ist durchgeweicht.«

Kayak nahm das Schneemesser und hackte Stückchen weißen Seehundsfettes von der Innenseite des Kadavers. Dann stellte er das gefrorene Herz aufrecht in den Schnee wie eine kleine Melone, deren Spitze abgeschnitten ist.

»Gib mir dein kleines Messer«, sagte er zu Matthew. Er trennte einen schmalen Stoffstreifen vom Rückenteil seines Hemdes ab. Dort war es noch trocken.

»Ich hoffe, ich habe es nicht verloren«, sagte er und durchsuchte mit frierenden Händen seine Taschen. »Da hab ich's. Mein kleines Stückchen Feuerstein.«

Er gab es Matthew. »Halt es gut fest. Lass es nicht fallen. Es ist mehr wert als Gold.«

Matthew musste Kayak helfen, den Reißverschluss an der gefrorenen Vorderseite seines Parkas aufzureißen, sodass er in die Brusttasche an ihrer Innenseite greifen konnte. Er holte die kleine Schnitzfeile und den Ballen feiner Stahlwolle hervor. Es waren die Gegenstände, die Kayak in der Schule benutzt hatte.

»Alles feucht«, sagte Kayak. »Sieh mal in deinen Hüfttaschen nach. Sie sind noch trocken. Vielleicht findest du ein Stückchen Bindfaden oder Baumwolle.«

»Nur ein Stückchen Schnur«, gab Matthew zur Antwort. »Kaum der Rede wert.«

»Es könnte genügen. Roll die Schnur zu einem lockeren Ball zusammen. Jetzt, Mattoosie, machst du alles genau so, wie ich's dir sage. Wenn deine Hände ein bisschen angesengt werden, kümmere dich nicht darum, verstanden?«

Matthew wusste nicht, ob er darüber lachen oder weinen sollte. »Wie willst du meine Hände ansengen? Sie sind beinahe erfroren.«

Er sah zu, wie Kayak den Feuerstein gegen die stählerne Riffelung der kleinen Feile schlug. Beim dritten Versuch flogen Funken in die feuchte Stahlwolle und Matthew schnappte vor Überraschung nach Luft, als er sah, wie die feinen Stahldrähtchen aufsprühten, rot aufflammten und zu brennen begannen. Dann verlöschte die Flamme wieder.

»Also«, sagte Kayak. »Wenn ich es noch einmal anzünden kann, hältst du mit dem Finger den trockenen Bausch in die Funken. Mach's aber richtig! Meine Hände sind halb erfroren.«

Er schlug wohl ein Dutzend Mal gegen die Feile, bis die Stahlwolle aufs Neue mit Funken übersprüht wurde. Matthew hielt den Ball aus Wolle in die winzige Flamme.

»Lass ihn dort. Lass die Flamme nicht ausgehen.«

Kayak nahm den Docht, den er aus dem Streifen seines Hemdes gedreht hatte, rieb ihn mit Seehundsfett ein und hielt ihn in die winzige Glut.

»Puste jetzt bloß nicht hinein«, sagte er und wartete.

Matthew spürte, wie sich an seinem Finger ein Brandbläschen bildete.

»Nicht bewegen«, befahl Kayak.

Langsam begann das Seehundsfett zu zischen. Dann zuckte eine richtige Flamme auf. Kayak blies vorsichtig hinein und steckte dann sorgsam ein Ende des Dochtes in das glänzende Seehundsfett, das er in den offenen Hohlraum des gefrorenen Seehundherzens gefüllt hatte.

Die weiße, kerzenähnliche Flamme breitete sich aus, als der Tran weich wurde und im selbst gemachten Docht hochstieg. Kayak arbeitete gewissenhaft wie ein Arzt. Er stützte den Docht aus Stoff, bis die Flamme sich vergrößerte. Als er sah, dass schließlich drei Zoll hell brannten, atmete er vor Zufriedenheit tief auf.

Das Zelt aus Eis warf den Schein des behaglichen Lichtes zurück. Matthew streckte seine Hände aus und spreizte seine Finger in der lebendigen Wärme.

»Ich hätt's niemals geglaubt«, sagte Matthew fröhlich, »dass du aus einem gefrorenen Seehundherz eine Lampe machen und feuchte Stahlwolle zum Brennen bringen kannst. Es riecht gut. Wie der verbrannte Toast meiner Mutter.«

»Das ist etwas«, gab Kayak zur Antwort, »was ich nicht in der Schule gelernt habe.«

Mit Matthews Messer trennte er Streifen von fettem, rotem Seehundsfleisch ab, dort, wo der Bär nichts abgerissen hatte. Sie erwärmten das Fleisch über ihrer kleinen Lampe und aßen es. Matthew war überzeugt, dass er noch niemals etwas so Gutes gegessen hätte.

»Jetzt komm«, forderte Kayak ihn auf. »Wir gehen nach draußen und rennen so oft um das Zelt herum, wie wir Finger und Zehen haben.«

Als sie wieder nach drinnen kamen, fühlte sich Matthew durch und durch warm. Es war, als wirke das Seehundsfleisch in seinem Magen wie brennendes Öl. Sein Gesicht und seine Hände schienen im flackernden Licht und der kräftigen Wärme von Kayaks kunstreicher Lampe zu glühen.

Kayak rollte die Schlafsäcke aus, die nur wenig feucht geworden waren.

»Heute Nacht schlafen wir auf Knien und Ellbogen«, sagte er. »Der Schnee ist zu feucht, um drauf zu liegen.«

Kayak zog seinen Parka aus und schlug mit dem Rest des zerbrochenen Bogens auf ihn ein, bis die Eisschicht abbröckelte. Dann zog er den Parka verkehrt herum an.

»Warum machst du das?«, fragte Matthew.

»Weil ich jetzt meine Kapuze über den Kopf streifen und hineinatmen werde. Auf diese Weise behalte ich alle meine Körperwärme. Es ist ein Trick, den ich von Verwandten meiner Mutter gehört habe. Könnte sein, dass er uns das Leben rettet. Mach's auch so wie ich.«

Im ersten Morgenlicht hörte Matthew das Eis mahlen und hatte das unangenehme Gefühl, dass ihr ganzes Haus sich langsam drehte. Kayak stieß den Eisblock beiseite, den er benutzt hatte, um den Eingang zu verschließen.

»Sieh doch, da oben!«, schrie er Matthew zu.

Matthew, immer noch steif gefroren, kroch heraus, blickte in den Himmel und sah einen langen, dünnen, weißen Kondensstreifen.

»Es ist das große Flugzeug«, sagte Kayak, »es fliegt in die Frobisher Bay oder vielleicht rüber nach Grönland. Es hat keinen Zweck zu winken.«

Seine Stimme wurde mutlos: »Sie können dich nie sehen. Sie fliegen mindestens zwei Meilen hoch.«

Matthew wirbelte herum, schlüpfte zurück durch den Eingang, wühlte in seinem Rucksack und sprang wieder nach draußen. In der Hand hielt er den Rückspiegel des Motorschlittens. »Gib mir das Messer, das Messer, schnell«, stieß er hervor.

Mit der Messerspitze kratzte er ein kleines Kreuz in das Quecksilber hinter dem Glas. Dann stellte er sich in die Strahlen der Morgensonne, hielt den Spiegel vor das Auge und peilte das Flugzeug an. Durch die winzige Öffnung sah er, wie es sich wie ein träges, silbernes Geschoss vor dem kalten, blauen Himmel bewegte. Er kippte den Spiegel nach vorn und wieder zurück. Das wiederholte er immer wieder und beobachtete dabei das Flugzeug ständig durch das kleine Loch, bis es außer Sichtweite war.

»Was soll das? Machst du irgendeinen Zauber?«, fragte Kayak.

»Nein«, antwortete Matthew. »Ich glaube, es war nichts. Mein Vater hat mir mal erzählt, dass ein Pilot das Blitzen eines Spiegels über eine sehr große Entfernung wahrnehmen kann. Du weißt ja, es ist ein alter Indianertrick.«

»Na wennschon. Es hat sie nicht dazu gebracht, umzukehren«, sagte Kayak. »Sie sitzen gerade warm, trocken und gemütlich da und trinken Kaffee.«

»Wahrscheinlich hast du Recht«, sagte Matthew und ließ den Spiegel in den Schnee fallen.

»Das Eis!«, schrie Kayak auf. »Es zerbricht in zwei Hälften! Schnell, schnell!«

Er packte Matthew am Arm und trieb ihn an, über den Riss zu springen. Als sie sich umwandten, sahen sie, wie die eine Hälfte ihres Zeltes abbrach und in das eisig kalte Wasser rutschte.

»Die Schlafsäcke und der Rucksack sind hin«, schrie Matthew.

Mit einem Satz raste er zur Kante der Eisscholle, um die Lampe und die Reste des Seehundes zu retten. Er spürte, wie die Eisscholle sich neigte, als er vorwärts schlitterte.

10

»Nordair-Flug zwölf, Nordair-Flug zwölf an Kontrollturm Frobisher. Wir rufen Kontrollturm Frobisher. Versteht ihr uns? Over.«

»Kontrollturm Frobisher an Nordair zwölf. Wir hören euch laut und deutlich. Bitte kommen.«

»Unsere Position ist siebenunddreißig Meilen südöstlich Frobisher. Wir haben um 10.24 Uhr auf dem Eis ein Signal ausgemacht. Es könnte ein Notruf gewesen sein, da es dreimal wiederholt wurde. Konnten aber kein Objekt auf dem Eis erkennen. Vielleicht ist es auch das Glitzern der Sonne auf dem Eis gewesen. Schien aber von Menschen zu stammen. Habt ihr irgendeine Vermisstenmeldung? Ich wiederhole: irgendjemand vermisst?«

Es trat eine Pause ein, in der ein anderer Funkspruch den Kontakt unterbrach.

»An Kontrollturm. Konnten eure Antworten nicht hören. Wir hatten eine Störung. Wir schätzen, dass wir um 10.52 Uhr in Frobisher landen werden. Erwarten dann eure Antwort.«

Ein stetiger Wind blies aus Norden und die kalte Frühlingssonne glänzte auf dem schneebedeckten Eis. Sie trampelten mit den Füßen und schwenkten die Arme um den Körper, um den Blutkreislauf in Gang zu halten. Matthew beobachtete, wie die Flut allmählich abflaute, drehte und das Eis sich in nördlicher Richtung bewegte. Aber der Nordwind stand gegen sie und nur zu bald spürten sie den Sog des Ebbstroms, der sie in die offene See zog, ihrem Untergang entgegen.

Kurz bevor der Abend hereinbrach, überflog sie eine Schneeeule im Gleitflug, bewegte dann die kurzen, breiten Flügel und schien etwas zu suchen. Sie wussten nicht, was es sein konnte. Die Sonne versank zögernd. Sie wanderte wie ein Krebs an den westlichen Hügeln jenseits der Bucht entlang und verschwand dann.

Die Kälte der Nacht machte sich breit und mit ihr erhoben sich aus den Spalten des geborstenen Eises geisterhafte Dämpfe. Der Vollmond ging auf und starrte auf sie herab wie das Auge eines toten Mannes. Und wieder hörten sie das grausige Knirschen des Eises, als die Flut stieg und sie mit furchtbarer Kraft nach Süden zog.

Matthew schloss die Augen, sah das Bild seines Vaters und dachte daran, was er dafür geben würde, ihn noch einmal sehen zu können.

In aller Eile sammelten sie die wenigen flachen Eistafeln, die nicht ins Wasser geglitten waren, und versuchten erneut ein Zelt zu bauen, obwohl es kaum ausreichte, um einem Wolf Unterschlupf zu gewähren. Als sie fertig waren, verstopften sie die Löcher mit feuchtem Schnee.

Kayak stellte sich vor Matthew, zog seine feuchten Handschuhe aus und reichte ihm mit ernstem Gesicht die Hand.

»Ich wünschte, wir hätten einander länger gekannt«, sagte er, »aber ich … ich möchte dir jetzt Lebewohl sagen, Mattoosie.«

»O bitte, sag doch so was nicht«, erwiderte Matthew mit gepresster Stimme.

»Warum nicht? Was geschehen wird, wird geschehen.«

Er fing an die letzten Reste des Seehundes in ihre klobige kleine Behausung zu tragen. Doch plötzlich änderte er seine Absicht und begann das Zelt zu umkreisen, wobei er den Kadaverrest mit aller Kraft zusammenquetschte. Im Schnee ließ er eine dunkelrote Spur von Seehundsblut zurück.

»Jetzt fängst *du* wohl an, es mit Zauber zu versuchen, oder?«, rief Matthew. »Wozu soll das gut sein?«

Kayak antwortete nicht. Das einzige Geräusch war das Ächzen des Eises in der zunehmenden Düsternis. Sie krochen zusammen in das Zelt, drängten sich Seite an Seite aneinander und aßen etwas Seehundsfleisch.

»Willst du die Lampe nicht anzünden?«, fragte Matthew.

»Vielleicht später. Es hat ja doch keinen Sinn. Ich werd's versuchen, wenn du es willst.«

Sie schliefen, zusammengekrümmt wie Tiere, im schwachen Schein der Lampe, bis das erste Morgenlicht blass durch ihr Eiszelt sickerte.

»Was ist das?«, keuchte Kayak. Er hob den Kopf in die Höhe und lauschte.

»Ich höre nichts«, erwiderte Matthew. »Warte! Warte! Ja, ich hör's auch. Ich hör's!«

Sie stießen die dünne Eistür beiseite und krochen durch den engen Eingang.

Dann hörten sie das Maschinengeräusch eines Hubschraubers und das Wirbeln der Drehflügel im Eisnebel über ihren Köpfen.

»O Gott, mach, dass er uns sieht«, rief Matthew aus.

»*Takovunga, takovunga!* Hierher, hier bin ich, hier!«, schrie Kayak.

»Komm zurück! Flieg nicht weg!«, schrien sie beide und schwenkten die Arme.

»Er dreht ab! Er dreht ab! Er kann uns im Nebel nicht sehen«, sagte Kayak. »Und außerdem waren wir im Zelt.«

Dann kam das Motorengeräusch wieder näher.

»Er dreht! Er kommt zurück!«, schrie Matthew und tanzte auf ihrer Eisscholle herum. Sie sah jetzt aus wie ein zerbrochener Grabstein aus Marmor.

Plötzlich tauchte der rote Hubschrauber undeutlich im Nebel auf, schwebte in der Luft wie ein gewaltiger Vogel und senkte sich dann über ihnen herab. Matthew und Kayak vollführten einen Freudentanz. Sie sahen aus wie zwei halb erfrorene Vogelscheuchen.

»Es ist Matilda!«, kreischte Kayak. »Es ist die ›Waltzing Matilda‹. Auf einer Seite ist sie neu gestrichen.«

In der schimmernden Kabine erkannten sie Charlie, der ihnen wie ein Wilder zuwinkte. Eine der Schiebetüren öffnete sich und Charlie warf eine kurze Strickleiter mit Metallsprossen hinab. Kayak taumelte über die Eisscholle und ergriff die Leiter. »Ich bin zu schwach zum Klettern«, schrie er Matthew zu.

»Ich helfe dir.« Mit seinen letzten Kräften hob Matthew Kayak auf die gefährlich schwankende Leiter.

»Rein mit dir!«, überschrie Charlie den Motorenlärm.

Kayak packte Matthew an der Kapuze seines Parkas und half ihm sich an der Leiter hochzuziehen. Matthew plumpste hinter ihm in den engen Innenraum.

»Alle beide in Ordnung? Füße nicht erfroren? Keine Knochen gebrochen?«, rief Charlie nach hinten.

Sie schüttelten die Köpfe.

Charlie griff über Matthew hinweg und schloss die Tür. Dann gab er Gas und die ›Waltzing Matilda‹ wirbelte über ihrem kleinen Eiszelt in die Höhe.

Kayak blickte zum letzten Mal hinunter auf das, was um ein Haar ihr Grab geworden wäre.

Charlie deutete nach unten und sagte: »Wer immer diesen roten Kreis um eure Eishütte gezogen hat, er hat mit Sicherheit euer Leben gerettet. Ohne diese rote Markierung hätte ich euch niemals gefunden. Woher hattet ihr die Farbe?«

»Es ist keine Farbe«, sagte Matthew. Er machte mit dem Kopf eine Bewegung zu Kayak. »Es war seine Idee. Er hat uns gerettet.«

»Es hat gewirkt wie ein Zaubertrick«, rief Charlie. »Und woher hattet ihr den Spiegel, mit dem ihr das Nordair-Flugzeug angeblitzt habt, das nach Frobisher flog? Hätten sie das Leuchten des Spiegels nicht gesehen, hätten wir euch niemals gefunden. Die Luftwaffe und die Rettungsmannschaften haben landeinwärts nach euch gesucht. Dieser Spiegel hat euch ebenfalls das Leben gerettet.«

»Das ist ihm eingefallen«, sagte Kayak. »Mattoosie hat uns mit seinem Indianertrick aus Are-zoona gerettet.«

»Es gibt einen Haufen Leute, die sich mächtig freuen werden, euch beide wieder zu sehen. Ich nehme an, dass ihr ein gutes, heißes Essen brauchen könnt. Nehmt erst mal dies hier.« Charlie gab jedem eine kleine Tafel Schokolade.

Kayaks Hände waren vom Klettern so schwach und zittrig, dass er die Verpackung mit den Zähnen zerreißen musste.

»Ist mein Vater gesund?«, fragte Matthew.

Doch Charlie hatte seine Kopfhörer auf und sprach aufgeregt ins Mikrofon, sodass er die Frage nicht hörte.

Matthews Herz machte einen Sprung, als er nach unten blickte und sah, wie sie aus dem gefährlichen Eisnebel nach oben stiegen. Unter ihnen breitete sich das tödliche Puzzle aus geborstenem Eis aus, das sich nach Süden hin in dunkles, offenes Wasser öffnete. Niemals in seinem ganzen Leben hatte er einen Ort mit einem solchen Glücksgefühl verlassen.

In der Wärme der Kabine fiel sein Kopf nach vorn und er sank in einen Schlaf der Erschöpfung.

Zwanzig Minuten später streckte Kayak den Arm aus und legte die Hand auf die Schulter seines Freundes. Er kaute an einem zweiten Riegel köstlicher Schokolade, deutete nach unten und sagte: »Schau, Mattoosie, da unten liegt Apex, mein Zuhause. Ich hätte nie gedacht, jemals meine Familie wieder zu sehen. Ich glaube, da draußen vor dem Haus stehen meine Schwester Pia und meine Mutter. Und dort ist mein Hund!«

Der Hubschrauber bewegte sich schnell auf den Flughafen zu.

»Dort ist unsere Schule«, sagte Matthew.

Kayak drehte sich um und sah ihn an.

»Ich hätte nie gedacht, dass wir Gelegenheit haben würden, wieder zur Schule zu gehen.«

Der Hubschrauber landete in einem wirbelnden Nebel aus Schneekristallen. Charlie stellte die Maschine ab. Die großen Flügelblätter kamen zur Ruhe und hingen stumm im grellen Licht des arktischen Morgens. Matthew sah eine lange Reihe von Leuten aus dem Hangar kommen und auf sie zurennen.

Charlie öffnete die Tür und Kayak stieg aus. Vor Erschöpfung sackte er auf die Knie, doch er fand Halt an einer der großen Gummikufen des Hubschraubers. Er zog sich hoch und half auch Matthew herunter.

»Sei vorsichtig«, sagte er. »Möglicherweise fühlst du dich genauso schwach wie ich mich.«

Sie stützten sich gegenseitig und wankten mühselig auf die rennenden Leute zu.

»Da ist dein Vater«, sagte Matthew. Er hatte ein Würgen in der Kehle. »Wo ist mein Vater?«, flüsterte er und Elend und Enttäuschung stiegen in ihm hoch.

Er wandte sich um und wollte Charlie fragen. Doch nun sah er, wie Charlie mit schmerzverzerrtem Gesicht an einem Stock hinter ihnen her humpelte. Dieser Anblick erfüllte ihn mit Entsetzen: Jetzt wusste er, dass ein schlimmer Unfall geschehen sein musste. Er sah, wie Kayaks Mutter ihren Sohn umarmte. Dann flüsterte sie ihm etwas ins Ohr.

Der junge Polizist, eine Krankenschwester und Kayaks Familie halfen den beiden Jungen über die Landebahn. Als Kayaks Vater sie anlächelte und ihnen die Tür aufhielt, war es Matthew, als käme er nach Hause zurück. Er war sicher, dass er im Inneren des Flughafengebäudes seinen Vater sehen würde. Doch der große, überheizte Raum war leer. Er fühlte, wie seine Knie unter ihm wegknickten, und er sackte auf dem Fußboden zusammen.

Plötzlich saß Kayak neben ihm, legte seinen Arm um Matthews Schulter und sagte: »Alles wird gut werden.«

Doch Matthew sah, dass er Tränen in den Augen hatte.

»Ruht euch erst mal hier aus«, sagte der Flughafendirektor. »Ich habe im Krankenhaus angerufen. Der Krankenwagen muss jeden Augenblick hier sein. Ich höre schon die Sirene.«

Als Matthew erwachte, wandte er den Kopf und starrte aus dem Fenster. Es war Nacht. Über die Lichter an der Landebahn hinweg konnte er weit auf die Frobisher Bay hinausblicken. Wo er und Kayak gewesen waren, lag nun ein einziges Meer von Schwärze. Der Vollmond leuchtete wie ein geheimnisvolles Raumschiff, das durch die Wolken segelte und zwischen den Bergen und dem offenen Meer ein silbernes Band spann.

Er blickte auf die andere Seite und sah Kayak, der aufrecht in einem sauberen, weißen Krankenhausbett saß und eine Schale Hühnersuppe aß. Er starrte Matthew an. Sein Gesicht wirkte hager und abgezehrt.

»Wenn ich läute«, sagte Kayak, »wird dir die Krankenschwester etwas zu essen bringen.«

»Wo ist mein Vater?«, fragte Matthew mit schreckerfüllter Stimme und schlug gleichzeitig die Hände vor die Ohren, weil er die Antwort fürchtete.

Die Tür öffnete sich und die Krankenschwester trat ein.

»Wo ist mein Vater?«, fragte er wieder und seine Stimme zitterte so sehr, dass er kaum sprechen konnte.

»Fühlst du dich kräftig genug, um aufzustehen?«, fragte sie mit ruhiger Stimme.

»Ja, ich denke schon ... dass ich das kann.«

»Dann zieh deine Hausschuhe und deinen Bademantel an«, sagte sie.

»Kann ich mit ihm gehen?«, fragte Kayak.

Die Krankenschwester zögerte.

»Ich kann ihn stützen«, sagte Kayak. »Wir haben uns oft gegenseitig geholfen. Er gehört zu meiner Familie. Er ist so eine Art ... wirklich, er ist mein Bruder.«

Kayaks Vater Toogak saß draußen vor ihrer Tür. Als er sie sah, stand er auf.

»*Aneeiounggilateet*«, sagte er zu seinem Sohn.

»*Aneeiounggilateet*«, antwortete Kayak und Toogak humpelte hinter ihnen her, als sie durch den Korridor gingen.

Am Ende des Ganges öffnete die Krankenschwester vorsichtig eine Tür und sagte: »Ihr könnt jetzt hineingehen. Aber ihr dürft nicht lange bleiben.«

Beim ersten Anblick seines Vaters, der im Bett lag, musste Matthew sich an Kayak festhalten. Ross Morgan sah alt und müde aus, als ob sein großer, starker Körper mit einem Mal schwach geworden wäre. Seine Augen waren eingefallen und auf seinen Wangen und auf der Stirn waren schwarze Frostflecken.

»Oh, Gott sei Dank, dass ihr in Sicherheit seid«, sagte er zu Matthew und ergriff seine Hand und zugleich die Kayaks. »Ihr beiden Jungen hättet niemals rauskommen sollen, uns zu suchen, und doch … bin ich sehr stolz, dass ihr's getan habt.« Er hatte Tränen in den Augen.

Als Matthew wieder sprechen konnte, fragte er: »Was ist mit dir passiert, Papa?«

»Ich werde für deinen Vater antworten«, sagte Charlie, der nach ihnen eingetreten war. »Als ich versuchte vom Fuß der Klippe aufzusteigen, wo wir gelandet waren, drückte uns der Wind zu dicht an die Felswand und eines von Matildas Flügelblättern wurde glatt abgeschnitten.«

»Ich dachte, wir seien erledigt«, sagte Matthews Vater, »aber Charlie kriegte es hin, dass wir runterkamen, bevor wir uns überschlugen. Charlies Knie erlitt dabei so heftige Prellungen, dass er nicht laufen konnte.«

»Da saßen wir nun«, fuhr Charlie fort, »warteten und froren zwei Tage lang, bis der erste Sturm vorüber war, und unser Funkgerät sagte keinen Ton. Wir hatten nichts mehr zu essen. Also nahm dein Vater die Landkarte und den Kompass und brach auf, versuchte zu Fuß nach Frobisher zu kommen. Manche sagen, dass du niemals ein abgestürztes Flugzeug verlassen sollst, doch wir waren fast ganz von der Klippe verdeckt, und ich nehme an, dein Vater konnte nicht länger dort hocken und zusehen, wie der alte Charlie sich zu Tode friert, nur weil er nicht laufen kann.

Ich sage euch, ich kriegte einen ganz schönen Schrecken, als ich deinen Vater allein aufbrechen sah. All die schönen Geschichten, die ich mir selbst über die schreckliche Hitze in Borroloola erzählte, konnten mich nicht warm halten. Ich verlor jedes Zeitgefühl.«

Matthews Vater sprach langsam weiter.

»Als der zweite Schneesturm mich traf, dachte ich, es sei zu Ende mit mir, doch ich ging weiter und marschierte nach dem Kompass. Irgendwie … irgendwie hab ich's geschafft, durch den Sturm zu kommen und durch die Berge. Zwei Tage später kam ich runter an die Küste. Das Treibeis jagte mir einen Schrecken ein. Ich war schwach vor Hunger und Teile meines Gesichtes hatten jedes Gefühl verloren. Ich wusste, dass ich nicht mehr die Kraft hatte, den ganzen Weg rund um die Bucht zu schaffen. Ich saß im Schnee und dachte an dich, Matthew, und fragte mich, wie es dir wohl ginge. Ich wünschte mir, wir wären zusammen. Damals an jenem Ort habe ich beschlossen, dass ich eine feste Arbeit annehmen würde, wenn ich jemals lebend zurückkäme. Ich dachte: Werde wieder Lehrer und lass dich für eine Weile nieder, tu das, von dem du immer gehofft hast, dass du es mal wahr machst. Ich fragte mich, ob ich dich jemals wieder sehen würde. Ich fing an, mich in dem eisigen Wind warm zu fühlen. Ein schlechtes Zeichen. Dann hörte ich, ganz weit weg, ein Geräusch wie das Summen eines Moskitos und bevor ich es richtig begriff, kam Namoni, Kayaks Vetter, mit einem zerbeulten, blauen Motorschlitten auf mich zu.

Er hob mich hoch und band mich an den Sitz. Er musste sich sehr anstrengen, um meine Beine gerade zu biegen. Ich konnte ihm dabei zusehen, doch ich hatte kein Gefühl in ihnen. An das, was nachher kam, kann ich mich kaum erinnern. Es ist drei Tage her, seit ich hier aufwachte und mich schwächer fühlte als ein kleines Kätzchen.

Nachdem das große Rettungsflugzeug Charlies kaputten Hubschrauber ausgemacht hatte, flog die Polizei mit einem Reserveflügelblatt hinaus und Charlie, dieser zähe, alte Vogel aus Australien, brachte Matilda selbst nach Hause.«

»Dein Vater ist ein harter Bursche«, sagte die Krankenschwester. »Er muss fast hundert Meilen durch die eisige Kälte marschiert sein, um hierher zu gelangen. Er hat Charlies Leben gerettet und sein eigenes. Die Erfrierungen an den Füßen sind nicht allzu schlimm und die schwarzen Frostflecken im Gesicht werden allmählich verschwinden.«

»Was am meisten zählt«, sagte Matthews Vater, »ist die Tatsache, dass wir alle zusammen, wie wir hier sind, in Sicherheit sind.« Er machte eine Pause und schüttelte den Kopf.

»Ich war so sehr hinter dem Kupfer her, dass ich beinahe unser aller Leben auf dem Gewissen gehabt hätte. Ja, und das Kupferlager ist gar nicht dort … glaube ich. Wie mit vielen meiner Ideen, hat's auch mit dieser nicht geklappt.«

Matthews Vater schwenkte einen Brief und sagte: »Aber ich habe immer noch ein bisschen Glück. Sieh mal, Matt. Die Regierung des Nordwestterritoriums hat mich aufgefordert, als Lehrer für Naturwissenschaften hier zu bleiben. Das bedeutet, dass ich, sobald der Schnee getaut ist, wieder mit meinen Schulstunden im Gelände anfangen kann. Hier in Baffin Island kann ich Geologie draußen im Zelt unterrichten.«

Matthew war eine Minute sprachlos, während er zu verdauen suchte, was sein Vater gesagt hatte. Das bedeutete, dass auch er hier bleiben konnte – und in Kayaks Nähe. Und er würde Geologie lernen. Ihr Geheimnis konnte warten.

»Das ist wunderbar, Papa«, sagte er schließlich.

»Dein Vater kann mich auch unterrichten«, sagte Kayak. »Und ich werde Mattoosie die Eskimosprache beibringen, während ich lerne, *saviksak* zu jagen, das bedeutet Eisen, das Zeug, woraus man Messer macht. Ihr werdet sehen, ich bin ein guter Jäger.« Kayak warf Matthew einen verschwörerischen Blick zu und Matthew nickte leicht und grinste.

»Klingt alles sehr gut.« Charlie lachte. »Die Regierung sagt, dass sie dreißig Flugstunden bezahlen will, wenn wir mit den Schülern rausfliegen, um aus der Luft Mineralien zu ›jagen‹. Wir werden wieder alle zusammen fliegen.« Er hielt inne.

»Ross, schau dir diese zwei Jungen an. Sitzen da und grinsen wie ein Paar Koalabären. Sie denken, schürfen ist leicht! Sie denken, alles, was wir tun müssen, ist, sie mit der alten Matilda in den Norden zu fliegen, damit sie nur rauszuhüpfen brauchen, um sich einen Haufen Gold zusammenzuraffen!«

Das schwarze Gold der Arktis

Für meine Mutter,
die so viel Liebe, Kraft
und gute Gedanken hatte.

In »Feuer unter dem Eis« begann die Freundschaft zwischen Matthew und dem Eskimojungen Kayak. Auf der Suche nach Matthews Vater gerieten die beiden in gefährliche Situationen, ja, sie verirrten sich selbst in der Eiswüste der kanadischen Arktis. Mit der glücklichen Rettung der beiden schließt der Band.

In »Das schwarze Gold der Arktis« wagen sich Matthew und Kayak noch weiter vor in die Wildnis des hohen Nordens. Sie erforschen eine der einsamsten und geheimnisvollsten Inseln der Welt und messen ihre Kräfte mit den Gewalten des rauen Klimas und feindseligen Fremden. Zwei Jungen unserer Zeit erleben aufregende Abenteuer und machen unvorstellbare Entdeckungen auf der Jagd nach den Schätzen der Arktis.

James Houston
Nordwestterritorium
Kanada, 1981

1

»Gold!«, sagte Matthews Vater abfällig. »Ich will nichts mehr hören von Gold oder Kupfer! Meine Gier nach kostbaren Metallen hat uns nur Schwierigkeiten eingebrockt. Ich sage dir, Charlie, ich werde diese ewige Jagd nach Bodenschätzen aufgeben. Ich will sesshaft werden. Ich bleibe hier auf Baffin Island und verdiene mein Geld als Professor für Geologie!«

»Gute Idee«, sagte Charlie, der Hubschrauberpilot aus dem fernen Australien. »Als Professor hättest du ein sicheres Auskommen und unsere arme ›Waltzing Matilda‹ bliebe heil. Du kannst Kayak fragen – er wird mir Recht geben.«

Kayak war ein Eskimojunge von dreizehn Jahren. Er und Matthew litten noch unter den Strapazen, die sie auf der langen Suche nach Matthews Vater durchgestanden hatten. Aber Kayak war ein starker, zäher Bursche. Sein Haar war blau-schwarz, seine Zähne weiß und ebenmäßig und in seinen schwarzen Augen war ein warmer Glanz. Sein freundliches, breites Gesicht war vom Wetter gebräunt.

Kayak war der Sohn eines *Inuit*-Jägers und er hatte sein ganzes Leben auf Baffin Island verbracht. Wie alle anderen war er froh und beinahe überrascht, noch am Leben zu sein. Hier im Krankenhaus in Frobisher erholten sie sich nun von all den gefährlichen Abenteuern, die er und Matthew in der Eiswildnis des arktischen Winters hatten bestehen müssen. Sie hatten versucht, Mr. Morgan und seinen Freund Charlie zu finden, die mit ›Waltzing Matilda‹, Charlies knallrotem Hubschrauber, abgestürzt und verschollen waren. Aber jetzt hockten sie alle, sicher und geborgen, um Mr. Morgans Krankenbett.

Kayak griff in die Tasche seiner Pyjamajacke. Mit geheimnisvoller Miene schaute er alle der Reihe nach an: den kleingewachsenen, kräftigen Charlie mit seiner leuchtend roten Mähne, dann Mr. Morgan, einen athletischen Mann, der mit verdrießlichem Gesicht die befohlene Bettruhe einhielt, und schließlich Matthew, seinen Freund.

»Mattoosie«, sagte er, indem er den Namen seines Freundes mit den weichen Lauten der *Inuktitut*-Sprache nachbildete. »Ich muss dir etwas gestehen. Als ich dir befahl, die kleinen gelben Steine wegzuwerfen, habe ich einen davon mitgenommen. Damit Charlie und dein Vater, falls wir sie jemals wieder finden würden, ihn sich ansehen können.«

»Was sollen wir uns ansehen?«, fragte Charlie, der sein bandagiertes Bein auf eine Krankenhauskrücke stützte.

Kayak machte die Hand auf und ließ ein dickes gelbes Nugget auf die weiße Bettdecke fallen, die sich über Mr. Morgans Brust wölbte.

»Was ist denn *das*?«, fragte Charlie alarmiert.

Mr. Morgans Gesicht, noch immer von Frostbeulen entstellt, bekam einen seltsamen Ausdruck. »Ich brauche es gar nicht anzufassen. Ich kann es riechen. Ich kann es fühlen. Es ist ein Nugget aus reinstem Gold! Und wo dieses Nugget gefunden wurde, da gibt's gewiss noch jede Menge davon.«

»*Ahaluna!* Natürlich gibt's davon noch jede Menge«, sagte Kayak. »Wir hatten einen Rucksack voll davon, aber wir mussten sie wegwerfen. Wir waren halb verhungert und konnten sie nicht weiter mitschleppen. Wir hatten ja nicht mal die Hoffnung, lebend nach Hause zu kommen.«

Ross Morgan saß aufrecht im Bett und starrte seinen

Sohn an. »Soll das heißen, dass ihr wisst, wo es noch mehr von der Sorte gibt?«

»Natürlich wissen wir das«, sagte Matthew.

»He! Kayak, Matt, Charlie! Hört euch das an! Wir sind reich! Ich sage euch, wir sind superreich! Boys, ihr habt vermutlich den Goldschatz der Arktis gefunden!«

»Schwer wie Gold«, murmelte Charlie und warf das Nugget in die Luft. Er fing es auf und küsste es. »Matt, wo habt ihr dies nette kleine Souvenir gefunden?«

»In einem Fluss, etwa hundert Meilen nordwestlich von hier«, sagte Matthew stolz.

Matthew hatte es lieber, wenn man ihn einfach Matt nannte. Er war ein unkomplizierter Junge mit wachsamen hellen Augen und blondem, glattem Haar. Er hatte breite Schultern, schmale Hüften und kräftige lange Beine. Kurz, er hatte die Figur eines geborenen Langstreckenläufers. In der Schule, in Arizona und in British Columbia, hatte er bei jedem Sportfest Preise gewonnen. Er war nicht so groß wie sein Vater, aber man konnte jetzt schon sehen, dass er ihn eines Tages überflügeln würde. Er war so schnell gewachsen, dass ihm alle seine Sachen ein bisschen zu klein waren. Hätte seine Mutter noch gelebt, dann hätte sie ihm wahrscheinlich neue Kleider gekauft. Aber sein Vater hatte den Kopf voll von anderen Dingen: Er war Geologe und von dem Ehrgeiz besessen, in der Wüste, im Urwald oder unter dem Eis der Arktis reiche Bodenschätze zu finden.

So war Matthew mit seinem Vater von einem Ort zum anderen gezogen. Er hatte ein halbes Dutzend Schulen in verschiedenen Ländern besucht. Jetzt endlich hatte er in Kayak einen wirklichen Freund gefunden. Die beiden waren unzertrennlich, Blutsbrüder, wie Kayak gesagt hatte. Matthew hatte Angst vor einem neuen Umzug. Er wollte Kayak nicht verlieren.

»Seht ihn euch an«, lachte Charlie und wies mit dem Daumen auf die geschwollenen Frostbeulen in Ross Morgans Gesicht. »Da habt ihr einen gefährlichen Fall von Goldfieber vor euch. Was hältst du davon, Matt? Kaum wittert dein Vater Gold, jagen seine Gedanken schon auf und davon – Claims abstecken, Geld und Maschinen auftreiben, Pläne machen. Ich bin mir sicher, er hat sich auch schon einen tollen Namen für seine künftige Goldmine ausgedacht!«

»Es ist nicht *meine* zukünftige Goldmine«, brummte Matthews Vater und zeigte mit dem Finger auf Kayak und seinen Sohn. »Es ist *ihre* Goldmine. Na ja, falls wir eine sehr reiche Ader entdecken, könnte es *unsere* Goldmine sein. Unsere Firma könnte ›Baffin Gold Mine Unlimited‹ heißen; oder ›Kayak-Morgan Mining Cooperative‹.«

»Oder wir könnten sie ›Matildas Gelbstein-Verwertungsgesellschaft‹ nennen«, knurrte Charlie.

»Meinetwegen kannst du sie nennen, wie du willst«, lachte Mr. Morgan. »Aber wir müssen uns beeilen! Sonst kommt uns ein anderer zuvor und lässt den Goldschatz auf seinen Namen registrieren. Ha! Ich brauche eine Briefwaage! Lauf doch mal schnell ins Schwesternzimmer, Matthew. Erzähle irgendetwas, nur keine Lügengeschichten, und lass dir eine Waage geben! Sag … sag einfach, wir müssen etwas wiegen.«

Zu spät, dachte Matthew seufzend. Er sah, dass sein Vater bereits Feuer gefangen hatte. Bald würde er wieder losziehen, auf der Jagd nach den Schätzen der Welt.

»Ach du heiliger Strohsack!«, keuchte Ross Morgan, als Matthew die Briefwaage vor ihm auf die Bettkante gestellt hatte. »Wusstest du, Kayak, dass dieses kostbare gelbe Steinchen vier drei Viertel Unzen wiegt! Und das bei dem heutigen Goldpreis … pah! Hör mal, Charlie, dieses Nugget allein würde ausreichen, um eine Anzahlung auf die Reparatur deines Hubschraubers zu leisten.«

»Zum Teufel, das würd ich gern tun«, seufzte Charlie. »Wenn das Nugget mir gehörte …«

»Es gehört dir«, sagte Kayak. »Oder Mr. Morgan. Ich will es nicht haben. Mattoosie hat es gefunden und ich hab es nur mitgebracht, um es euch zu zeigen. Es ist ja nur ein kleiner Teil dessen, was wir am Fluss zurücklassen mussten.«

»Es gehört dir, Charlie. Nimm es«, rief Matthew. »Du hast uns das Leben gerettet, als du mit deiner Matilda angeflogen kamst, um uns aus dem Treibeis rauszuholen. Dass wir noch am Leben sind, verdanken wir nur dir.«

»Nein, ich kann's nicht nehmen«, sagte Charlie. »Boys, ihr dürft nicht so mit eurem Gold herumwerfen.«

»Ein Geschenk darfst du nicht ablehnen«, sagte Kayak. »Bei meinem Volk, den *Inuit*, ist es die schwerste Sünde, ein Geschenk zurückzuweisen.«

»Vergiss das nicht, Charlie«, sagte Mr. Morgan.

»Na ja … vielleicht könnte ich es mir borgen. Aber nur als Darlehen – damit ich die gute alte Matilda wieder zusammenflicken kann. Sie ist arg ramponiert und zerbeult. Sie bräuchte dringend ein paar Ersatzteile und frischen Lack.«

Kayak drückte Charlie das Gold in die Hand.

»Mach schnell, Charlie«, rief Mr. Morgan. »Schick ein Telegramm nach Montreal oder telefoniere mit der Helikopterfirma in Connecticut, damit die nötigen Ersatzteile nach Frobisher eingeflogen werden. Und Vorsicht, ihr alle«, flüsterte Matthews Vater. »Erzählt keiner Menschenseele etwas von unserem Glückstreffer!«

»Darauf kannst du Gift nehmen«, sagte Charlie und ließ das schwere Nugget in seine Brusttasche gleiten. »Ich laufe gleich rüber zu meinem Freund Henry von der Royal Canadian Mounted Police. Er soll unsern Goldschatz einstweilen in seinen Safe sperren und später Matildas Schulden damit bezahlen. Sobald Matilda und wir wieder fit sind, kann sie uns in 'ner knappen halben Stunde zum Fluss der gelben Steine bringen.«

Charlie warf seinen Gipsfuß in die Luft und wirbelte seine Krücke wie einen Propeller über dem Kopf. Dann zog er seine Mundharmonika aus der Hosentasche und fing an eine lustige Melodie zu spielen. Dazwischen sang er das berühmte Lied von ›Waltzing Matilda‹.

»Hör auf, Charlie«, stöhnte Ross Morgan. »Wir müssen die Boys fragen, wo sie dieses Nugget gefunden haben.«

»Wir wissen die Stelle«, sagte Kayak zögernd.

»Ja, wir können sie dir auf der Landkarte zeigen«, sagte Matthew.

»Prima«, sagte Matthews Vater. »Dann müssen wir einen Plan machen, wie wir am schnellsten hinkommen, um unser Revier abzustecken.« Ross Morgan war schon mit einem Bein aus dem Bett, aber Charlie stieß ihn zurück auf die Kissen, gerade noch rechtzeitig. Im gleichen Moment trat nämlich die Krankenschwester ein.

»Was geht hier eigentlich vor? Eine Verschwörung? Ihr alle – außer Charlie – solltet brav in euren Betten liegen. Wollt ihr denn nicht gesund werden? Ich versteh euch nicht, ihr Männer! Erst buddelt ihr am Ende der Welt nach Kupfer und landet halb erfroren im Krankenhaus. Dann schleicht sich Charlie davon und fliegt mit seinem kaputten Donnervogel auf die Frobisher Bay hinaus, um euch Jungs aus dem schwimmenden Packeis zu fischen. Und schon hockt ihr alle wieder beisammen und schmiedet Pläne – wie Piraten beim Picknick. Jetzt aber marsch ins Bett oder ich muss es dem Doktor erzählen!«

Kayak und Matthew schlurften den Korridor hinunter. Sie waren noch immer ein bisschen wackelig auf den Beinen. Erleichtert ließen sie sich in ihre frisch bezogenen Betten fallen.

»Mann, bin ich hungrig«, sagte Kayak.

»Los, bestellen wir uns noch eine Extraportion. Die Schwester hat gesagt, wir dürfen essen, so viel wir wollen.« Matthew seufzte. »Ich weiß nicht, ob es gut war, dass du ihnen das Nugget gezeigt hast.«

»Ich weiß auch nicht«, sagte Kayak. »Charlie und dein Vater sind wie verrückt, seitdem sie das Gold gesehen haben. Hast du Charlies Augen beobachtet? Groß wie Gänseeier! Hoffentlich hat dein Vater den Plan nicht aufgegeben, als Professor auf Baffin Island zu bleiben.«

»Ich weiß nicht«, sagte Matthew. »Wenn meinem Vater Gold oder andere Bodenschätze im Kopf herumspuken, gibt es nichts, was ihn bremsen könnte. Ich hab ihn schon früher so erlebt. Damals, als wir in der Wüste Arizonas nach Edelmetallen suchten. Oder als wir noch in Peru lebten.« Matthew seufzte. »Ich glaube, das Unglück ist passiert, und nichts kann ihn mehr zurückhalten. Wir werden losziehen, sobald wir alle gesund sind und Matilda wieder fliegen kann. Das Gold zieht die beiden Männer an wie ein Magnet. Du wirst es sehen.«

»Vergiss nicht, Mattoosie«, sagte Kayak, »dass du jetzt mein Bruder bist. Du darfst nicht ohne mich fortgehen. Ich würde mir Sorgen machen. In meinem Land lauern tausend Gefahren auf dich. Weißt du was? Wenn der Doktor sagt, dass wir aufstehen dürfen, kommst du mit zu meiner Familie. Ich will meine Eltern fragen, ob ich mit dir gehen darf.«

Matthew und Kayak wurden am 27. Mai aus dem Frobisher-hospital entlassen, zwei Tage bevor der Arzt auch Charlie und Matthews Vater gehen lassen wollte. Matthew fuhr mit Kayak zu dessen Familie, die auf dem Apex Hill über der Frobisher Bay wohnte. Als sie das kleine Krankenhaus verließen, mussten sie feststellen, dass die Straße nach Apex total aufgeweicht war. Frühlingswärme hatte sich vom Süden her über den arktischen Inseln ausgebreitet.

»*Nelunuktuk*. Er sagt, wir müssen den Holperweg fahren«, übersetzte Kayak für Matthew, was sein Vetter Namoni gesagt hatte. Er war gekommen, um die Jungen abzuholen.

Namonis zerbeultes rotes Schneemobil trug sie in rasender Fahrt über die schneebedeckten Hügel. Von der matschigen Straße hielten sie sich fern.

Kayaks Familie wohnte in einem kleinen, bunt bemalten Haus im *Inuit*-Dorf. Aus den halb abgetauten Schneewächten an den Wänden lugten Kinderschlitten und verwitterte Holzgestelle hervor, die die *Inuit* zum Trocknen von Tierfellen verwendeten. Auch ein abgewracktes Kanu lag im Schnee. Am Heck war noch der verrostete Außenbordmotor montiert. Auf dem Dach des Hauses, unerreichbar für die Zähne hungriger Hunde, lagen drei steif gefrorene Karibuleiber. Kayak stieß die Tür auf und Matthew trat hinter ihm ein.

Das Innere der Behausung war dunkel und einfach möbliert. Es war ein einziger großer Raum mit zwei breiten Betten, einem kleinen Ölofen und einem hölzernen Tisch, auf dem Blechteller und Tassen und ein paar offene Keksdosen standen.

Auf einem der Betten saß Kayaks Mutter und nähte. Auf dem anderen hockte seine Großmutter. Sie wiegte den Kopf hin und her. Anscheinend studierte sie die bizarren

Muster, die der Nachtfrost auf die Fensterscheiben gezaubert hatte.

»*Shartoalook, kakpoosi?*«, sagte Kayaks Mutter.

»Hörst du, Mattoosie? Meine Mutter – sie macht sich Sorgen um uns. Sie sagt, wir sehen furchtbar mager aus. Sie denkt, wir müssen Hunger haben. Willst du Fleisch essen?«, fragte Kayak.

»Ja, vielen Dank. Ich würde gern Karibufleisch essen«, sagte Matthew schüchtern und höflich. Er erinnerte sich, wie wichtig das gemeinsame Essen für die *Inuit* war. »Und Tee, bitte.«

Nach dem Essen kam Kayaks Vater herein. Er nickte den beiden Jungen freundlich zu.

Und dann redete Kayak eine Weile *Inuktitut*, die alte Sprache der Eskimos. Matthew verstand nichts außer seinem Namen, »Mattoosie«, und den immer wiederkehrenden Wörtern *kungatasho* und *tingmiak*, was – wie er wusste – so viel hieß wie »fliegen«.

»Mein Vater – er will wissen, ob wir mit dem Auf-und-Ab-Vogel fliegen. So nennen die *Inuit* den Hubschrauber in ihrer Sprache«, erklärte Kayak. »Und er fragt, wie lange wir fortbleiben werden.«

»Das weiß ich nicht«, sagte Matthew. »Vielleicht den ganzen Sommer.«

»Meine Mutter – sie macht sich Sorgen, ob wir genug zu essen haben werden. Sie sagt, ich muss noch lernen, Tiere zu jagen. Sie sagt, ich soll daran denken, dass ich … noch kein guter Jäger bin.«

»Sag deiner Mutter«, erwiderte Matthew, »dass mein Vater genügend Vorräte für alle einkaufen wird, die wir im Flugzeug mitnehmen.«

Jetzt redete Kayaks Vater mit leiser, freundlicher Stimme auf die Großmutter ein.

»Mein Vater – er hat der Großmutter erzählt, dass er schon mit einem Flugzeug geflogen ist«, flüsterte Kayak. »Er sagt, es hat ihm gut gefallen. Nur beim Starten und Landen hatte er ein bisschen Angst. Meine Großmutter – sie lacht ihn aus. Sie sagt, dass sie gerne mit dem Flugzeug fliegen würde. Sie sagt, dass sie schon zu alt ist, um Angst zu haben.«

Jetzt sprach die Großmutter mit ihrer zittrigen Singsangstimme zu Kayak.

Kayak lächelte und sagte: »Meine *annanachiak* – sie sagt, dass sie keine Angst vor Flugzeugen hat. Aber sie sagt, wenn wir nach Norden fahren, sollen wir lieber auf den Schnee warten und mit den Hunden, das heißt mit dem Hundeschlitten fahren. Damit wir, vielleicht, wieder zurückkommen. Sie sagt, dass sie Männer mit sechzehn Hunden wegfahren sah. Nach drei Monaten kamen sie taumelnd wieder – nur noch mit einem Hund vor dem Schlitten. Sie sagt, dass Flugzeuge aussehen wie Vögel. Aber man kann sie leider nicht essen, wenn man Hunger hat. Sie sagt, dass Hundefleisch gut schmeckt, wenn man wirklich hungrig ist.«

Flüsternd fügte Kayak hinzu: »Bis jetzt klappt alles wunderbar. Niemand hat gesagt, dass ich nicht mit dir gehen sollte.« Kayak stand auf und lächelte. »Schnell, Mattoosie, lass uns gehen, bevor sie ihre Meinung ändern. Und wir müssen die Lehrerin in der Schule besuchen. Sie hat der Krankenschwester gesagt, dass sie mit uns einen Plan machen will, wie wir die vielen versäumten Stunden nachholen können.«

Draußen kam ihnen schwanzwedelnd ein riesiger Husky entgegengesprungen. Es war Shulu, Kayaks Hund. »Ich möchte ihn gerne mitnehmen in den Norden. Glaubt du, dass Charlie etwas dagegen hat?«

»Ich glaube nicht, dass in Matilda genug Platz ist. Denk daran, wie viel Vorräte und Werkzeug wir mitnehmen müssen. Und Shulu ist beinah so groß wie ein Mensch.«

»Wie schade«, sagte Kayak. »Aber meine Großmutter hat Recht. Shulu könnte uns viel helfen. Er ist stark.« Kayak zuckte die Schultern. »Los, Mattoosie, mein Vetter ist schon weg.«

Matthew seufzte. »Ich würde lieber Matilda voll packen und auf die Goldsuche gehen als in die Schule.«

»Ich auch«, sagte Kayak. »Aber das darfst du der Lehrerin nicht sagen.«

2

»Endlich! Da ist mein Telegramm!«, rief Charlie. Er sprang in die Luft und schwenkte das bedruckte Papier über dem Kopf. »Die Ersatzteile für Matilda treffen heute mit einer Nordair-Maschine ein. Kommt ihr mit zum Hangar, Boys? Ihr könntet mir helfen den guten Vogel wieder aufzumöbeln. Ich hab einen schönen knallroten Lack bestellt. Meine Matilda wird so hell strahlen, dass man sie von den Schneebergen hier bis zur Westküste Australiens sehen kann.«

»Klar«, sagte Matthew. »Wir helfen dir gerne. Dass wir das Krankenhaus hinter uns haben, ist gut. Noch besser wird es sein, wenn wir erst die Schule hinter uns haben.«

»Matilda reparieren – das macht Spaß«, sagte Kayak.

Matthew und Kayak begleiteten Charlie zur Flugzeughalle, wo der arg demolierte Hubschrauber untergestellt war.

»Arme Matilda«, lachte Charlie. »Aber bald wird sie wieder startklar sein – und bereit, uns überallhin zu tragen. Übrigens, Matt, habt ihr deinem Vater auf der Landkarte gezeigt, wo ihr das Gold ...?«

»Pssst«, machte Matthew und schielte nach dem Gabelstaplerfahrer, der ihnen durch die Flugzeughalle entgegenkam.

»Ja ... hm ...«, grinste Charlie verlegen, während er die Motorhaube des Hubschraubers entriegelte. »In der australischen Wüste, in der Gegend von Alice Springs, da ist es heiß und staubig. Da muss ein Pilot auch sein eigener Bordmechaniker sein. Da muss unsereiner mehr können, als durch die Luft zu brummen wie eine dicke Hummel.«

Und dann schlürfte Charlie fünf Thermosflaschen heißen Kaffee, während er rund um die Uhr an seinem Hubschrauber werkelte. Die Jungen halfen ihm, sooft sie Zeit hatten. Drei Tage später war ›Waltzing Matilda‹ wieder voll auf dem Posten, wie Charlie erklärte. »Aber ich bin restlos ausgepumpt«, stöhnte er, während er Matthew und Kayak zeigte, wie sie die Schutzmasken aufsetzen mussten.

Abwechselnd arbeiteten die Jungen mit der Spritzpistole, bis Matilda in ihrem neuen, kirschroten Lack funkelte. Dann traten sie zurück, um ihr Werk zu bewundern.

»Ist sie nicht schön?«, rief Charlie. »Wie frisch aus der Fabrik. Aber schade: Die Ähnlichkeit mit einem Känguru ist weg. Meine arme alte Matilda sieht jetzt aus wie irgendein braver Transporthubschrauber. Dabei hat sie 'ne Menge Erfahrung auf dem Buckel.« Lachend strich Charlie mit der Hand über die neuen schwarzen Kunststoffsitze. »Ihr müsst etwas machen, Boys, damit sie wieder ein eigenes Gesicht kriegt.«

»Ich hab noch nie ein Kan-ga-ruuu gesehen«, sagte Kayak. »Aber Mattoosie – er sagt, dass er welche im Zoo gesehen hat. Wir könnten ihr eines auf die Tür malen.«

»Gute Idee«, sagte Charlie. »Ihr könnt morgen früh anfangen. Bis dahin ist der Lack trocken.«

Mit wildem Eifer machten sich Matthew und Kayak am nächsten Tag ans Werk und bis Mittag hatten sie ein sauber gezeichnetes Känguru fertig.

Als Mr. Morgan und Charlie in die Halle kamen, blieben sie wie angewurzelt stehen. »Skier – bei einem Känguru? Wer hat schon ein Känguru auf Skiern gesehen?«, rief Matthews Vater. »Und mit zwei kleinen Kängurus im Beutel!«, staunte Charlie.

»Matilda ist ein arktisches Känguru«, verkündete Kayak stolz.

»Das habt ihr gut gemacht«, sagte Charlie. »Matilda ist ganz begeistert von ihren neuen Skiern. Sie zittert schon vor Ungeduld, sich in die Luft zu schwingen.«

»Endlich kann es losgehen!«, rief Ross Morgan. »Heute Abend packen wir unsere Rucksäcke und unsere Ausrüstung. Aber vergesst nicht: leichtes Gepäck!«, ermahnte er sie. »Und dann, falls das Wetter gut ist, bringen wir unsere Sachen an Bord, tanken Matilda voll und starten in aller Frühe, wenn die anderen lästigen Goldsucher noch schnarchen.«

Kayak eilte nach Hause. Er aß ein saftiges Stück Robbenfleisch und legte sich gleich ins Bett. Doch es dauerte lange, bis er einschlief, da er darüber grübelte, wann er wohl das Haus seiner Eltern wieder sehen würde.

Charlie blieb über Nacht bei Matthew und seinem Vater – in dem leer stehenden Verwaltungsgebäude, das sie mietfrei bewohnen durften.

Auch Matthew konnte nicht einschlafen. Zweimal stand er auf, um nach dem Wetter zu sehen. Das erste Mal zeigte seine Armbanduhr zwölf, das zweite Mal kurz nach zwei. Der Nachthimmel blieb klar und wolkenlos.

Matthew betrachtete die bläulich schimmernde Kette der verschneiten Berge im Nordwesten von Frobisher und dachte an seinen Vater. *Ihm geht es genau wie mir. Er fühlt sich einsam und verlassen, seit meine Mutter bei einem Autounfall in Arizona ums Leben kam. Aber wir beide können es nicht ändern. Mein Vater hat sich sein Leben lang in Gebirgen und Wüstenlandschaften herumgetrieben – immer auf der Suche nach Gold. Und jetzt, morgen früh, werden Kayak und ich ihm das Feuer unter dem Eis zeigen. Wir werden ihn zu einem Fluss führen, wo so viel funkelndes Gold liegt, dass es nicht zu Ende gehen wird, so lange wir leben …*

Matthew sah die Glut der Morgensonne hinter den Hügeln im Osten aufsteigen. Ihm war, als hielte die ganze Welt den Atem an und lauschte auf den kühlen, klaren Gesang des Windes.

Und dann dachte Matthew daran, wie er sich früher vor Eisbären gefürchtet hatte. Bis er den ersten lebenden Bären sah: Er war auf der großen Eisscholle herumgelaufen, auf der Kayak und Matthew aufs Meer hinaustrieben. Die Jungen hatten sich tot gestellt und das hatte ihnen das Leben gerettet.

Matthew dachte an die vielen gefährlichen Situationen, in die er und Kayak geraten waren, als sie seinen Vater und Charlie, die mit dem Hubschrauber abgestürzt waren, gesucht hatten. Sie hatten Glück gehabt, dass sie noch lebten! Fröstelnd flüchtete sich Matthew wieder ins Bett.

Matthew erwachte erst, als er die Haustür schlagen hörte. Kayak stand im Zimmer. Er trug einen prall gefüllten Rucksack und einen selbst genähten Daunenschlafsack auf der Schulter. Er trug den neuen Parka, den seine Schwester Pia für ihn gemacht hatte. Die Kapuze war mit einem dichten Streifen Wolfspelz eingesäumt. An den Füßen hatte er neue Stiefel aus Seehundsfell, die unter den Knien mit leuchtend grünen Wollbändern verschnürt waren.

»Sieh mal, Mattoosie«, flüsterte Kayak. »Meine Großmutter hat auch für dich ein paar neue Stiefel gemacht. Und das schickt dir meine Mutter.« Kayak hielt vier fette, rotbäuchige Forellen in die Höhe. »Sie hat sie selbst beim Wasserfall gefangen. Sie sagt, wir sollen viel Fisch essen. Das wird uns Kraft und Gesundheit geben.«

Schüchtern fügte er hinzu: »Und ich habe auch das Geschenk meiner Freundin mitgebracht.« Er holte ein Kästchen aus Plastik hervor, in dem ein kleiner Spiegel steckte.

Ross Morgan und Charlie krabbelten aus ihren Schlafsäcken und sprangen in ihren langen wollenen Unterhosen durchs Haus. Es gab so vieles, was noch in letzter Minute in Rucksäcken und Tragbeuteln verstaut werden musste. Matthews Vater fing an Frühstück zu machen, aber Charlie zog seinen Parka und seine Stiefel an und rannte zur Tür.

»Warte und iss etwas«, rief Ross Morgan ihm nach.

Charlie schnappte sich ein paar Würstchen aus der Pfanne, die über dem Kocher brutzelte. »Gib mir nur schnell einen heißen Schluck Kaffee. Die fetten Knacker kann ich unterwegs zum Hangar verdrücken. Hmmm ... das schmeckt!« Er lachte. »Das erinnert mich an das Frühstück, das wir bei der Australian Airforce bekamen. Aber jetzt muss ich laufen, um Matilda voll zu packen. Ich lass den Motor warm laufen und dann werde ich zum Ende der Startbahn knattern, um euch drei dort aufzusammeln. Piep-piep!«

Ross Morgan lachte. »Der gute Charlie hat's eilig, weil er seinen Gläubigern entwischen will. Sie haben ihm gesagt, dass er den Hubschrauber nicht fliegen darf, bevor alle Reparaturkosten bis auf den letzten Cent bezahlt sind. Aber Charlie sagt, dass sie die zweite Rate niemals kriegen werden, wenn wir nicht hinausfliegen und das Gold finden.«

Dies veranlasste die drei, ihr Frühstück, das aus kräftigem Schiffszwieback, Pflaumenmus und Würstchen bestand, mit doppelter Eile zu verschlingen.

»Seht nach, ob das Feuer gut gelöscht ist«, rief Matthews Vater, während er die Landkarten zusammenfaltete. »Und ob die Thermosflasche gefüllt ist. Los – verschwinden wir!«

Tief gebückt, Rucksack und schwere Zeltausrüstung auf dem Rücken, stolperten sie zwischen hohen Schneewällen die Straße zum schlafenden Flugplatz hinunter. Als sie dort ankamen, hörten sie Matildas Rotorblätter losknattern und im nächsten Augenblick schwebte der knallrote Hubschrauber über dem Flugfeld. Jetzt entdeckten sie auch die drei kräftigen Gestalten, die in dicken Daunenjacken über die Startbahn galoppierten und wütend die Fäuste nach Matilda reckten.

»Schneller!«, keuchte Mr. Morgan. »Rennt, was ihr könnt. Charlie will uns am Ende der Startbahn abholen. Er hat's verflucht eilig!«

Kayak eilte in seinen leichten Fellstiefeln weit voraus. Jetzt bogen sie von der Straße ab und nahmen eine Abkürzung über Geröll- und Tundrafelder.

»Heiliger Strohsack!«, brüllte Ross Morgan. »Diese Geldsäcke werden uns den Weg abschneiden. Lauf schneller, Matt! Lauf schneller!«

Und da kam auch schon Matilda herangeschwebt. Charlie hatte die Tür der Führerkanzel weit aufgerissen. Er fuchtelte wild mit dem Arm. »Los, einsteigen! Einsteigen!«

»Sch-schneller!«, stöhnte Ross Morgan. »Wir müssen ... Kayak ... einholen. Da kommen Charlies Gläubiger! Sie wollen ihn hindern wieder aufzusteigen.«

Kayak erreichte Matilda als Erster. Er warf seinen Rucksack in die Kabine und kletterte keuchend an Bord. Mr. Morgan, in seiner Jugend ein berühmter Footballstürmer, hatte einen weiten Vorsprung vor Matthew. Schon hechtete er, den Kopf zwischen die breiten Schultern geduckt, unter den wirbelnden Rotorblättern hindurch und schwang sich in Matildas Kabine.

»Wartet! Wartet auf mich!«, schrie Matthew und stolperte hinter dem feuerroten Hubschrauber her.

Die drei kräftigen Männer kamen über das Flugfeld gerannt und versuchten Matildas Kufen zu packen. In letzter Verzweiflung ließ Charlie den Motor aufheulen. Donnernd erhob sich Matilda in den eisblauen Himmel über der Arktis.

3

Im letzten Moment warf Kayak eine kurze Strickleiter aus. Matthew erwischte gerade noch die letzte Sprosse und schon wurde er in die Luft gerissen. Seine Füße baumelten nur ein paar Zentimeter über den gierig schnappenden Fäusten der Verfolger. Aber da war schon die starke Hand seines Vaters und wuchtete zuerst seinen Rucksack und dann ihn selbst an der Kapuze seines Parkas an Bord des Hubschraubers.

Charlie ließ Matilda knapp über den Köpfen der Männer tanzen, die wild fuchtelnd in die Höhe sprangen. Er winkte ihnen fröhlich zu und machte mit zwei Fingern das V-Zeichen. Dann deutete er hinüber zur Polizeibaracke von Frobisher, wo die erste Rate seines künftigen Reichtums sicher im Safe ruhte. »Ihr hässlichen, habgierigen Ratten! Ihr könnt warten«, schrie er. Dann schlug er die Kabinentür zu und ließ Matilda mit einem plötzlichen Sprung in die Luft schnellen.

Charlie drückte den Steuerknüppel nach vorn und Matilda stieg triumphierend in den glasklaren Morgenhimmel auf. Sie zog eine Schleife um den Kontrollturm.

»Viel Glück, Charlie-Boy! *Bonne chance, mon ami. Bon voyage!* Und verdammt viel Glück wirst du brauchen«, rief der Mann im Tower ins Mikrofon.

Charlie reckte siegesgewiss den Daumen in die Luft.

Knatternd schwebte Matilda über die vereiste Bucht und zog eine flache Schleife über Kayaks Haus. Seine ganze Familie kam winkend herausgelaufen. Seine Schwester Pia und Shulu, der Hund, sprangen noch ein ganzes Stück hinter dem Hubschrauber her.

Dann aber wurde es ernst. Matthews Vater breitete die große Landkarte aus und klopfte mit dem Finger auf den Punkt, den die Jungen angegeben hatten. Der Hubschrauber machte einen letzten Schwenk und nahm Kurs nach Norden – auf der Suche nach dem dampfenden Wasserfall, dem ersten Wegweiser.

»Endlich geht's los!«, schrie Charlie und schlug Matthews Vater lachend auf die Schulter. »Wir sind frei, Ross Morgan. Jetzt kann uns nichts mehr zurückhalten auf der Jagd nach den Schätzen der Arktis.«

Matilda knatterte nach Norden – über die weiß verschneiten Küstenberge hinweg, die das Hochland von Baffin Island säumten.

Mr. Morgan studierte die Karte. Zu Matthew und Kayak gewandt, fuhr er mit dem Finger einer blauen Linie nach. »Ist das der Weg, den ihr durch die Berge gewandert seid, als ihr uns suchtet?«

»Ich bin mir nicht sicher«, sagte Matthew.

»Nein«, sagte Kayak, »wir sind von dort drüben gekommen, am Goose River entlang. Dort sehen Sie ihn, genau unter Matildas Heckrotor.«

Charlie folgte der neuen Richtung, die Kayaks Finger ihm wies, immer dem Fluss entlang, der sich durch eine enge Schlucht schlängelte. Und dann entdeckte Matthew den lang gestreckten, noch immer zugefrorenen See, wo Kayak und er das Benzin für ihr Schneemobil verloren hatten. Suchend legte er die Hand über die Augen.

»Da ist es!«, rief Kayak. »Seht ihr es?«

Matthew zeigte seinem Vater und Charly das Schneemobil, das als winziger Punkt auf der weiten Eisfläche zu erkennen war. Charlie zog Matilda in eine Kurve und flog direkt darauf los.

»Sieht einsam und verlassen aus«, sagte Matthew.

»Und schon ziemlich verrostet«, erwiderte Kayak. »Bald, wenn der Sommer kommt, wird es durchs Eis einbrechen und versinken.«

Sie spähten hinunter und entdeckten, dass die ersten paar Meter vom Ufer her dunkles Wasser zu sehen war. Unter der gleißenden arktischen Sonne klafften große Löcher und Spalten im Eis.

»*Ioanmut*«, sagte Kayak. »Da kann man nichts machen. Die Schneekatze ist für immer verloren. Es hat keinen Sinn, darüber zu jammern. Es ist, wie wenn Menschen sterben müssen. Solche Dinge können wir nicht ändern. Das sagen meine Brüder, die *Inuit*. Und was sagen die Indianer in Arizoona?«

»Ich weiß nicht«, antwortete Matthew. Aber er musste Kayak insgeheim beipflichten. Die Eskimos hatten Recht: Der Tod seiner Mutter damals in Arizona – das war etwas, das er nicht ändern konnte, so sehr er auch dagegen anrannte.

»Was meint ihr, war das dort der Fluss, wo ihr die vielen

Goldnuggets liegen lassen musstet?« Ross Morgan deutete auf einen glitzernden Wasserlauf, der sich plätschernd in einen kleinen, nur noch halb zugefrorenen See ergoss.

Matthew sah Kayak fragend an und der sagte: »*Ayii*, ich glaube, ja. Vielleicht auch nicht. Eigentlich müsste dieser Fluss dutzende von kleinen Wasserfällen haben. Weißt du noch, Mattoosie, es war sehr kalt damals, und über dem großen Wasserfall bei der Fundstelle stand eine riesige Dampfwolke in der Luft.«

»Heute aber nicht«, rief Charlie und klopfte mit dem Finger auf sein Flugthermometer. »Draußen ist es warm. Da werdet ihr keine Dampfwolke sehen.«

Charlie hatte Recht. Schneelos erstreckte sich unter ihnen die weite Tundra. Nur hier und da hatte der Frühling ein paar schmutzig graue Schneefelder übrig gelassen. Überall glitzerten Schmelzwasserbäche und Tümpel, Flüsse und Seen unter der strahlenden Polarsonne. Der große Waserfall, der im Winter seine Dampfwolke in die Luft gespuckt hatte, war von den unzähligen anderen Wasserläufen nicht mehr zu unterscheiden.

»Wo zum Teufel habt ihr das Gold liegen lassen?«, schrie Charlie über die Schulter.

Wieder blickte Matthew Hilfe suchend zu Kayak hinüber, der stumm und angespannt aus dem Fenster starrte. Unter ihnen dehnte sich die offene Tundra mit ihren vielen miteinander verbundenen Gewässern.

»Ich … ich weiß nicht«, sagte Kayak endlich. »Jetzt im Sommer sieht das alles ganz anders aus. Damals, im Winter, mussten wir durch eine Schneewüste stapfen, die alles – bis auf die ganz großen Flüsse – zudeckte.«

»Na ja, wenn ihr glaubt, dass wir uns der Stelle nähern, will ich Matilda landen lassen«, rief Charlie. »Und du, Ross Morgan«, sagte er zu Matthews Vater, »du kannst gleich mal anfangen, mit deiner berühmten platten Boxernase zu schnüffeln. Sagtest du nicht, du könntest Gold riechen, wenn du nur darüber hinwegfliegst?«

»Heute hab ich kein Vertrauen zu meiner Nase«, lachte Ross Morgan. »Und außerdem fliegen wir viel zu hoch. Ich finde, wir sollten landen. Sonst fliegen wir noch an diesem sagenhaften Goldfluss vorbei.«

»Seht mal!«, schrie Matthew plötzlich aufgeregt und beugte sich vor. »Ich glaube, ich hab in einem Bachbett Gold schimmern sehen. Ist das nicht die Stelle, wo wir die vielen Nuggets wegwerfen mussten?«

»Haltet euch gut fest«, rief Charlie und drosselte den Motor. Matilda stürzte wie ein Raubvogel in die Tiefe und schwebte einen Moment reglos über einem Bach. Dann landete sie sanft auf der Uferböschung. Kayak riss die Tür auf.

»Das muss die Stelle sein«, sagte Matthew und sprang hinaus.

Tief gebückt, um Matildas kreiselnden Rotorblättern auszuweichen, suchten die Jungen das Ufer ab.

»Jetzt, ohne Schnee, sieht alles ganz anders aus«, sagte Kayak zu Ross Morgan, der ihnen gefolgt war. »Aber vielleicht hat Mattoosie Recht. Das könnte tatsächlich die Stelle sein. Es ist schwer, im Sommer einen Platz wieder zu finden, den man nur unter tiefem Schnee gesehen hat.«

Matthew kniete sich hin und griff in das eiskalte, gurgelnde Wasser. Der Stein, den er herausfischte, war aus reinem gelbem Quarz – ohne eine Spur von Metall. Er fischte noch einen Stein heraus und noch einen ... Enttäuscht warf er sie ins Wasser zurück.

»Hier kann es nicht gewesen sein, es ist weder die Fundstelle noch der Platz, wo wir das Gold weggeworfen haben«, sagte Matthew zu seinem Vater.

»Das ist wahr«, sagte Kayak. »Das muss ein anderer Bach

sein, Mattoosie. Vielleicht ist das da drüben der, den wir suchen.«

Jetzt liefen Kayak und Matthew quer über die Tundra und untersuchten planmäßig, von Ost nach West, alle Bäche und Rinnsale. Charlie und Mr. Morgan flogen mit dem Hubschrauber ein Dutzend Bachläufe und Wasserfälle in der Umgebung ab. Sie entdeckten keine Spur von Gold.

»Ach, Daddy«, sagte Matthew, als sie wieder gelandet waren. Seine Stimme war voller Enttäuschung. »Wir werden den Goldfluss niemals wieder finden. Wir haben ihn nur entdeckt, weil der wilde Mann uns den Weg zum dampfenden Wasserfall zeigte.«

»Wir könnten ja bis zum nächsten Winter warten«, schlug Charlie vor.

»Aber wenn die Stelle sich bei einem Wasserfall befindet, könnte das reißende Wasser das Gold auch fortschwemmen – oder es unter Sand und Geröll begraben. Wir sollten lieber versuchen, es vorher zu finden«, sagte Ross Morgan.

»Dann aber schnell«, rief Charlie. »Lasst euch nicht entmutigen. Alles einsteigen. Die gute alte Matilda ist startbereit. Wir steigen auf und suchen weiter.«

Aber sie fanden nichts.

Gegen Abend beschlossen sie ein Lager einzurichten. Sie landeten und bauten an einer trockenen Kiesbank ihre roten Nylonzelte auf. Sie verschlangen gierig ihre Proviantrationen und zeichneten auf Ross Morgans Landkarte ein dichtes Netz von Planquadraten ein. Drei volle Tage lang erforschten sie dann zu Fuß alle Fluss- und Bachläufe in der Umgebung. Aber es half nichts.

Matthews Vater studierte erneut die Landkarte. »Wahrscheinlich haben wir die falschen Bäche untersucht«, sagte er. »Hier gibt es nirgends ein Anzeichen von Edelmetallen.«

»Ach, wenn wir doch die Eule wieder sehen würden«, seufzte Matthew. »Oder den wilden Mann. Er könnte uns sagen, wo wir das Gold finden.«

»Macht euch nichts draus«, lachte Charlie. »Man braucht schon ein bisschen Glück bei der Goldsuche. Reine Goldadern sind heute nicht mehr leicht zu finden. – Hör mal zu«, sagte er zu Matthews Vater. »Unser Benzin wird knapp und Matilda muss bald verdursten. Ich weiß aber ein großes Treibstoffdepot der Regierung, nordöstlich von hier. Ich will mal einen Sprung hinüber machen und ein paar Fässer Flugzeugbenzin organisieren. Sonst können wir am Ende zu Fuß nach Hause marschieren.« Er strich sich mit der Hand über sein immer noch steifes Bein. »Und diese Idee gefällt mir gar nicht.«

»Du kannst die Benzinfässer doch nicht allein aufladen«, rief Ross Morgan. »Jedes wiegt vierhundertfünfzig Pfund! Ich werde mitkommen und dir helfen.« Er sah auf die Uhr. Es war kurz nach sieben. »Seid ihr einverstanden, allein im Lager zu bleiben und auf uns zu warten?«

Matthew sah seinen Vater und Charlie an. »In Ordnung«, sagte er. »Aber passt auf, dass ihr euch nicht verirrt!«

»Keine Sorge«, sagte Charlie. »Das Wetter ist gut. Und um diese Jahreszeit kann man hier auch nachts fliegen. Wir sind wohlbehalten zurück, bevor ihr euch aus dem Schlafsack gerappelt und Frühstück gemacht habt. Ihr dürft ruhig den Teekessel aufsetzen, wenn ihr Matilda morgen früh knattern hört.«

Charlie ließ den Motor aufheulen und Matilda entschwebte in die klare, dünne Luft. Ihr kreiselnder Rotor wirbelte einen Sturmwind auf, der die roten Nylonzelte wie Segel blähte und beinah umwehte.

»Wie still es auf einmal ist, jetzt, wo sie weg sind«, sagte Matthew. »Bist du schon müde?«

»Nein«, antwortete Kayak. »Ich möchte noch ein bisschen durch die Gegend laufen. Lass uns doch die Karibuspuren verfolgen, die ich dir aus der Luft gezeigt habe.«

»Gut«, sagte Matthew. »Einverstanden. Lass uns gehen.«

Kayak und Matthew verschlossen die Zeltklappen und marschierten los, nach Nordwesten. Sie stiegen auf einen kleinen Hügel – und Matthew blieb wie angewurzelt stehen. Vor ihm erstreckte sich die einsame, von flachen Klippen gesäumte Insellandschaft. Nach Norden verlor sich die Insel im flimmernden Dunst des Horizonts. Im Westen erkannte Matthew die lange, geschwungene Küstenlinie, noch immer belagert von einer endlosen, mattweißen Eisbarriere. In der Ferne schimmerten die blauen Wasser der Foxe Basin. Schwimmende Packeisfelder trieben langsam der Hudson Bay entgegen. Aber an Land war der Schnee fast überall abgeschmolzen. Rau und kahl dehnten sich die südseitigen Bergrücken. Zwischen die Felsen eingebettet, lagen steile Geröllhalden und sanft gewellte Tundramatten, auf denen die Rentierflechte schon hier und da ihr winterliches Grau gegen die leuchtenden Farben des Sommers vertauscht hatte. Überall spiegelten Tümpel und Seen das tiefe Blau des wolkenlosen Himmels.

»Gefällt dir unser Land, Mattoosie?«, fragte Kayak. »Schau dich um – und du wirst verstehen, warum die Inuit dieses wunderbare weite Land so lieben.«

Sie hörten die schrillen Schreie eines Falkenpärchens, das auf schmalen Schwingen durch die Luft segelte.

»Dies ist vielleicht die schönste Jahreszeit hier draußen in der Tundra«, flüsterte Kayak. »Es ist nicht mehr kalt, aber die großen Mückenschwärme sind noch nicht aus den Sümpfen aufgestiegen. Die ganze Nacht ist es so hell, dass man alles sehen kann. Horch! Hörst du die Wildgänse?«

Kayak deutete hinauf. In weit gestreckter Keilformation

schwebten die großen Vögel auf schneeweißen Flügeln vor dem dunklen Blau des Abendhimmels. »*Kungo! Kungo!*«, rief er ihnen zu. Und sie antworteten: »*Kungo, kungo, kungo.*«

»Sprich mit ihnen, Mattoosie«, rief Kayak. »Es bringt Glück, wenn man mit den ersten Schneegänsen spricht, die einem begegnen. Dann wissen sie, dass man sich freut, weil sie heimgekehrt sind, um ihre Nester zu bauen.«

Die Jungen waren noch nicht viel weiter gewandert, als Kayak plötzlich stehen blieb und sagte: »Mattoosie, siehst du die Spuren?«

Matthew schaute sich um. »Nein«, sagte er.

»Siehst du den kleinen Hügel dort drüben! Siehst du die gerade Linie, die sich von dort aus durch die Tundra zieht?«

Sie liefen zu der Stelle hinüber.

»Das muss eine riesige Karibuherde sein. Schau, wie tief die Fährte ausgetreten ist!«, rief Matthew.

Sie folgten den deutlich erkennbaren Spuren, bis Kayak plötzlich stehen blieb und sagte. »Ich glaube, wir haben ihn gefunden!«

»Wen haben wir gefunden?«, fragte Matthew.

»Den wilden Mann«, flüsterte Kayak und kauerte sich auf die Erde. »Siehst du? Da drüben!«

4

»Ich sehe nichts Besonderes«, sagte Matthew. »Nur einen Steinhaufen.«

»Kennst du irgendwelche Tiere, die Steinhaufen bauen?«, fragte Kayak.

»Nein«, sagte Matthew.

»Na, also. Es waren Menschen, die diese Steine angehäuft haben.«

Als sie bei der grob aufgeschichteten Steinpyramide angelangt waren, kletterte Kayak hinauf und schaute hinein. »Nichts drin«, sagte er.

»Was ist das Ganze eigentlich?«, fragte Matthew.

»Es ist eine Fuchsfalle. Solche Fallen benutzten die *Inuit* vor langer Zeit. Sie warfen ein Stück Fleisch als Köder hinein und irgendwann sprang ein Polarfuchs hinunter. Aber er konnte nicht wieder heraus. Er fing an zu bellen und zu winseln und dann kamen andere Füchse und sprangen zu ihm hinunter. Manchmal fanden die Jäger viele Füchse in einer Falle.«

Matthew spähte in die leere Fallgrube und sagte: »Glaubst du, dass das Ding vor hundert Jahren oder noch früher gebaut worden ist?«

»Doch, das glaube ich«, sagte Kayak. »Man sieht es an den Flechten und an der Verwitterung der Steine. Aber was ist das?« Kayak deutete auf ein Dutzend Steine am oberen Rand der Falle.

»Sie haben eine andere Farbe«, stellte Matthew fest. »Und da wächst auch keine Flechte.«

»Ja, sie sehen anders aus«, sagte Kayak, »weil ein Mensch die Falle vor einiger Zeit ausgebessert hat. Vielleicht sogar erst gestern. Schwer zu sagen. Was meinst du, Mattoosie, hat der wilde Mann die Fuchsfalle repariert?«

»Ich weiß nicht«, sagte Matthew. »Würde das bedeuten, dass seine Wohnhöhle ganz in der Nähe ist?«

»Nein», sagte Kayak. »Aber vielleicht kann die Falle uns helfen sie zu finden. Wenn wir nur mit ihm sprechen könnten.«

»Aber wie soll diese steinerne Falle uns helfen seine Behausung zu finden?«

»Das wirst du gleich sehen. Zuerst müssen wir die nächste Fuchsfalle suchen. Schnell«, rief Kayak, »lass uns auf den Hügel da drüben klettern, bevor es in den Tälern zu dunkel wird. Die Nächte sind schon hell – aber die Täler liegen im Schatten und man kann dort kaum etwas erkennen.«

Sie liefen über die leicht ansteigende Tundra, die sich im Licht der untergehenden Sonne golden färbte. Als sie die Hügelkuppe erreicht hatten, rang Matthew keuchend nach Luft. Kayak lief in seinen knielangen Fellstiefeln viel schneller. Matthew ärgerte sich, weil er seine schweren, eisenbeschlagenen Stiefel angezogen hatte.

»Ich glaube, ich sehe sie schon«, rief Kayak und deutete auf ein dunkles Etwas, das eine gute Meile entfernt lag.

Sie rannten weiter.

»Es ist wieder eine Fuchsfalle«, sagte Kayak, als Matthew ihn einholte.

»Das sehe ich«, erwiderte Matthew. »Und auch diese ist ausgebessert worden.«

»Du lernst allmählich deine Augen zu gebrauchen«, lachte Kayak. »Du lernst Dinge, die mein Vater mir beigebracht hat. Dinge, von denen wir nichts in der Schule hören.«

»Aber ich begreife nicht, wieso diese beiden Fallen uns helfen können die Wohnung des wilden Mannes zu finden.«

»Wenn ein Jäger eine weite Strecke zurücklegen will«, erklärte Kayak, »egal ob zu Fuß oder mit einem Hundeschlitten, dann bewegt er sich meistens in gerader Linie. Das tun sogar die Füchse. Hast du schon mal ihre Spuren im Schnee gesehen? Sie laufen immer geradeaus – außer wenn sie hungrig sind. Und jetzt, Mattoosie, sag mir: Wo liegt die andere Falle, die wir zuerst fanden?«

Matthew drehte sich um und deutete nach Süden.

»Sehr gut«, sagte Kayak. »Wo muss also die nächste Falle sein, falls es sie überhaupt gibt?«

Matthew zog im Geist eine Verbindungslinie zwischen den beiden ersten Fallen. Er zeigte mit dem Finger auf einen Punkt in der Ferne, direkt nach Norden.

»Ja«, sagte Kayak. »Dort muss sie sein. Ich glaube, wir werden die nächste Falle genau an der Stelle finden, die du mir gezeigt hast.«

»Das ist ja wie eine Schatzsuche«, lachte Matthew. Er schaute auf die Uhr. »Oh, es ist schon beinah zehn Uhr. Wir sollten lieber umkehren und bei den Zelten auf Vater und Charlie warten.«

»Der Rückweg ist weit«, sagte Kayak. »Und die beiden wollten doch erst morgen früh wiederkommen. Falls sie früher kommen, hören wir Matildas Motor. Ich will nur noch feststellen, ob die dritte Falle an der Stelle ist, wo wir sie vermutet haben, und ob auch sie ausgebessert ist.«

»Du bist wie ein Detektiv«, sagte Matthew. »Du verfolgst jede Spur und gehst jedem Hinweis nach.«

»So muss es ein Jäger machen, wenn er am Leben bleiben will.« Kayak deutete mit dem Arm über die felsige Einöde. »Mattoosie, hier draußen ist niemand, der uns sagt, was wir tun sollen. Wenn wir etwas wissen wollen, müssen wir es selbst herausfinden.«

Es war schon nach elf Uhr, als sie bei der dritten leeren Fuchsfalle angelangt waren. Sie befand sich genau dort, wo Matthew und Kayak sie vermutet hatten. Hellere Steinbrocken zeigten an, dass auch sie repariert worden war. Kayak und Matthew setzten sich mit dem Rücken gegen die Mauer der Fallgrube.

»Meine Beine sind wie abgestorben«, seufzte Matthew. »Ich wünschte, ich hätte meine leichten Seehundsfellstiefel angezogen, die deine Großmutter für mich gemacht hat.«

»Siehst du die Spur auf dem Hügel dort hinten?«, fragte Kayak.

»Ach, eine Karibufährte«, seufzte Matthew. »Hier gibt's eine Menge davon.«

»Ich glaube nicht, dass es eine Karibufährte ist«, sagte Kayak. »Karibus haben scharfe Hufe, die tiefe Spuren hinterlassen. Das ist eine flache Spur. Sie führt in S-förmigen Kehren den Hang hinauf – das muss ein Mensch gewesen sein, der vermeiden wollte, mit seinen glatten Fellstiefeln auf der glatten Tundra auszurutschen. Siehst du, wie die Spur im Licht schimmert? Sie kann noch nicht alt sein.« Kayak sprang auf. »Sie ist bestimmt erst nach der Schneeschmelze entstanden. Komm, wir verfolgen sie.«

Als Kayak und Matthew auf der anderen Seite des Hügels auf ebener Erde standen, wussten sie sofort, wo sie waren.

»Na klar, das ist das Erdhaus des wilden Mannes.« Kayak steckte den Kopf in die Eingangsöffnung. »Aber es ist verlassen«, rief er enttäuscht. »Der wilde Mann ist fort. Er hat uns gesagt, dass er fortgehen würde. Er befürchtete, dass die Flugzeugmänner kommen und ihn verfolgen würden, nachdem wir sein Versteck entdeckt hatten.«

»Er hat Recht behalten«, sagte Matthew traurig. »Wir sind gekommen, um ihn aufzuspüren. Genau, wie er es vorhergesagt hat.«

Matthew betrachtete die Ruine der verlassenen Behausung. Es war eine einfache, in die Erde gegrabene Höhle. Darüber wölbten sich – wie die Dachsparren eines Hauses – mächtige Walfischrippen.

»Über die Walfischrippen hatte der wilde Mann Tierfelle und eine dicke Schicht Moos gebreitet, um seine Höhle zu tarnen. Erinnerst du dich? So bauten die *Tunik*, die in alten Zeiten auf Baffin Island lebten, ihre Häuser. Der wilde Mann liebt die alten Sitten und Bräuche.«

»Aber er hat nicht viel mitgenommen«, stellte Matthew fest. »Da sind noch die alten verrosteten Rückstrahler und die Nummernschilder von U.-S.-Army-Jeeps, die Proviantkisten der Canadian Air Force und die abgenagten Knochen, die Karibugeweihe und Wildgänsefedern. Er muss in aller Eile fortgegangen sein.«

»Und es kann nicht lange her sein«, sagte Kayak.

Er bückte sich und untersuchte die schwachen Fußspuren, die der wilde Mann und seine Familie im Tundragras hinterlassen hatten. Jetzt erkannte auch Matthew, dass sie nach Norden führten.

»Es ist spät und der Rückweg zu unseren Zelten ist weit«, sagte Kayak. »Lass uns hier eine trockene Stelle suchen und schlafen.«

Im Osten kündigte ein heller Lichtstreifen schon den Morgen an. Aber die Nachtkälte war noch nicht gewichen und ein eisiger Wind peitschte über das Land. Matthew fröstelte. Er war müde.

»Wir haben keine Decken«, sagte Kayak. »Aber du kannst dich um diesen Stein rollen. Pass aber auf, dass du ihn nicht berührst. Steine sind kalt, wenn die Sonne nicht scheint. Roll dich einfach um den Stein, um dich vor dem Wind zu schützen. Wenn der Wind sich dreht, rückst du einfach ein Stück weiter, damit er dich nicht erreicht. Das ist ein alter Frauentrick, den meine Mutter mir beigebracht hat. So kann man im Freien schlafen, auch wenn man keine Felldecke hat. Zieh deinen Parka verkehrt herum an, Mattoosie, genau wie ich es mache. Zieh aber die Arme aus den Ärmeln und schlinge sie um den Körper«, sagte Kayak. »Zieh die Kapuze über das Gesicht, damit du in deinem Parka atmen – und deinen Körper wärmen kannst. So kannst du deine eigene Körperwärme ausnutzen. Wenn es zu kalt wird, werden deine Füße dich rechtzeitig wecken.

Dann musst du aufstehen und im Kreis herumlaufen und wie eine Ente mit den Armen flattern, bis dir wieder warm wird.«

Matthew bettete sich um den Stein, wie sein Freund es ihm gezeigt hatte. Nach ein paar Minuten waren die Jungen fest eingeschlafen – so fest, dass sie nicht hörten, wie Matilda mit dröhnendem Rotorgeknatter zum verlassenen Lager flog.

Als Matthew erwachte, hatte er ein komisches Gefühl. Seine linke Seite war von der Kälte des Bodens, auf dem er lag, ganz erstarrt. Seine rechte Seite war von den kräftigen Strahlen der arktischen Morgensonne angenehm erwärmt. Kayak war schon auf und zog gerade seinen Parka an. Er holte ein Päckchen Rosinen und zwei große Scheiben Schiffszwieback aus der Tasche. Die teilten sie sich und tranken dazu klares, kaltes Wasser aus einem Tümpel.

»Wenn meine Mutter hier wäre«, sagte Matthew, »würde sie sagen: ›Junge, putz dir die Zähne.‹«

»Wenn du willst, Mattoosie, kannst du zurück zu unseren Zelten laufen«, sagte Kayak. »Du brauchst nur den Fuchsfallen zu folgen. Sie werden dich zum Lager führen. Ich will losgehen und den wilden Mann suchen. Wir haben Charlie und deinem Vater versprochen, dass wir ihnen Gold zeigen werden. Aber wir können es nicht finden. Der wilde Mann ist der Einzige, der genau weiß, wo es liegt.«

Matthew blickte nachdenklich in die Richtung, aus der sie gekommen waren. Endlos reihten sich die Hügel der Tundra aneinander. Matthew war sich nicht mehr sicher, ob er allein den Rückweg finden würde.

»Nein, ich gehe mit dir«, sagte er. »Aber wir müssen uns beeilen. Wir hätten eine Nachricht für Charlie und Daddy hinterlassen sollen, damit sie sich keine Sorgen machen.«

Kayak war schon losgerannt. Er lief schnell, um sich aufzuwärmen. Weiter ging es auf der Spur des wilden Mannes – nach Norden.

Gegen Mittag erreichten sie eine große Spalte in einer Felsmauer. Die Spalte lag im Schatten und war mit festem Eis gefüllt. »Ich habe schon von solchen Eishöhlen gehört«, sagte Kayak. »Aber ich hätte nie geglaubt, dass ich selbst einmal eine sehen würde. Mein Vater – er hat mir erzählt, dass das Eis an solchen Stellen niemals schmilzt«, sagte er. »Es ist dick und alt und es liegt im Schatten der Felsmauern auf beiden Seiten. So bleibt es auch im Sommer fest und tröpfelt nur ein bisschen. Wenn der Winter kommt, wächst es nach und wird hart wie vorher.«

»Es sieht aus wie ein kleiner Gletscher«, sagte Matthew. »Mein Vater würde sagen, es ist ein Eisbruch.«

Kayak schaute sich das Eis genau an. »Wir sollten nicht versuchen die Felsen hier zu queren«, sagte er. »Lass uns lieber zu einer flacheren Stelle absteigen.« Er deutete auf einen schwach erkennbaren Pfad im Tundragras.

Matthew nickte zustimmend.

»Ich glaube, so hat's der wilde Mann auch gemacht«, sagte Kayak.

Sie folgten den Spuren, bis sie einen schmalen Pfad mit deutlich erkennbaren Trittstufen erreichten, der neben dem Eisbruch hinunterführte. Vorsichtig kletterten sie weiter, krochen unter einer gewölbten Eisplatte hindurch – und fanden sich in einer geräumigen Höhle wieder. Es war nicht sehr kalt, aber der ganze Raum lag in bläulich-grünem Schatten. Von der Decke der Höhle hingen spitze Eiszapfen herab. Wassertropfen fielen stetig, mit einem Geräusch wie das Tickticktick einer alten Uhr.

»Dieser Platz ist mir unheimlich«, flüsterte Matthew.

»Mir auch«, sagte Kayak. »Ich habe noch nie im Leben eine solche Eishöhle gesehen. Sie ist wie eine der versteckten Grotten, in denen Igtuk der Donnerer haust. Davon hat meine Großmutter erzählt, wenn wir in den Winternächten ihren Geschichten lauschten.«

»Wer ist Igtuk der Donnerer?«, fragte Matthew.

»Er ist ein Berggeist, der Eislawinen auslöst. Er macht *igk-igk-igk* und das schreckliche Geräusch wird immer lauter, bis du glaubst, dass dir der Kopf platzt.«

»Sag mal, glaubst du solche Geschichten?«, flüsterte Matthew.

»Wenn ich im Klassenzimmer in Frobisher sitze, glaube ich's nicht«, flüsterte Kayak zurück. »Ich lache über die alten Großmuttermärchen – genau wie die anderen Jungen. Aber jetzt, in dieser Eishöhle, hm ... jetzt glaube ich an Igtuk. Und du?«

»Unheimlich.« Matthew schüttelte sich. »Hier unten glaube ich auch alles.« Aus der Tiefe der Höhle schallte das Echo. *Alles-alles-alles.*

»Sprich leise!«, sagte Kayak schaudernd. »Wie grässlich, dieses Echo.« *Echo-Echo.* »Es hört sich an, als würden die Eismauern antworten.« *Antworten-antworten.*

Schritt für Schritt krochen die beiden tiefer ins drohende Dunkel der Höhle hinein. Der frostige Eistunnel schien kein Ende zu nehmen.

»Er muss doch irgendwo enden«, sagte Kayak. *Enden-enden-enden!*

»Ich wünschte, wir hätten die Taschenlampe mitgenommen«, flüsterte Matthew.

Im gleichen Moment wirbelte etwas hernieder und versetzte ihm einen betäubenden Schlag auf den Kopf. Im Fallen sah er, dass auch Kayak zusammenbrach. Das Echo eines irren Gelächters schrillte durch die blau schimmernde Eishöhle.

5

Matthew lag auf dem Eisboden der Höhle. Auch die daunengefütterte Kaputze seines Parkas hatte nicht verhindern können, dass auf seinem Kopf eine dicke Beule anschwoll. Mühsam blickte er um sich und sah hoch oben eine seltsame Bewegung. Ein komisches, zwergenhaftes Pelzbündel schwebte herab. Was war das? Eine riesige Spinne, die sich an ihrem dünnen weißen Faden herunterließ?

Jetzt hatte das pelzige Geschöpf den Eisboden der Höhle erreicht und huschte geduckt zu Kayak hinüber. Nach dem gewaltigen Schlag, der ihn niedergestreckt hatte, lag er noch immer bewusstlos am Boden.

Die kleine pelzige Gestalt verweilte nur einen Moment bei ihm, dann wirbelte sie herum und stürzte auf Matthew los. Bevor er aufspringen und sich verteidigen konnte, wurde ihm eine weiße Seilschlinge um die Füße gestreift und er mit einem Ruck in die Höhe gezogen. Den Kopf nach unten, schwebte er nach oben und schwang hin und her – wie das Pendel einer großen Uhr. Hilflos bedeckte er sein Gesicht mit den Händen, um sich wenigstens vor den Eiszapfen zu schützen, die wie lange silberne Dolche von der Kuppel herabhingen.

Matthew wurde unsanft in ein dunkles Loch gezerrt und fiel auf den vereisten Boden einer geräumigen Kammer, deren Wände aus Gletschereis und eisverkrusteten Felsen bestanden. Er nahm die Hände vom Gesicht und spähte in das Halbdunkel. Vor ihm stand – der wilde Mann. Er stemmte sich mit aller Macht ins Seil und zog auch noch Kayak und dann das pelzige kleine Wesen in die Eiskammer.

Der wilde Mann lachte dröhnend. Er packte Kayak an den

Beinen, knüpfte die Seilschlinge auf und schleuderte ihn über den vereisten Fußboden. Kayak blieb neben Matthew liegen.

»Was, da seid ihr schon wieder?«, brüllte er. *Wieder-wieder!* »Ihr wollt mir nachschnüffeln, obwohl ich euch ermahnt habe, es nicht zu tun.« *Zu tun – zu tun!* Das Echo seiner Stimme schallte durch die Höhle.

Matthew dachte an seine letzte Begegnung mit dem wilden Mann und seiner Familie. Wie hätte er ihn je vergessen können? Diesen mächtigen, wirren Haarschopf, der auf einem gedrungenen, kräftigen Körper saß – gekleidet nach alter Sitte in Hosen und Parka aus Karibufell?

Der wilde Mann sah Matthew aufmerksam an. Er schüttelte so heftig den Kopf, dass ihm seine schwarzen Zotteln um die breiten, tief gebräunten Wangenknochen flogen. Die Kette aus Fuchszähnen, die er um die Stirn geschlungen hatte, rasselte unheimlich.

Der wilde Mann runzelte die Stirn und kniff die Augen zusammen. »Ich habe euch gewarnt. Ihr durftet mir nicht folgen«, brummte er und presste seine breiten Lippen zusammen. Dann brach er wieder in sein irres Gelächter aus und stieß die Wörter zwischen seinen ebenmäßigen weißen Zähnen hervor: »Wenn ihr zurückgeht, könnt ihr den Leuten von der Air Force erzählen, sie machen alles falsch.« *Falsch-falsch!* »Die weiße Fallschirmschnur, die sie machen, taugt nichts. Sie dehnt sich zu sehr. Sie ist leicht und sie ist fest, aber unsere Seile aus Seehundsleder sind besser. Ashevak, wickle die Nylonschnur auf!«, brüllte er das pelzige kleine Wesen an. Erst jetzt erkannte Matthew, dass es der Sohn des wilden Mannes war. Er war von Kopf bis Fuß in weißen Fuchspelz gekleidet, Parka, Hosen und Stiefel.

»Ich frage euch, kleiner Kayak und dich – wie war dein

Name? – Mattoosie«, der wilde Mann lachte und ließ die Fuchszähne an seiner Stirn rasseln, »ich frage euch, wie habt ihr es geschafft, diese verborgene Höhle zu finden? Ich hatte gehofft, ich wäre in diesem Versteck vor allen anderen Menschen sicher.« Seine dröhnende Stimme hallte als hundertfältiges Echo von den Eiswänden der Kammer zurück. »Die *Inuit* in Frobisher haben Recht, wenn sie sagen: Du kannst den weißen Männern nicht entkommen.« *Entkommen-entkommen.*

»Wir haben Sie nicht verfolgt«, sagte Matthew mit höflicher Stimme. »Wir haben uns nur in dieser Gegend verirrt – auf der Suche nach … nach … äh.«

»Ja? Sag es doch, Vetter. Sag es! Ihr seid auf der Suche nach dem Goldschatz von Baffin Island. Wahrscheinlich habt ihr Funkgeräte und Flugzeuge und andere weiße Männer mitgebracht. Nicht wahr?« *Wahr-wahr.*

»Es ist wahr, Sir, aber …«

»Kein aber!«, brüllte der wilde Mann. »Ich musste schon einmal wegen euch meine Wohnung wechseln.« *Wechseln-wechseln.* Er stieß einen rauen, schwieligen Finger gegen Kayak, der eben erst zu sich gekommen war und sein Ohr mit der Hand bedeckte. »Und jetzt, schätze ich, muss ich schon wieder umziehen. Aber wohin?« *Wohin-wohin?*

Matthew entdeckte die Frau des wilden Mannes, die aus dem Dunkel herüberspähte. Sie hielt ihr jüngstes Kind an der Hand. Auch sie war von Kopf bis Fuß in weiße Fuchspelze gekleidet.

»Geh zurück zu deiner Lampe, Frau! Komm nur ja nicht auf die Idee, diesen beiden Störenfrieden wieder etwas zu essen zu geben. Sie sind uns nicht willkommen! Verstehst du mich?« *Mich-mich?*

»*Ahaluna.* Ich verstehe. Du brüllst laut genug«, antwortete seine Frau mit freundlicher, sanfter Stimme. »Natürlich werde ich den beiden Jungen etwas zu essen geben. Schau sie an! Sie haben einen langen Weg hinter sich. Sie müssen sehr hungrig sein. Kommt nur, ihr guten Jungen. Kommt mit mir.« Sie lächelte. »Ich habe eine herrliche Brühe von Gänsefüßen und frisches, rohes Karibufleisch. Ihr sollt ein paar zarte Stücke bekommen.«

»Pass auf, dass die beiden nicht alles aussaufen und mir keinen Tropfen übrig lassen«, knurrte der wilde Mann. »Ich will auch etwas von dieser guten Gänsefüßesuppe. Ist das klar?« *Klar-klar?*

Als sie sich alle zum Essen hingesetzt hatten, merkte Matthew, dass der wilde Mann jetzt viel besserer Laune war. Aber er brummte noch immer vor sich hin und schüttelte so heftig den Kopf, dass die Fuchszähne an seiner Stirn wie ausgedörrte Knochen klapperten.

Schließlich nahm Kayak seinen ganzen Mut zusammen und sagte: »Als wir euch das letzte Mal bei eurem alten Haus verließen und nach Süden wanderten, da fanden wir diese gelben Steine im Fluss, und Mattoosie schleppte sie mit, so weit er konnte. Aber sie waren so schwer, dass er sie wegwerfen musste. Und jetzt« – Kayak lachte nervös – »jetzt wollen wir sie holen, aber wir finden sie nicht mehr. Wir finden nicht mal den Fluss, den Sie uns gezeigt haben, weil der Kessel des Teufels nicht mehr dampft.«

»Aha!«, donnerte der wilde Mann. »Darum seid ihr wiedergekommen. Darum habt ihr mich also aufgespürt. Na, ich werd es euch kein zweites Mal sagen! Das Gold könnt ihr vergessen«, knurrte er. »Schert euch weg. Und den Leuten in Frobisher sagt ihr kein Wort davon, dass ihr mich gesehen habt. Verstanden?«

Kayak trank einen letzten Schluck von der köstlichen Suppe und sagte zu Matthew: »Ich glaube, es wird Zeit, dass wir gehen.«

»Zeit?«, brüllte der wilde Mann. »Zeit? Ich hasse dieses schreckliche Wort!« Er schob die Ärmel seines Parkas hoch und ließ sie die vielen Uhren sehen, die er immer noch an beiden Armen trug. »Wer kümmert sich um die Zeit des weißen Mannes?«

»Mann, erzähl mir keine Geschichten«, kicherte seine Frau. »Ich weiß doch, wie gut dir all diese kleinen Zeitzähler gefallen, die du dir um die Arme gebunden hast. Aber ich habe gesehen, wie du die Zeiger der Uhren abgerissen und in den Schnee geworfen hast.« Sie lachte. »Er will sich von diesen kleinen Ticktackspielzeugen nicht befehlen lassen, wann er aufstehen und essen und schlafen gehen soll. Das leise Ticken, sagt er, macht ihn so wild!« *Wild-wild.*

»Glaubst du, er hat etwas dagegen, wenn wir uns abseilen?«, flüsterte Matthew. »Ich meine: an dem Spinnenfaden. Sag ihm, wir müssen fort und meinen Vater suchen.«

»Lasst die Fallschirmschnur hinunter!«, rief die Frau des wilden Mannes ihren in Fuchspelze gehüllten Kindern zu.

»*Tug-va-oo-alun-asee*«, rief Kayak.

Matthew wiederholte den Abschiedsgruß, griff nach der langen weißen Leine und ließ sich zwischen den Eiszapfen auf den unteren Boden der Höhle hinab.

»Hier gefällt es mir überhaupt nicht«, sagte Kayak, der ihm rasch gefolgt war. »Lass uns verschwinden, bevor uns wieder Eisbrocken auf den Kopf fallen.«

Als sie aus der Höhle stolperten, blickte Matthew noch einmal über die Schulter. Er sah, wie die Kinder des wilden Mannes kichernd die weißen Schnüre einholten. Es tat gut, wieder die frische Luft der offenen Tundra zu atmen.

»Warum hat der wilde Mann mich Vetter genannt?«, fragte Matthew.

»Weil du sein Vetter bist«, antwortete Kayak.

»Das hab ich nicht gewusst«, sagte Matthew.

»Kennst du nicht die Geschichte von unserer Ururahne, die einstmals einen Schuh nähte – so groß wie ein Schiff? Sie setzte die eine Hälfte ihrer Nachkommen hinein, die Kinder mit bleicher Haut, buschigen Augenbrauen und großen Ohren. O ja«, sagte Kayak, »die *Inuit* wissen, dass sie diese Kinder nach Süden segeln ließ und zu ihnen sagte: ›Ihr sollt gute Waffenmacher sein!‹ So kamen die *Kalunait*, die weißen Menschen, auf die Welt. Und jetzt seid ihr zu uns zurückgekehrt. Und was die alte Frau über das Waffenmachen sagte, ist eingetroffen. Das Gewehr, das dein Vater in seinem Zelt hat, ist wirklich gut. Wir *Inuit* konnten niemals etwas so Großartiges machen.«

»Ja, großartig«, lachte Matthew abfällig. »Das ist eine phantastische Geschichte. Ich kenne eine andere Geschichte, wie unsere Vorfahren auf die Welt kamen. Aber was passierte mit den anderen Kindern dieser Ururahne?«

»Ach, die andere Hälfte ihrer Nachkommen blieb hier im Norden. Sie waren die *Inuit*. Sie wurden Iglubauer, Jäger, Schnitzer, Sänger, Tänzer und Zuhörer an den Rastplätzen im Eis – alle meine Verwandten und meine Familie.«

Unterwegs musste Matthew über die Geschichte von der Ururgroßmutter der Menschen nachdenken. Schweigend wanderten sie über die hügelige Tundra zu ihren Zelten zurück. Endlich standen sie auf der letzten Hügelkuppe.

»Sie ist wieder da! Matilda ist wieder da«, rief Kayak.

»Es ist gut, wieder nach Hause zu kommen«, rief Matthew. »In diesen zwei Tagen sind wir mindestens dreißig Meilen marschiert. Meine Knie fühlen sich an wie ausgeleierte Gummibänder.«

Gerade wurde an dem einen Zelt der Reißverschluss aufgezogen und Charlie und Matthews Vater krochen heraus.

»Da kommen sie endlich«, rief Charlie. »Die beiden Ausreißer, die zu faul sind, einen Zettel zu schreiben, um ihre Kameraden wissen zu lassen, wann sie wiederkommen! Dein Vater hat sich große Sorgen gemacht«, sagte er zu Matthew.

»Woher hast du die große Beule am Kopf?«, fragte Ross Morgan.

»Wir haben ihn gefunden«, rief Matthew statt einer Antwort. »Wir haben den wilden Mann gefunden!«

»*Ayii*«, sagte Kayak. »Seine Frau hat uns Karibufleisch und Gänsefüßesuppe gegeben. Aber er wollte uns nicht sagen, wo der Goldfluss ist. Und er hat uns ermahnt fortzugehen und nicht wiederzukommen.«

»Trotz allem«, sagte Matthews Vater. »Er ist unsere einzige Chance das Gold zu finden.«

»Er wohnt nur vier Stunden entfernt von hier in einer Eishöhle«, sagte Matthew. Er sank erschöpft ins Gras.

»Das sind für Matilda nur ein paar Minuten«, lachte Charlie. »Einer von euch setzt sich zu mir in die Kanzel und zeigt mir den Weg.«

Obwohl Kayak und Matthew wussten, wie der wilde Mann reagieren würde, kletterten sie in die Kabine des Hubschraubers und Charlie ließ den Motor an. Donnernd erwachte Matilda zum Leben. Die Rotorblätter drehten sich langsam, dann immer schneller, bis sie sich in einer wirbelnden Silberscheibe im Sonnenlicht auflösten.

Es war nicht schwer, den kleinen Gletscher wieder zu finden, der sich durch das ganze Tal erstreckte. Der Eingang lag genau an der engsten Stelle.

»Lande nicht zu nah bei der Höhle«, sagte Kayak zu Charlie. »Ich weiß nicht, was er tun wird, wenn er uns alle auf einmal sieht. Er hasst Flugmaschinen und die Zeit des weißen Mannes und Städte, in denen die Menschen sich zusammendrängen. Darum haust er mit seiner Familie ganz allein hier draußen.«

Kaum hatte Matilda den Boden berührt, sprang Ross Morgan als Erster hinaus.

»Seht euch das an«, sagte Charlie. »So flink kann ein Schatzsucher laufen, wenn das Goldfieber ihn gepackt hat.«

Als sie durch den engen Eistunnel in die Höhle krochen, sagte Matthew zu seinem Vater: »Sag nichts; und lache nicht, wenn du die pelzigen weißen Wesen siehst, die mit ihren Spinnenfäden hantieren.«

Matthews Vater machte ein ungläubiges Gesicht. »Sag mal, Matt, ist die Beule an deinem Kopf sehr schlimm? Was soll das heißen: weiße Spinnen, die mit Leinen hantieren?«

»Er sagt die Wahrheit. Es gibt hier pelzige kleine Wesen«, sagte Kayak.

»Mir scheint, ihr beide habt eins auf den Kopf gekriegt«, sagte Charlie. »Ich kann mir vorstellen, dass diese finstere Höhle einen Menschen dazu bringen kann ... zu lachen wie ein Tölpel.« *Tölpel-Tölpel.* »Oder dazu, im Kopfstand zu fliegen.« *Fliegen-fliegen.*

»Halloo! Ihr da oben!« Kayaks Stimme schallte als Echo durch das Eisgewölbe. Er deutete auf ein dickes Seil aus Seehundsleder, das von der oberen Eiskammer herabhing. »Vielleicht schlafen sie?«

»Er will nicht antworten«, sagte Matthew. Er zog vorsichtig an dem Lederseil. Dann hängte er sich mit seinem ganzen Gewicht daran. Das Lederseil hielt.

»Ich steige als Erster hinauf«, sagte Kayak. »Ich hoffe nur, dass er nicht oben lauert und mir wieder eins auf den Kopf gibt.«

Matthews Vater hob Kayak hoch.

»Sei vorsichtig«, rief er ihm nach. Aber Kayak kletterte hurtig wie ein Matrose am Lederseil hinauf, bis er im blau-grünen Dunkel zwischen den hängenden Eiszapfen verschwand.

»Papa«, flüsterte Matthew. »Er hat mich ›Vetter‹ genannt. Soll das heißen, dass du der Onkel des wilden Mannes bist?«

»Das alles kommt mir vor wie ein verrückter Traum«, sagte sein Vater.

Besorgt spähten die drei nach oben, bis sie endlich Kayaks Kopf auftauchen sahen. Sein Gesicht drückte Angst und Zweifel aus.

6

»Der wilde Mann und seine Familie – sie sind fort«, rief Kayak. »Und alles, was sie besaßen, ist verschwunden. Er hat nur einen Gegenstand zurückgelassen. Und das ist vielleicht eine Warnung.« *Warnung-Warnung.*

»Komm lieber herunter von dort oben«, rief Matthew.

»Wir haben einfach Pech«, sagte Matthews Vater. Er und Charlie hielten das Seil, an dem Kayak herabglitt.

»Seid ihr sicher, dass ihr den wilden Mann gesehen habt?«, fragte Charlie. »Vielleicht war das alles nur ein Traum?« *Traum-Traum.*

Ross Morgan nickte. »Ich glaube, das Gold war eine Illusion. Wir werden es nie finden. Komisch, immer läuft das Gold vor mir davon.«

Kayak warf seinem Freund Mattoosie einen bedeutsamen Blick zu. Er bückte sich und griff in den Schaft seines Stiefels. »Ich sagte euch doch, dass der wilde Mann dort oben in der Eiskammer einen Gegenstand zurückgelassen hat.«

Kayak zog ein langes Messer mit seltsam geformtem,

doppelt geschwungenem Heft hervor. Er reichte es Ross Morgan, der es sorgfältig untersuchte. Es glänzte und blinkte im Dämmerlicht.

»Heiliger Strohsack!«, rief Ross Morgan. »Dieses schwere Messer ist aus reinem Gold geschmiedet. Solche Messer habe ich vor langer Zeit mal im Museum gesehen. Ich hätte mir nie träumen lassen, dass ich je selbst eines in der Hand halten würde.« Er gab es Kayak zurück. »Bist du sicher, dass er sonst nichts zurückgelassen hat?«

»Nichts«, sagte Kayak. »Ich habe überall gesucht. Die Höhle ist leer. Sie haben alles mitgenommen, sie sind fort.«

»Lasst uns gehen«, flüsterte Matthews Vater. Er hatte leise gesprochen, aber das Echo antwortete: *Gehen-gehen-gehen.*

»Dieser Ort ist mir unheimlich«, sagte Charlie. »Es kommt mir vor, als wären wir in einer Höhle unter dem Meer. Ich hätte nicht gedacht, dass Menschen in einer solchen Eisgruft hausen können.«

Sie machten kehrt und eilten ins Licht hinaus.

Als sie draußen vor der Höhle standen, sagte Matthews Vater zu Kayak: »Versuche doch bitte mal, ihre Fußspuren zu finden. Achte auf alle Zeichen, die uns verraten könnten, wohin sie gegangen sind.«

Kayak suchte lange und gründlich, aber der wilde Mann war auf der Hut gewesen und hatte keinerlei Spuren hinterlassen, die ihnen verraten hätten, welche Richtung er und seine Familie eingeschlagen hatten.

»Vielleicht finden wir seine Fußstapfen im Tundragras«, sagte Kayak.

»Oder lasst uns im weiten Bogen über die Insel fliegen«, schlug Charlie vor. »Vielleicht entdecken wir ihn aus der Luft. Er kann noch nicht sehr weit gekommen sein.«

»Gut, das machen wir. Schnell!«, rief Ross Morgan. Sie

liefen zurück zu der Stelle, wo die knallrote Matilda im hellen Schein der Morgensonne wartete. Mit kreiselndem Rotor stieg Matilda auf, schwenkte herum und schwebte über den Eingang der Eishöhle hinweg. Sie konnten nichts entdecken – nur ihre eigene Spur im Tundragras. Charlie steuerte Matilda in immer weiteren Kreisen nach Norden, nach Osten, nach Süden und Westen. Aber sie fanden keine Spuren von menschlichen Wesen.

»Ich weiß nicht, wie er das geschafft hat«, sagte Kayak. »Er ist uns wieder entkommen. Zu Hause in Frobisher habe ich meinen Vater nach ihm ausgefragt. Er sagt, der wilde Mann ist der klügste Jäger von allen. Meine Großmutter sagt, dass er schnell denken kann. Darum ist er uns wieder entkommen.«

»Aber warum hat er das Messer wohl liegen lassen?«, fragte Matthew.

»Vielleicht Absicht«, sagte Kayak. »Die Spitze zeigte jedenfalls direkt nach Westen. Ob das ein Zeichen war?«

»Rätselhaft«, sagte Matthew. »Wollte der wilde Mann uns etwa sagen, wir sollten nach Westen gehen?«

»Vielleicht ist das Messer auch eine Warnung«, sagte Charlie. »Damit wir auf keinen Fall nach Westen gehen.«

»Stell dir vor, du wärst der wilde Mann«, sagte Matthews Vater zu Kayak. »Wohin würdest du von hier aus gehen?«

»Ich bin noch nie so weit im Westen gewesen«, antwortete Kayak. »Ich würde wahrscheinlich den *inukshuks* folgen. Das ist unser Wort für Steinmänner. Es sind Zeichen, die unser Volk aufgerichtet hat, um unseren Jägern bei der Jagd zu helfen und unsere Wanderer zu führen. Mein Großvater – er hat gesagt, dass einige *inukshuks* den Weg zu einem geheimen Ort weisen. Er sagte, wenn ich ihn fände, würde ich dort viele aufrechte Steinmänner finden und sie würden zu mir sprechen.«

»Wo ist der Platz der sprechenden Steinmänner?«, fragte Charlie.

»Er liegt in westlicher Richtung von hier«, sagte Kayak. »Er heißt *Inuk-shuk-sha-lik.*«

»Uff!«, keuchte Charlie. »Ein unaussprechlicher Name. Ist er auf einer Landkarte eingezeichnet?«

»Nein, ich glaube nicht, dass er auf einer Landkarte zu finden ist«, sagte Kayak. »Er ist ein sehr alter Platz der *Inuit.* Es ist ein sehr geheimer Platz.«

»Ist es gefährlich für dich, uns dorthin zu führen?«, fragte Matthews Vater.

»Wer weiß?«, sagte Kayak. »Mein Großvater – er hat nicht gesagt, ob es gefährlich ist, Fremde dorthin zu führen. Er sagte nur, dass ich eines Tages hingehen und horchen soll, was die Steinmänner mir zu sagen haben.«

»Los, nichts wie hin«, sagte Charlie. »Lasst uns das Rätsel lösen. Wenn deine Steinmännersammlung im Westen liegt, dann ist das auch die richtige Richtung für Matilda. Dort drüben, im Innern von Baffin Island, gibt es ein Benzindepot der Mounted Police. Sie haben mir erlaubt, so viel zu tanken, wie ich brauche, damit mein alter Vogel fliegt. Ich habe versprochen, die Rechnung später zu bezahlen.«

Sie flogen zu ihrem Lager zurück und packten ihre Zelte und die ganze Ausrüstung zusammen. »Alles einsteigen«, rief Charlie und ließ Matildas Motor aufheulen.

Sie stiegen auf und knatterten nach Westen davon.

»Da ist einer! Dort unten!«, rief Kayak und drückte sein Gesicht gegen das gewölbte Glas der Führerkanzel. »Das ist der erste Steinmann.«

Charlie ließ Matilda im Tiefflug über den *inukshuk* hinwegschweben. Sein Armstumpf deutete weiter nach Westen, wo ein schmaler Pfad durch die Tundra führte.

»Du brauchst nicht zu landen«, sagte Kayak. »Lass uns einfach diesem Pfad folgen und sehen, wohin er führt.«

Sie flogen beinah zwanzig Meilen gerade nach Westen, bis sie den nächsten Steinmann entdeckten. Auch er zeigte in die gleiche Richtung.

»Seht ihr, wohin dieser Pfad führt?« Charlie deutete nach vorn. »Zu jenem verschneiten Tal am Nordhang der Berge.«

»Lasst uns weiterfliegen«, rief Ross Morgan. »Kaum zu glauben, dass wir so alte Wegweiser in diesem wilden Land finden.«

Als sie den dritten Steinmann fanden, schlug Matthews Vater Charlie auf die Schulter und rief: »Was für ein herrliches Land. Sieh nur – dort unten! Der wahr gewordene Traum eines jeden Mineraliensuchers. Alle Geologen wären begeistert. Es gibt keine Bäume, keine Büsche, keine Erdschicht auf dem Gestein. Sogar nackte Erde ist für den Mineraliensucher ein Hindernis. Hier aber haben die Gletscher der Frühzeit alles abgehobelt. Die roten Felsen dort unten, das bedeutet Eisen. Und seht ihr den schwarzen Hämatit dort unten? Und dort steht schon wieder ein Steinmann. Er deutet nach Westen. Heiliger Strohsack!«, rief Ross Morgan begeistert. »Die glänzenden Stellen im Gestein, das ist Glimmerschiefer. Er funkelt in der Sonne. Und die orange-roten Adern, die sich in dem blauen See dort drüben verlieren, das könnte Kupfer sein. Ach, Kupfer – mir wird mulmig, wenn ich das Wort nur höre!«

Als Charlie seine Matilda über die Amajuak Bay steuerte, rief er: »Seht ihr dort unten den alten Handelsposten der Hudson Bay Company?« Er deutete auf einen Fahnenmast und das rostige Dach eines verlassenen Hauses. »Etwas weiter nördlich liegt das Benzindepot der Polizei.«

Fünfzehn Minuten später entdeckten sie einen dunkelroten Fleck am Ufer des Mingosees. Es waren hunderte von Fässern Flugbenzin.

»Ich will Matilda gleich voll tanken«, sagte Charlie. »Und wenn wir etwas zusammenrücken, haben wir Platz genug, um noch zwei volle Fässer mitzunehmen. Die werden wir bestimmt brauchen – und später noch mehr.«

»Später?«, lachte Kayak. »Mein Großvater – er sagt, ich soll an jedem einzelnen Tag das Beste aus meinem Leben machen. Denn ich kann nie wissen, ob ich morgen noch leben werde.«

Nach dem Auftanken flogen sie weiter, bis sie die Westküste von Baffin Island sahen. »Da steht schon wieder ein Steinmann«, rief Charlie und ließ Matilda flach über die Steinfigur hinwegfliegen. »Er zeigt genau auf diese Landspitze dort.«

Kayak nickte und suchte mit den Augen die Küste nach Norden und Süden ab. Weit streckte sich das rau zerklüftete Packeis hinaus. In der Ferne blinkte der blaue Spiegel des Foxe Basin, unterbrochen von langen Treibeisfeldern, die unter einer schweren Wolkenbank südwärts zogen.

»Hier könnte es sein, wenn ich mich richtig erinnere, was mein Großvater gesagt hat«, sagte Kayak.

Charlie zog den Steuerknüppel an und Matilda schwebte nur noch wenige Meter über der sommerhellen Tundra.

»Was ist das da drüben?«, rief Matthew. »Es sieht aus wie ein Friedhof voller Grabsteine.«

Kayak drehte sich um und sah hinaus. »Das ist's, das ist's! Das ist es, was wir suchen. Sei vorsichtig, Charlie. Lande nicht zu nah dabei.«

»Okay, da sind wir«, rief Charlie. »Ich bin froh, dass wir runtergehen können, bevor der dicke Nebel vom Meer hereintreibt.«

Matilda landete auf einem flachen, öden Erdrücken, der

kaum dreihundert Meter von der eisgepanzerten Küste entfernt war.

»Wir wollen uns erst mal umsehen«, sagte Matthews Vater.

Charlie stellte den Motor ab. Sie liefen zu dem Platz der Steinmänner hinüber, wo eine unheimliche Stille herrschte. Dichter Nebel wirbelte wie Rauch zwischen den vielen hohen Steinmännern. Jeder dieser Wegweiser war aus Steinen zusammengefügt, die wie Köpfe, Arme und Beine aussahen.

»Sie sehen aus wie versteinerte Menschen, die einfach dastehen und warten«, sagte Matthew.

»Habt ihr bemerkt, dass sie immer noch alle nach Westen deuten?«, fragte Ross Morgan.

»Es ist genau, wie mein Großvater gesagt hat«, sagte Kayak. »Die meisten deuten auf einen Ort jenseits des Meeres.«

»Wie unheimlich«, sagte Charlie. »Hätte nie geglaubt, dass es so etwas gibt. Diese geisterhaften Steinmänner machen mich ganz nervös.«

»Wir sind hier nicht allein«, flüsterte Kayak und kauerte sich auf den Boden. Die anderen folgten seinem Beispiel. »Seht mal, dort drüben, bei den am weitesten entfernten Figuren. War da nicht eine Bewegung?«

Alle beobachteten gespannt und dann sahen sie ein weißes, pelziges Wesen, das im kalten grauen Nebel von einem Steinmann zum anderen huschte. Es kam immer näher.

»Ein Polarfuchs«, sagte Kayak. »Er verliert gerade seinen dicken Winterpelz. Er kommt zu uns, weil er sich nicht fürchtet. Er hat noch nie einen Menschen gesehen.«

Der Polarfuchs war jetzt so nah, dass Matthew nur die Hand auszustrecken brauchte, um ihn zu berühren. Er hob die Nase und witterte den fremdartigen Geruch der Menschen. Dann wandte er sich ab und schnürte mit trippelnden Schritten davon. Wahrscheinlich auf der Jagd nach Lemmingen.

»Der Nebel ist jetzt so dicht, dass wir nicht weiterfliegen können«, sagte Charlie. »Ich hoffe nur, dass er sich morgen verzieht.«

In der Ferne hörten sie das einsame Heulen eines Polarwolfes. Sie erstarrten. Und dann kam ganz aus der Nähe die schauerlich klagende Antwort. Das Geheul hallte unheimlich durch die treibenden Nebelschwaden.

Kayak versuchte den Nebel mit den Augen zu durchdringen. »Die Wölfe erzählen einander, wie viele wir sind und wie unser Fleisch schmecken wird.«

Wieder erscholl ganz in der Nähe jenes grässliche Heulen. In fiebernder Hast zündete Kayak eine Kerosinlampe an. Der Lichtstrahl der zischenden Laterne verwandelte den nächtlichen Nebel in eine geisterhaft kreiselnde weiße Wand, die sie von allen Seiten bedrängte. Durch den Dunst flammten ein Halbdutzend bernsteinfarbene Augenpaare. Die Wölfe belauerten hungrig die Fremden.

7

»Am liebsten würde ich gleich wieder aus dieser eisigen Felswüste verschwinden«, sagte Charlie. »Wir haben noch nicht einmal unsere Zelte aufgestellt. Die Blicke, mit denen unsere freundlichen Nachbarn uns beobachten, gefallen mir gar nicht. Und ihr klagendes Geheul ist auch nicht angenehm. Wenn diese Nebelsuppe nicht wäre, würde ich sofort starten.«

»Halt!«, sagte Kayak. »Mein Vater – er hat mir erzählt, dass gesunde Wölfe nie einen Menschen anfallen. Nur ihr Geheul klingt so schauerlich.«

Mr. Morgan nickte. »Trotzdem will ich nicht den Atem eines Wolfes im Genick spüren. Holen wir das Gewehr und alles andere, was wir für unser Lager brauchen.«

Schweigend bauten sie die Zelte auf. Und dann waren Kayak und Matthew froh, als sie den Reißverschluss ihrer Zeltklappe hinter sich schließen konnten.

Atemlos lauschte Matthew auf das Tappen schwerer Pfoten, die über das Schneefeld hinter dem Zelt trabten. Endlich konnte er einschlafen. Er hatte einen seltsamen Traum, in dem die Wölfe sprechen konnten. Es war eine Sprache ähnlich wie die der Delfine, die er im Traum verstehen konnte.

Matthew belauschte gerade das Gespräch zweier Wölfe und versuchte es ins Englische zu übersetzen – als er mit einem Schreck erwachte. Es musste schon heller Morgen sein. Vorsichtig zog er die Zeltklappe auf und spähte hinaus. Über dem Meer verzogen sich die letzten Nebelschwaden. Die Wölfe waren verschwunden.

Nach dem Frühstück beschlossen Kayak und Matthew, die Umgebung ihres Lagers zu erkunden. Schon von weitem sahen sie Ross Morgan, der hinter einem der Steinmänner kauerte und über seinen Arm peilte.

»Charlie«, rief er, »lauf doch mal nach vorn und halte den Gewehrlauf senkrecht in die Höhe. Gut – und jetzt ein Stückchen nach rechts«, rief er, als wäre er ein Landvermesser, der die Richtung einer neuen Straße bestimmte. »So … noch ein bisschen. Gut. Jetzt bleib stehen.«

Ross Morgan sprang zu einem anderen Steinmann und dann zum nächsten. Jedes Mal bückte er sich und peilte sorgfältig über den ausgestreckten Arm des *inukshuk*.

»Alle diese Steinmänner deuten nach Westen – genau in die Richtung, in die das Gewehr zeigt«, rief er. »Nur die drei großen Figuren hier deuten nach Norden, als wollten sie uns den Weg zu einem anderen Ort zeigen. Das verlockt mich geradezu, eine neue Richtung einzuschlagen.«

»Genau wie mein Großvater sagte«, rief Kayak, nachdem er ebenfalls über die Arme der Steinmänner gepeilt hatte. »Die meisten *inukshuks* deuten auf eine Insel, die so weit im Westen liegt, dass wir sie nicht sehen können. Bei meinem Volk heißt dieser Ort *Sharlo*. Unsere Lehrerin hat uns erzählt, dass die englischen Forscher ihn auf ihren Landkarten als Sea Horse Point eingezeichnet haben. Er gehört zu Southampton Island. In alten Zeiten ruderten die Frauen unseres Volkes mit ihren *umiaks* hinüber. Das waren große, mit Leder bespannte Boote. Sie waren schwer beladen mit Zelten und Fleisch, mit Großeltern, Kindern, Hunden und sogar Schlitten. Natürlich fuhren auch die Jäger hinüber, aber sie paddelten in ihren eigenen Kajaks. Wegen der weiten Entfernung und der gefährlichen Stürme versammelten sie sich vorher an diesem Ort. Die Steinmänner zeigten ihnen den kürzesten Weg.«

»Und was hat dein Großvater über diese drei größeren Steinmänner gesagt, die Richtung Norden weisen?«, fragte Matthews Vater gespannt.

»Er sagte, dass sie viel älter sind als die anderen. Sie wurden von dem Volk der *Tunik* erbaut und sie weisen den Weg zu einem Ort, der *Inuk-shuk-sha-lik-juak* heißt. Das ist ein Land weit im Norden, von dem unser Volk in alten Zeiten viel zu erzählen wusste. Aber vielleicht ist es nur ein Traum.«

»Mir kommt es eher wie ein Märchen vor«, lachte Charlie. »Meine Großmutter hat mir immer solche Geschichten erzählt, wenn ich sie in den Ferien besuchte – von Zauberinseln, von Höhlen mit Zwergen und Riesen und Einhörnern und Bergkönigen.«

»Wir sind hierher gekommen, um Gold zu suchen, nicht um uns Märchen zu erzählen«, sagte Ross Morgan ungeduldig. »Wenn wir es nicht bald finden, werde ich im Armenhaus enden. Und Charlie kann im nächsten Winter seinen Lebensunterhalt mit Schneeschaufeln verdienen.«

»So schlimm wird's nicht werden«, sagte Charlie. »Falls wir unseren Goldschatz nicht finden, werd ich mir einen Tropenhelm aufsetzen und eine große Wasserfläche an den Gürtel binden. Matilda und ich werden in die australische Wüste gehen. Ich weiß dort einen hübschen Platz, er heißt Dajarra. Das ist in Queensland – auch wenn er nicht auf allen Landkarten zu finden ist. Da ist es warm und sonnig und jedenfalls nicht übervölkert.«

»Im Augenblick haben wir Wichtigeres zu tun«, sagte Matthews Vater. »Charlie wollte Matildas Motor überprüfen und ich muss die Landkarte studieren. Boys, lauft doch mal mit dem Fernglas auf den Hügel dort drüben. Vielleicht könnt ihr im Norden oder im Westen Land entdecken.«

Auf dem langen, flachen Anstieg zum Hügel fanden Matthew und Kayak weiße Sternblumen und gelb leuchtende Mohnblumen, die im sanften Südwind schaukelten.

»Wusstest du eigentlich, dass wir in der Tundra auch sehr alte Bäume haben – genau wie ihr in Arizona oder in Ontario?«, fragte Kayak. »Nur sind sie ein bisschen kleiner.« Er kniete sich hin und zeigte Matthew eine verwachsene Zwergweide und eine winzige Birke. Sie waren nur ein paar Zentimeter hoch. Matthew erkannte, dass es tatsächlich ausgewachsene Bäume waren, aber diese Zwergbäumchen lagen seitlich auf dem Boden. Die arktischen Stürme hatten sie niedergebeugt und sie klammerten sich mit ihren Wurzeln an das bisschen Erde, das sie in Felsspalten und Mulden fanden. Sie waren winzig – aber sehr lebendig.

Oben auf der Hügelkuppe angekommen, legten sich Kayak und Matthew auf ein Moospolster und suchten den Horizont über dem Meer ab. Sie fanden nichts. Matthew schwenkte das Fernglas weiter, bis er einen leuchtend roten Fleck entdeckte. Es war der Hubschrauber.

»Ich kann Charlie sehen, wie er an Matildas Motor herumschraubt«, sagte Matthew. Neugierig richtete er das Fernglas auf die beiden Zelte. Plötzlich fuhr er auf und stieß einen Schrei aus. »Sieh mal, schnell«, keuchte er und reichte Kayak den Feldstecher. »Da steht ein riesiger Eisbär. Und Charlie hat ihn noch nicht gesehen.«

»Ich seh keinen. O ja. Jetzt sehe ich ihn«, rief Kayak aufgeregt. »Ein riesiges Tier. Es läuft jetzt direkt auf Charlie zu.« Er richtete das Fernglas wieder auf den Hubschrauber. »Und Charlie arbeitet seelenruhig weiter. Er hat keine Ahnung ...«

Matthew legte die Hände an den Mund und schrie: »Charlie! Charlie! Pass auf! Hinter dir ist ein Bär!«

»Hat keinen Zweck«, keuchte Kayak. »Der Wind steht gegen uns und Charlie ist zu weit weg. Mehr als eine Meile. Er kann dich nicht hören.«

»Was sollen wir tun?«, schrie Matthew. »Können wir hinlaufen und ihn rechtzeitig warnen?«

Kayak sprang auf. »Nein, es ist zu weit. Der Bär ist schon beinah über ihm.« Er drückte Matthew das Fernglas in die Hand und kramte fieberhaft in den Taschen seines Parkas. Er brachte ein Messer zum Vorschein und das hübsche schwarze Kästchen mit dem Spiegel, das seine Freundin ihm geschenkt hatte. Mit der Messerspitze kratzte er eilig in der Mitte des Spiegels die Quecksilberschicht ab. Er hielt den Spiegel in die Sonne und visierte durch die durchsichtige Stelle den Hubschrauber an.

Matthew, der aufgeregt durch das Fernglas spähte, sah plötzlich einen hellen Lichtpunkt über die Felsen huschen – direkt vor der Nase des Bären. Die Bestie blieb stehen, anscheinend abgelenkt durch den tanzenden Lichtstrahl, den Kayaks Spiegel projizierte.

»Du musst Charlie anblinken!«, rief Matthew. Atemlos beobachtete er, wie das kleine, leuchtende Viereck über die rote Verkleidung des Helikopters huschte.

»Versuch's mit der Pfütze. Richte den Strahl auf die Pfütze neben Charlies Füßen«, rief Matthew.

Kayak schaffte es und der doppelt gespiegelte Lichtstrahl traf Charlies Augen. Sofort hob er den Kopf und schaute sich suchend um.

Rasch hob Kayak seinen Spiegel ein bisschen höher und versuchte den Bären anzublinken, um ihn abzulenken. Aber es war zu spät. Die riesige weiße Bestie stand direkt hinter Charlie. Sie richtete sich zum Angriff auf.

»Charlie hat den Bären gesehen!«, rief Matthew in diesem Moment. Durch das starke Fernglas konnte er sehen, wie Charlie gerade noch rechtzeitig den leuchtend roten Motordeckel hochriss und ihn wie einen Schild gegen den Bären streckte. Matthew schrie vor Aufregung. Jetzt holte der Bär aus und schlug mit seiner gewaltigen Tatze gegen das Blech. »Der Bär hat Charlie beinah umgeworfen«, rief Matthew Kayak zu. »Jetzt rennt Charlie weg und der Bär hinterdrein. Sie rennen im Kreis herum, immer rund um Matilda. Der Bär holt auf. Da – Charlie bleibt stehen. Mach schnell, Charlie, schnell. Ja – er reißt Matildas Tür auf. Aber er kann nicht einsteigen. Der Bär ist zu nah hinter ihm. Sieh nur – Charlie läuft wieder im Kreis herum. Die Tür steht offen. Der Bär holt rasch auf. Jetzt springt er hinein.«

»Wer springt hinein?«, schrie Kayak.

»Charlie springt hinein. Der Bär versucht sich durch die Tür zu zwängen. Charlie drückt die Tür zu. Gut gemacht, Charlie! Mach schon! Er will die Tür zuschlagen, aber ... halt! Der Bär hat eine Tatze in die Tür gesteckt. Durch Matildas gewölbtes Fenster kann ich's ganz genau sehen. Jetzt macht Charlie irgendetwas. Der Bär versucht sich loszureißen. Er versucht seine Tatze aus der Tür zu ziehen. Er zerrt und zerrt. Der Bär hat das Maul weit aufgerissen. Wahrscheinlich brüllt er. Da – jetzt rennt er weg. Und Charlie – he, der sitzt hinter verschlossener Tür in seinem Hubschrauber. Ich glaube sogar, er lacht.«

»Uff«, machte Kayak. »Gib mir mal das Fernglas. Ich kann gar nicht glauben, dass wir es geschafft haben.«

»Du hast es geschafft«, erwiderte Matthew. »Mit diesem kleinen Spiegel hast du Charlie das Leben gerettet!«

»Hab ich von dir gelernt«, sagte Kayak. »Erinnerst du dich nicht an unser Erlebnis auf der Treibeisscholle?«

Plötzlich kam Ross Morgan angelaufen. »Hallo, Boys! Was soll das Geschrei? Habt ihr etwa Land gesichtet?«

»Nein«, sagte Kayak. »Wir haben geschrien, um Charlie zu warnen. Ein großer Eisbär war hinter ihm her.«

»Ein Bär? Wo ist er jetzt? Wo ist Charlie?«

»Der Bär ist weggelaufen«, sagte Matthew. »Und Charlie hat sich in den Hubschrauber gerettet.«

»Los«, rief Matthews Vater. »Laufen wir hin und sehen nach, ob alles in Ordnung ist.«

Sie liefen den kahlen, leicht geneigten Felshang hinunter, bis sie auf Rufweite an Matilda herangekommen waren. Mr. Morgan blieb stehen, legte die Hände an den Mund und brüllte: »Wo ist der Bär?«

»Wahrscheinlich Schwimmen gegangen, um seine Tatze zu kühlen«, rief Charlie und deutete zum Meer hinüber.

Als sie bei Matilda anlangten, saß Charlie in der weit offenen Tür und sang aus vollem Hals.

»Wir haben dich durchs Fernglas beobachtet«, sagte Matthew. »Was hast du eigentlich gemacht, als der Bär seine Tatze durch die Tür streckte? Er ist brüllend weggelaufen.«

»Das ist ein großer australischer Geheimtrick, Boys.« Charlie hob einen Fuß und streckte Matthew und Kayak seine breite, schwielige Hand entgegen. »Ich kann euch nicht mit Worten erklären, wie man es macht, aber ich zeig es euch gern in der Praxis. Man nennt es den Kängurukick.«

»Willst du's zuerst probieren?«, fragte Kayak.

»Nein, danke. Heute nicht!«, sagte Matthew. »Ich lasse Kayak den Vortritt.«

»Ich hätte nichts dagegen, den Kängurukick zu lernen«, lachte Kayak. »Aber erst, wenn ich so groß und stark wie ein Eisbär bin.«

Sie bauten die Zelte ab und packten ihre Ausrüstung zusammen. »Also abgemacht, wir fliegen jetzt in die Richtung, die die drei großen Steinmänner uns zeigen«, beendete Matthews Vater ihre Diskussionen. »Ich frage mich nur, ob die *Inuit* einst hier oben lebten?«

Sie flogen über das Foxe Basin nach Norden, immer nach Norden. Staunend beobachtete Matthew die unermesslichen Treibeisfelder, die wie riesige Laubsägepuzzles im blauen Meer langsam nach Süden drifteten – der Hudson Bay entgegen, wo sie schmelzen würden.

»Laut meiner Landkarte nähern wir uns Prince Charles Island«, sagte Ross Morgan sehr viel später. »Die Insel liegt vor der Küste von Baffin Island. Wahrscheinlich sind die Eskimos früher im Winter mit Hundeschlitten hinübergefahren. Oder im Sommer mit ihren Booten.«

»Land in Sicht«, rief Charlie jetzt.

Als Matilda über die Südspitze der großen Insel wirbelte, sagte Charlie: »Wo sollen wir landen?«

»Dort drüben ist ein guter Platz«, sagte Ross Morgan. »Mir scheint, da unten stehen wieder solche großen Steinmänner.«

Charlie ließ Matilda auf einem kleinen Hügel landen. Matthew und Kayak hatten Mühe, mit Mr. Morgan Schritt zu halten, der sich einem Steinmann näherte – dem größten *inukshuk*, den sie bisher gesehen hatten.

»Das muss *Inuk-shuk-sha-lik-juak* sein«, sagte Kayak andächtig. »Seht, diese Figur ist ganz anders gebaut – mit weit gespreizten Beinen.« Er stellte sich auf die Zehenspitzen und spähte in die Richtung des ausgestreckten Steinarmes. »Er deutet direkt auf die niedrige graue Klippe dort vorne«, sagte er.

»Wenn man die Karte betrachtet, kann man's kaum glauben«, sagte Matthews Vater und strich mit der Hand über das Papier. »Prince Charles Island ist doch unermesslich groß… Stellt euch vor, Boys, diese Insel, auf der wir stehen, hat eine Größe von über 8000 Quadratmeilen und doch wussten wir nichts von ihrer Existenz, bis 1948 zum ersten Mal ein Aufklärungsflugzeug der Air Force über sie hinwegflog und ein Foto mitbrachte. Es erregte viel Aufsehen bei den Geografen der ganzen Welt. Kaum auszudenken! Da glauben wir Menschen, wir hätten alles entdeckt, was es zu entdecken gibt, und dann finden wir so eine riesige Insel. Wandernde Eisfelder und die gefährlichen Gezeiten des Meeres haben dafür gesorgt, dass diese einsame Insel früher nur sehr schwer zu erreichen war.«

Sie stellten ihre roten Nylonzelte auf einen Schutthügel, in sicherem Abstand zu den feuchten Niederungen der Tundra. Matthews Vater erklärte: »Ich will mir nicht die

Chance entgehen lassen, diese Insel zu erforschen. Vielleicht gibt es hier reiche Bodenschätze. Wir sollten eine Weile bleiben.«

Matthew schaute sich um. Er hatte ein seltsames Gefühl – als wären sie auf der Oberfläche des Mondes gelandet.

»Meinetwegen«, sagte Charlie. »Aber wenn wir hier durch die Gegend fliegen und nach Bodenschätzen suchen, wird Matilda eine Menge Benzin saufen. Ich muss nach Mingo zurückfliegen und einen kleinen Vorrat herbeischaffen, solange das Wetter gut ist.« Charlie rieb sich sein verletztes Bein. »Aber es wird schwierig sein, die Benzinfässer in den Hubschrauber zu wuchten. Was meint ihr, Boys, können wir euch mal 'ne Weile allein lassen?«

»Wir haben nichts dagegen«, sagte Matthew und grinste Kayak an, »falls ihr nicht länger wegbleibt als letztes Mal.«

Charlie blinzelte in die arktische Sonne, die tief über dem Horizont stand, und sagte: »Wenn wir schon fliegen müssen, dann lieber jetzt gleich. Hier in der Gegend muss man das gute Wetter nutzen.«

»Nur eine Bitte noch«, sagte Matthew. »Könnt ihr vorher noch eine Runde über unseren Lagerplatz fliegen, um nachzusehen, ob keine Eisbären da sind?«

»Klar, das machen wir«, sagte Charlie.

Kayak und Matthew begleiteten die beiden Männer zum Hubschrauber.

»Morgen sind wir wieder da«, sagte Matthews Vater. »Und wir bringen so viel Benzin mit, wie wir an Bord verstauen können. Das Gewehr liegt in eurem Zelt – und auch alles andere, was ihr brauchen werdet.«

»Und vergesst nicht, Boys: Schreibt uns einen Zettel, falls ihr einen Ausflug macht«, lachte Charlie.

Kayak blickte prüfend zum Himmel hinauf. Dann sah er Charlie nachdenklich an.

»Macht euch keine Sorgen«, sagte Charlie. »Das Wetter bleibt gut. Haltet nur die Augen offen – nach streunenden Eisbären. Ihr wisst ja notfalls mit dem Gewehr umzugehen.«

Matildas Motor erwachte dröhnend und ihre Rotorblätter zeichneten einen silbrigen Kreis in die Luft. Sie schwebte ein paar Meter über dem Boden.

»Ich hoffe nur, sie kommen bald wieder«, seufzte Matthew, während sie dem Helikopter nachstarrten, der winzig wie eine Mücke hinter dem Horizont verschwand. »Ich fühle mich jetzt schon einsam und verlassen.«

Sie blieben noch eine Weile stehen und lauschten in das unermessliche Schweigen der Arktis. Dann drehten sie sich um und stiegen den Hügel zu ihrem Zelt hinauf.

»Halt, geh nicht näher«, flüsterte Kayak da und packte Matthew am Arm. Atemlos sahen sie, wie ihr Zelt wackelte und sich neigte und wie plötzlich die Seitenwand gewaltig ausgebeult wurde.

»Oh«, stöhnte Matthew entsetzt. »Da muss ein riesiges Tier drin sein.«

8

»Das Gewehr liegt im Zelt«, flüsterte Matthew. »Wie dumm, wir können es nicht holen.«

»Versteck dich hinter diesem Felsen«, sagte Kayak. Er stieß einen schrillen Schrei aus und ging selbst rasch in Deckung.

Mit einem Schlag war es ruhig im Zelt. Die Jungen warteten reglos, mit angehaltenem Atem. Dann fing das Zelt wieder an zu wackeln. Die Wände beulten sich aus, als ob ein Dutzend Fäuste und Köpfe und Ellbogen gegen den roten Nylonstoff hämmerten.

»Was geht da drinnen nur vor?«, flüsterte Matthew entsetzt.

Wie um seine Frage zu beantworten, kam ein putziges Geschöpf im dichten weißen Pelz aus dem Zelt gehoppelt. Es hockte sich spähend auf die Hinterbeine und beobachtete den Aufruhr von draußen. Dann kam ein zweites weißes Pelztier herausgehoppelt.

»Ich sagte dir doch, dass wir immer die Zeltklappe sorgfältig schließen müssen.« Kayak lachte erleichtert.

»Sind das Geister?«, fragte Matthew. »Oder sind es die Kinder des wilden Mannes?«

»Nein, es sind keine Geister«, kicherte Kayak. »Es sind *okalik* – große weiße Polarhasen. Unser Zelt ist voll gestopft von ihnen.«

Jetzt kamen sechs weiße Hasen aus dem Zelt gehoppelt und dann noch einmal fünf. Wenn sie sich aufrichteten, waren die Tiere fast einen halben Meter groß.

»Sie tun uns nichts«, sagte Kayak. »Steh auf, damit sie dich sehen.«

Matthew musste über sich selber lachen, als er aus seinem Versteck hinter dem Felsen hervorkroch. Die großen Hasen drängten sich zusammen und beobachteten die Jungen neugierig. Hoch aufgerichtet ließen sie ihre Lauscher spielen. Und da hoppelten schon wieder vier von ihnen aus dem Zelt und gesellten sich zu den anderen.

»Fünfzehn, sechzehn, siebzehn Hasen«, zählte Kayak. »Ich habe gehört, dass sie sich in so großer Zahl zusammenrotten, aber ich hätte nie geglaubt, dass ich es mit eigenen Augen sehen würde. Mein Vater – er hat gesagt, das tun die *okalik* nur auf ganz einsamen Inseln.«

Anscheinend hatten die Hasen Kayaks Stimme gehört, denn auf einmal legten sie alle die Ohren an und machten – noch immer in dicht gedrängtem Rudel – ein paar Sprünge auf ihren kräftigen Hinterbeinen. So hopsten und purzelten sie durch die Tundra, bis sie über den Rücken einer Schuttmoräne verschwanden.

»Es kommt mir vor wie ein Bild aus *Alice im Wunderland*«, sagte Matthew. »Alle diese weißen Hasen. Und alle laufen wie Menschen auf den Hinterbeinen. Was wollten sie in unserem Zelt?«

»Ich weiß nicht«, sagte Kayak. »Ich glaube, sie waren neugierig. Vielleicht dachten sie, dass unser rotes Zelt eine hübsche Wohnhöhle wäre. Sie wissen nicht, dass sie auf vier Beinen laufen und sich vor den Menschen fürchten sollten.«

»Schade, dass sie fort sind«, sagte Matthew. »Es war doch nett, ein bisschen Gesellschaft zu haben.«

»Du wirst es gleich nicht mehr so nett finden, wenn du siehst wie die *okalik* unser Zelt zugerichtet haben.«

»Puh«, sagte Matthew ein paar Minuten später. »Hier sieht es ja aus wie in einer Schokoladenkugelfabrik!«

Als sie das Zelt gesäubert und aufgeräumt hatten, kroch Matthew hinaus. »Wird uns der Wind hier nicht belästigen?«, fragte er.

»Ja, das wird er«, sagte Kayak. »Wir müssen das Zelt rundherum mit schweren Steinen sichern. Das Wichtigste ist, dass wir trockenen Boden unter den Schlafsäcken haben, auch wenn es mal länger regnet. Darum sollten wir hier bleiben. Die *Tunik* haben es genauso gemacht.«

»Bist du sicher, dass die *Tunik* einst hier wohnten?«, fragte Matthew.

»Ja«, sagte Kayak. »Siehst du die flachen Vertiefungen in der Tundra? Und die unordentlichen Steinhaufen dort? Das sind die Überreste ihrer Häuser. Mein Großvater – er sagte, dass es kleine Menschen waren, aber sie waren sehr stark. Manche sagen, dass es noch heute in unserem Land einige *Tunik* gibt, die verstreut auf entlegenen Inseln und an einsamen Bergfjorden hausen. Aber dorthin kommen unsere Jäger selten.«

Kayak hob den Arm. »Siehst du dort hinten die lange, schmale Sandgrube mit den runden Steinen an beiden Seiten? Damals wuchteten sich die Männer so einen großen Stein auf die Schulter und rannten im tiefen Sand um die Wette. Glaub mir, das ist sehr schwer. Wollen wir es versuchen?«

Matthew und Kayak versuchten einen der Steine aufzuheben. Auch mit vereinten Kräften konnten sie ihn kaum von der Stelle rücken.

»Hätten wir bei den *Tunik* gelebt, wir hätten nie eine Frau gefunden«, sagte Kayak. »Man sagt, dass ein *Tunik*-Mädchen einen Jäger erst heiratete, nachdem er bewiesen hatte, dass er mit so einem schweren Stein die Sandbahn hinauf- und hinunterlaufen konnte.«

Nachdenklich musterte Kayak die bemoosten Ruinen der Häuser. »Ich wünschte, hier lebten noch einige dieser starken *Tunik*-Leute. Ich würde gerne mit ihnen sprechen. Ich würde sie fragen, wie das Leben in alten Zeiten war.«

Matthew entdeckte eine Reihe gleichförmiger Steinkreise im Moos. »Hier müssen drei, vier, fünf Zelte aus Tierhäuten gestanden haben. Genau wie wir bauten sie ihr Lager am höchsten Punkt des Hügels.« Matthew lachte. »Ich komme mir vor wie Christoph Kolumbus, der diese Insel entdeckt. Aber wahrscheinlich war dein Volk schon viel früher hier.«

»Mir geht's genau wie dir«, lachte Kayak. »Auch ich fühle mich wie Christiphor Koh-lum-bis.« Er holte einen langen Dolch und eine Büchse Fleisch aus dem Rucksack. »Magst du die Hälfte, Mattoosie?«

»Ja, gern«, sagte Matthew. Überrascht schaute er zu, wie Kayak die Konservenbüchse mit dem Messer in der Mitte auseinander schnitt.

Kayak reichte Matthew die eine Hälfte und behielt die andere für sich.

»Komische Art, eine Büchse zu öffnen«, sagte Matthew.

»Eine gute Art«, sagte Kayak. »Auf diese Weise bekommt jeder von uns genau die Hälfte und außerdem einen hübschen Blechnapf, aus dem man essen kann.«

Sie teilten sich ein paar Scheiben Schiffszwieback und eine Hand voll Backpflaumen.

»Sollen wir Tee kochen?«, fragte Matthew.

»Ja«, sagte Kayak. »Ich mach ihn schon.« Er kroch aus dem Zelt und holte einen Kessel frisches Wasser aus dem Bach.

Später krochen sie in ihre Schlafsäcke. Matthew legte das entsicherte Gewehr und eine Schachtel Patronen neben sich. Aber die beiden Jungen schliefen friedlich bis in den frühen Morgen. Sie wurden geweckt vom Schrei der Wildgänse, die niedrig über ihr Zelt hinwegflogen.

»Wir könnten leicht ein paar von ihnen schießen«, sagte Kayak. »Aber ich tu's nicht gern. Wir haben noch genug zu essen. Jetzt im Sommer hat jeder dieser Vögel einen Gefährten. Stell dir vor, wir töten die Gans oder den Gänserich und der Gefährte bleibt einsam und traurig zurück.«

»Ich weiß, wie das ist«, sagte Matthew. Er musste an seine Eltern denken.

»Jetzt könnte ich einen heißen Tee gebrauchen«, sagte Kayak. »Sogar hier im Zelt dampft unser Atem.«

Er öffnete die Zeltklappe einen Spaltbreit, um Luft hereinzulassen. Dann pumpte er den Primuskocher auf, holte

Wasser und stellte den Kessel über die Flamme. Sie aßen Hartzwieback mit einem Löffel Honig und tranken den köstlichen heißen Tee.

»Es wird warm hier drinnen«, sagte Kayak und zog die Zeltklappe ganz auf.

Draußen auf der Tundra hatte sich ein riesiger Schwarm schneeweißer Gänse niedergelassen. Matthew kam er vor wie ein watschelndes Schneefeld. Als Kayak und Matthew aus dem Zelt krochen, hörten sie die Warnrufe der wachsamen Ganter – und tausende von Gänsen stoben flügelschlagend in die Luft. Sie zogen eine Schleife über dem Lagerplatz und verschwanden nach Norden, um irgendwo in der wilden Tundra ihre Nester zu bauen.

»Ich weiß nicht, warum«, sinnierte Matthew, »aber diese einsame Insel gefällt mir besser als jeder andere Ort, an dem ich bisher gewesen bin.«

Kayak holte den kleinen Spiegel aus der Tasche, den seine Freundin ihm aus Kingmerok geschickt hatte. Er betrachtete sich im Spiegel und sagte: »Sag mal, Mattoosie, war es nicht lieb von meiner *nuliungasak* – das heißt: zukünftige Frau –, war es nicht lieb von ihr, mir dieses Geschenk zu schicken? Wenn wir verheiratet sind, werden wir im Winter unseren eigenen Iglu bauen und im Sommer unser Zelt aufstellen. Ich werde für sie auf die Jagd gehen und sie wird mir Stiefel nähen und Harpunenschnüre flechten. Mit ihr zusammen kann ich überall leben und auf die Jagd gehen.« Er breitete seine Arme aus. »Überall in diesem großen, weiten Land.«

Kayak machte eine lange Pause.

»Sie nennt mich *uingasak*«, fuhr er fort. »Das bedeutet: Ich bin ihr zukünftiger Mann. Ich habe ihr einen Brief geschrieben und von dir erzählt, Mattoosie. Mein Vetter hat ihr gesagt, dass du mein Adoptivbruder bist. Wenn du willst, kannst du bei uns bleiben und mit uns leben. Sie wird gerne auch für dich Fellstiefel nähen. Aber vielleicht hast du dann eine eigene Frau und wir können alle zusammen unser Winterlager bauen.«

»An solche Dinge hab ich noch nicht gedacht«, sagte Matthew. »Ich kann mir noch gar nicht vorstellen mit einer Frau verheiratet zu sein. Ich frage mich: Wie wird sie aussehen? Was wird sie sagen? Wie komisch – ich und eine Frau!«

»Was meine Frau sagt, werde ich dir bald erzählen können«, sagte Kayak. »An dem Tag, an dem ihre Eltern erlauben, dass ich zu ihr komme und bei ihr bleibe, werde ich zu ihr gehen!«

Kayak blickte sehnsüchtig in die Ferne. »Jetzt lass uns aber losziehen und diese einsame Insel erforschen.«

Prince Charles Island bestand hauptsächlich aus flachem Land – abgesehen von der niedrigen Felskuppe, auf der sie ihr Lager aufgeschlagen hatten. Am Fuß des Hügels entdeckten sie einen lang gestreckten kleinen See, dessen Ufer von dicken Polstern grau-grüner Rentierflechte gesäumt waren. Dahinter erstreckte sich die weite Tundra, gesprenkelt von unzähligen bunten Sommerblumen. Überall flatterten Schneehühner aufgeregt umher. Der Ruf des Männchens hallte über die offene Tundra: *Komm her, komm her*; und die Weibchen antworteten: *Komm mit mir. Komm mit mir.*

»Noch nie habe ich ein so einsames, wildes Land gesehen«, sagte Matthew.

»Komm, leg dich hin, Mattoosie«, sagte Kayak, der sich schon am Boden ausgestreckt hatte. »Die Steine sind ganz warm von der Sonne. Leg dich einfach hin und sprich kein Wort. Lass uns die Landschaft betrachten, lass uns in den Himmel starren und uns freuen, dass wir diese wunderbare Insel ganz für uns allein haben.«

»Es ist herrlich«, sagte Matthew nach langem Schweigen. »Es ist wie ein verwunschenes Land. Daddy und Charlie sind die Einzigen, die wissen, dass wir hier sind.«

»Da hockt noch jemand, der weiß, dass du da bist«, sagte Kayak. »Und dem gefällt das gar nicht.«

Im gleichen Moment flatterte eine Schneeeule vom Boden auf. Mit gefährlich gespreizten Krallen kam sie angeflogen. Kayak zog sich die Kapuze seines Parkas über den Kopf.

»Siehst du? Ihre Jungen sitzen in einem flachen Nest auf der Tundra«, sagte Matthew und kroch näher, um besser sehen zu können.

»Sei vorsichtig«, rief Kayak. Die Eule war umgeschwenkt und kam mit einem schrillen Schrei angeflattert.

Matthew konnte gerade noch ausweichen, als die Eule mit gesträubtem Gefieder und vorgereckten Klauen auf ihn niederstürzte. Er spürte einen heftigen Ruck. Knirschend schlitzten ihre scharf gebogenen Krallen die Nylonhaut seiner Daunenjacke auf. Flauschige graue Federn trudelten langsam im Wind davon.

»Sie ist wütend«, sagte Kayak. »Komm lieber weg von ihrem Nest, sonst greift sie dich noch einmal an.«

Während Matthew gebückt davonrannte, rief er: »Vielleicht ist es dieselbe Eule, die uns das Gold unter dem Eis gezeigt hat.«

»Das glaube ich nicht«, antwortete Kayak. »Alle Schneeeulen verhalten sich so, wenn man ihrem Nest zu nahe kommt. Sie wollen nur ihre Jungen beschützen.«

Die Jungen liefen einen steinigen Hang hinauf – weg von dem Nest der wütenden Eule.

»Glaubst du, dass wir hier Gold finden werden?«, fragte Matthew. »Ich bezweifle es. Diese grauen Schieferfelsen sehen nicht nach Gold aus. Vielleicht hat der wilde Mann uns in die falsche Richtung geschickt, um uns von dort, wo das Gold ist, wegzulocken.«

»Ja, er ist schlau«, sagte Kayak. »Ich glaube, er hat den Trick mit dem gebrochenen Flügel angewandt.«

»Den Trick mit dem gebrochenen Flügel? Was meinst du damit?«, fragte Matthew.

»Hast du noch nie gesehen, wie manche Wasservögel, zum Beispiel Enten, sich benehmen, wenn du ihnen zu nahe kommst? Um ihre Jungen zu schützen, tun sie so, als hätten sie sich den Flügel gebrochen. Sie flattern hilflos über den Boden, bis der Mensch – oder der Fuchs oder der Falke – sie zu jagen beginnt. Dann halten diese Vögel gerade genug Abstand zu ihrem Verfolger, um nicht gefangen zu werden, aber ihn von ihrem Nest wegzulocken. Erst wenn sie sicher sind, dass nichts mehr passieren kann, fliegen sie davon. Und genau das, glaube ich, hat der wilde Mann mit uns gemacht.«

»Du könntest Recht haben«, sagte Matthew. »Vielleicht sind wir verrückt, dass wir diesen steinernen Wegweisern quer durch Baffin Island gefolgt sind.«

»Und doch tun wir genau in diesem Augenblick nichts anderes«, lachte Kayak. »Wir laufen genau in die Richtung, in die der Arm des großen *inukshuk* zeigte: zu jener Felskuppe dort vorne.«

»Sind wir bis hierher gegangen, dann können wir auch weitergehen«, sagte Matthew.

»Halt! Bleib stehen!«, rief Kayak. »Schau dir mal die Pfütze vor deinen Füßen an. Was siehst du?«, fragte er.

»Regenbogenfarben«, sagte Matthew. »Ich sehe herrliche Regenbogen in strahlenden Farben. Lauter schillernde Streifen – rote und gelbe und grüne und blaue.«

Kayak holte tief Luft und sagte aufgeregt: »Mattoosie, unsere Lehrerin hat gesagt, das könnte Öl sein.«

»Ach nein«, sagte Matthew. »Schon viele Ölsucher sind darauf hereingefallen. Das sind Moskitolarven. Die Larven der Moskitos reifen unter Wasser in winzigen Ölblasen heran. Dieses Öl lässt die Oberfläche des Wassers bunt schillern. Wahrscheinlich sind die Larven gerade ausgeschlüpft.«

»Bist du sicher, Mattoosie?«, fragte Kayak. »Ich kenne die dünne Ölschicht auf den Bruttümpeln der Moskitos. Aber das hier« – er streckte den Finger aus – »diese Flüssigkeit ist dick und zähflüssig, wie Öl, das eben erst aus einem Armylastwagen ausgelaufen ist.«

»Hier im Norden gibt's eben größere Moskitos«, sagte Matthew. »Das weiß doch jeder! Natürlich brauchen die dicken Brummer auch dickeres Öl.«

Kayak bückte sich und tauchte den Finger in die Ölschicht. Er schnupperte lange daran. Dann hielt er Matthew seinen Finger unter die Nase. »Na, wie riecht das?«

»Genau wie Matilda, wenn sie mit Vollgas in die Luft aufsteigt«, antwortete Matthew.

»Richtig. Das ist auch der Grund, warum Charlie den Motor repariert hat. Sie verbrannte zu viel Öl.«

»Charlie und mein Vater haben dich mit ihrer Gier nach Bodenschätzen angesteckt«, lachte Matthew. »Jetzt glaubst du sogar, dass diese Moskitos Erdöl ausscheiden. Aber pass auf, das tun sie nicht. Sie legen nur Eier und aus diesen Eiern schlüpfen junge Moskitos aus, die uns morgen oder übermorgen plagen werden.«

Inzwischen waren die beiden hungrig geworden. Sie fanden, dass sie auch später noch Zeit genug hatten, den Hügel vor ihnen zu erforschen. Also kehrten sie zu ihrem Zelt zurück, wärmten sich auf dem Primuskocher ihr Abendessen und krochen in ihre Schlafsäcke. Am nächsten Morgen stellte Matthew fest, dass seine Uhr stehen geblieben war.

»Wie lange mögen wir geschlafen haben?«, fragte er. »Es könnte sechs Uhr morgens oder sechs Uhr abends sein. Man kann es gar nicht unterscheiden, weil es dauernd hell ist.«

»Ach, Mattoosie, iss, wenn du hungrig bist, und schlaf, wenn du müde bist«, sagte Kayak. »Kümmere dich nicht um die Zeit. Nach dieser Regel leben wir *Inuit*.«

»Horch!«, rief Matthew. »Matilda kommt zurück. Ich kann sie schon hören. Gleich wird sie da sein.«

Und schon wirbelte Matilda über den Lagerplatz. Der Wind ihrer Rotorflügel wehte beinah die Zelte um.

»Freut mich euch wieder zu sehen«, rief Matthews Vater den beiden zu. »Wollt ihr uns helfen, die Benzinfässer abzuladen?«

»Vorsicht – nicht werfen, Boys!«, ermahnte sie Charlie. »Benzinbrände sind die Allerschlimmsten.«

Während Charlie sich ein original australisches Pilotenfrühstück mit Würstchen und Speck brutzelte, erkundigte sich Matthews Vater: »Habt ihr irgendetwas Interessantes entdeckt?«

»Eigentlich nicht«, erwiderte Matthew.

»Doch«, sagte Kayak. »Wir sind in die Richtung gegangen, die der große *inukshuk* anzeigt, und haben auf der Oberfläche eines kleinen Tümpels Öl gefunden. Es riecht genau wie Matildas Motoröl. Ich glaube, es kommt aus dem felsigen Boden.«

»Nein, es waren Moskitolarven«, widersprach Matthew.

»Na, Boys, was schwätzt ihr da?«, fragte Charlie.

»Wenn du deine saftigen Knacker verspeist hast, können wir hingehen und nachsehen«, schlug Kayak vor.

»Du brauchst dich nicht zu beeilen, Charlie«, sagte Matthew. »Du hast bestimmt schon oft Moskitolarven gesehen.«

An der öligen Pfütze angekommen, hockten sich Ross Morgan und Charlie nieder und untersuchten schweigend die schillernden Regenbogenschlieren.

»Was hältst du davon?«, fragte Charlie und sah Ross Morgan an.

»Ich weiß nicht recht«, antwortete Matthews Vater. Er kniete sich hin und schnupperte. »Es könnten Moskitolarven sein, wie Matt sagt. Aber es könnte auch etwas viel Besseres sein, wie Kayak meint.«

»Wie sollen wir das entscheiden?«, sagte Charlie. »Du bist doch eher ein Experte für Edelmetalle und Steine. Oder hast du schon mal nach Öl oder Erdgas geforscht?«

»Ganz richtig«, sagte Ross Morgan. »Ich bin wirklich kein Erdölexperte. Davon habe ich keine Ahnung. Ein richtiger Ölexperte muss die Stärke von Salzstöcken abschätzen können, er muss die Tiefe von Schieferschichten untersuchen und die Ergiebigkeit potenzieller Ölquellen beurteilen können. Aber eines kann ich dir sagen: dass nämlich eines der reichsten Ölfelder in ganz Kanada von einem Cowboy entdeckt wurde. Und zwar in der Provinz Alberta. Der Cowboy hatte noch weniger Ahnung von diesen Dingen als ich.«

»Und wie hat er das gemacht?«, fragte Charlie.

»Tja«, sagte Ross Morgan, »ganz einfach. Dieser Cowboy ritt eines Morgens durch einen Sumpf und da sah er unter dem Schilf leuchtende Regenbogenfarben. Er beugte sich über seinen Sattelknauf und glotzte die merkwürdige Erscheinung eine Weile an. Dann holte er ein Streichholz aus der Tasche, riss es mit dem Daumennagel an und warf es auf den Boden.«

»Und was passierte?«, fragte Charlie.

»Der ganze verdammte Sumpf ging in Flammen auf und das Feuer versengte dem Cowboy und seinem Pferd alle

Haare am Leib. Seit damals ist die Provinz Alberta jeden Tag um Millionen reicher geworden.«

»Aber was nützt uns das?«, fragte Charlie.

»Hm«, machte Ross Morgan und griff in seine Jackentasche. »Es ist ein alter Cowboytrick und bestimmt nicht streng wissenschaftlich.« Er riss ein Streichholz an. »Aber ich will's versuchen. Zurücktreten, Boys! Achtung, jetzt geht's los!«

Er warf das brennende Streichholz in eine Felsspalte neben der Regenbogenpfütze.

9

Fauchend loderte eine hellrote Flammenwand auf und raste, vom Westwind angefacht, über den seichten Tümpel. Schwarzer Rauch rollte auf das eisbedeckte Meer hinaus.

»Donnerwetter!«, brüllte Charlie.

»Heiliger Strohsack!«, keuchte Matthews Vater.

»Es ist Öl! Richtiges Öl!«, schrie Kayak.

»Das ist wahr«, japste Matthew. »Moskitolarven brennen nicht so gut.«

»Sehr richtig«, lachte Ross Morgan und schlug Matthew mit seiner breiten Pranke auf die Schulter. »Was du da siehst, ist unser zukünftiger Reichtum. Es ist nicht Kupfer, nicht Gold, sondern echtes schwarzes Gold – so nennen es die Ölsucher. Ich möchte wetten, wir stehen hier auf einem riesigen Ölfeld. Und Erdgas dürfte auch vorhanden sein. Gerade jetzt, wo alle Welt nach Öl dürstet, haben wir es gefunden – einfach so!« Er schnalzte mit den Fingern.

»Matt, lauf mal zum Zelt und hol mir Matildas Pannenpaddel. Ich will das Wasser in diesem Tümpel ein bisschen umrühren. Falls es kein konzentriertes Öl ist, müsste das Feuer bald verlöschen. Aber ich hoffe und bete, dass es weiterbrennen wird. Hier, unter unseren Füßen, lagern womöglich Milliarden Barrel bestes Rohöl – und Billiarden Kubikmeter Erdgas!«

Matthew kam mit dem Paddel zurück und beobachtete, wie sein Vater vorsichtig in der Pfütze herumrührte. Die Flammen loderten mit neuer Kraft auf und spuckten schwarze Rauchwolken.

»Wunderbar!«, rief Ross Morgan.

»Ich fress meinen Hut!«, schrie Charlie und legte einen australischen Wüstenboogie auf den Kiesboden. »Es brennt wie reinstes Öl«, rief er. »Mir scheint, wir haben unser Glück gemacht!«

Matthews Vater holte aus und ließ das Paddel über der Pfütze durch die Luft sausen. Die Flammen verlöschten. »Sehr gut«, sagte er. »Wir wollen unseren kostbaren Schatz nicht unnütz verbrennen.« Er schaute sich um. »Vielleicht gibt es hier in der Gegend noch andere Tümpel mit Spuren von Öl; oder Felsspalten, aus denen Erdgas strömt. Ihr könntet mal die Gegend erforschen, Boys, während Charlie und ich hier bleiben. Wir wollen ein paar Proben entnehmen und einen Steinhaufen bauen, damit wir die Stelle wieder finden. Und noch etwas, Matt«, rief sein Vater, »zündet hier keine Streichhölzer an!«

Kayak und Matthew schulterten ihre halbvollen Rucksäcke und marschierten querfeldein los. Matthew stieß einen Pfiff durch die Zähne. »Ich konnte kaum meinen Augen trauen, als diese Pfütze auf einmal Feuer fing. Das beweist, dass du Recht hattest. Das war tatsächlich Erdöl.«

Als die arktische Sonne flach über dem Meer stand, setzte sich Kayak auf ein Moospolster und untersuchte die Löcher, die in den Sohlen seiner Seehundsfellstiefel entstanden waren. »Das Leben ist schwer ohne Frauen«, sagte Kayak. »Wenn Charlie nach Frobisher fliegt, werde ich meiner Mutter und meiner Großmutter einen Brief schreiben und sie bitten, mir neue Fellstiefel zu nähen. Ich habe nur noch ein einziges Paar in Reserve. Wenn es zu schneien anfängt, will ich hier draußen nicht barfuß laufen.«

Matthew antwortete nicht. Auf einen Felsblock gestützt, suchte er mit dem Fernglas die Pfützen und Wasserlöcher in der näheren Umgebung ab. »Da drüben, das könnte Öl sein«, rief er aufgeregt.

Sie sprangen auf und rannten hin.

»Papa und Charlie werden einen Luftsprung machen, wenn sie hören, dass wir noch mehr Öl gefunden haben«, sagte Matthew.

Sie setzten sich auf ihre Rucksäcke und machten Rast. Nachdem sie sich eine Büchse Fleisch und ein paar Scheiben Schiffszwieback geteilt hatten, streckten sie sich in das von der Sonne erwärmte Moos. Bald waren sie eingeschlafen ...

Später am Abend saßen Matthew und Kayak mit Charlie und Ross Morgan vor dem Zelt.

Matthews Vater sagte: »Seit Millionen Jahren liegt das Öl unter diesen Felsen und wartet nur darauf, entdeckt zu werden. Seht euch diese kahle arktische Insel an. Könnt ihr euch vorstellen, dass es hier einmal saftige grüne Sumpfwiesen und mächtige Bäume gab, deren Stämme wie Ananas aussahen? Riesige Dinosaurier streiften vor Millionen Jahren über diese Inseln, die damals ein feucht-warmes Klima hatten. Der langhalsige Prontosaurier kämpfte mit dem mörderischen Tyrannosaurus und hoch über ihren Köpfen schwebten geflügelte Monster, die Pterosaurier. Aber das Klima wurde kälter und die Welt des Nordens veränderte sich. All die seltsamen Bäume und die Tiere der Frühzeit waren zum Aussterben verurteilt. Sie versanken in den Sümpfen und verfaulten unter der Erde zu Öl und Erdgas. So entstanden die fossilen Brennstoffe als Geschenk für den Menschen – lange bevor der Mensch auf Erden erschien.«

»Unsere Lehrerin – sie hat uns erzählt«, sagte Kayak, »dass das Erdöl ein Geschenk ist, das uns allen gehört. Und doch ist es etwas anderes als unsere tägliche Nahrung. Die Karibu oder die Fische, die uns ihr Fleisch schenken, wachsen jedes Jahr nach. Wenn Öl und Gas und Kohle einmal von der Erde verschwunden sind, werden sie sich nie mehr erneuern.«

»Sehr richtig«, sagte Matthews Vater. »Ich überlege mir schon die ganze Zeit, was wir als Nächstes tun sollten. Ich hätte eine Idee«, fuhr er fort, »aber die würde Zeit kosten. Zuerst sollten wir, meine ich, Professor Volks finden.«

»Professor Volks?«, rief Charlie. »Er ist eine Berühmtheit! Aber wie sollen wir ihn finden?« Er lachte. »Wir sitzen hier auf einer einsamen Insel in der arktischen Einöde und Professor Volks ist womöglich in Skandinavien, in Afrika oder China – auf der Suche nach Erdöl. Es wäre leichter, Matilda kopfüber zu fliegen oder einem Eisbär die Hand zu schütteln, als Professor Volks zu finden.«

»Aber ich habe unlängst im *Northern Miner* gelesen, dass er zur Zeit an mehreren Universitäten in den USA und in Kanada Vorlesungen hält. Ich wette, wir können ihn finden«, sagte Matthews Vater. »Wir brauchen Professor Volks. Er versteht mehr von der Suche nach Erdöl als jeder andere Mensch auf der Welt.«

»Sagt mal, Boys, könntet ihr eine Weile hier auf uns warten?«, fragte Charlie. »Irgendjemand muss unser Öl bewachen, bis die Fundstelle bei den Behörden registriert worden ist. Aber der Professor ist erst mal wichtiger.«

»Fahrt ruhig hin und holt den Professor«, sagte Kayak. »Ich würde gerne einen so berühmten Menschen kennen lernen.«

»Ja, fahrt nur«, sagte Matthew. »Wir werden schon auf das Öl und uns aufpassen.« Bei diesen Worten musste er an seine Mutter denken, an das dünnwandige Nylonzelt und an den gewaltigen Eisbären, der Charlie beinah erwischt hätte. Sein Vater war der einzige Mensch, der ihm geblieben war. Nachdenklich wiederholte er: »Ja … ihr könnt ruhig fahren. Aber … kommt zurück, so schnell ihr könnt.«

Kayak kramte in seinem Rucksack und brachte den schweren, goldenen Dolch zum Vorschein. Die lange gelbe Klinge blitzte in der Abendsonne. »Er gehört nicht mir«, sagte er. »Er gehört uns allen.«

»Ein Kunstwerk!«, sagte Matthews Vater. »Seht nur, wie sorgfältig das S-förmig gebogene Heft gehämmert ist.«

»So ein Messer«, sagte Charlie, »ist bestimmt ein Vermögen wert.«

»Ja, das ist es wohl«, sagte Matthews Vater und wog das Messer in der Hand. »Der Wert dieses Goldes würde ausreichen, um alle Schulden Matildas zu bezahlen – und auch das auf Pump gekaufte Benzin und die Vorräte.«

»Müssten wir das Messer einschmelzen lassen, um dafür Geld zu bekommen?«, fragte Kayak.

»So ein Kunstwerk gehört ins Museum«, sagte Matthew. »Wir müssten den Leuten sagen, dass sie es nicht einschmelzen dürfen.«

»Kann man das Messer nicht den Gläubigern als Pfand geben?«, schlug Kayak vor. »Dann könnte Matildas Reparatur bezahlt werden und Charlie wird nicht eingesperrt, wenn er das Flugfeld in Frobisher betritt. Man könnte den Gläubigern sagen, dass sie das gelbe Messer nur leihweise kriegen. Später, wenn diese reiche Moskitoölquelle sprudelt, haben wir doch Geld genug, um das goldene Messer zurückzukaufen und es ins Museum zu stellen, wo jeder es bewundern kann.«

»Gute Idee«, sagte Charlie.

»Jetzt kommt es auf euch an, Boys. Wollt ihr es wirklich so machen?«, fragte Mr. Morgan.

»Ja, so ist es am besten«, sagte Kayak und Matthew nickte zustimmend.

»Ich werde das Messer durch die Mounted Police in Frobisher übergeben lassen. Der Sergeant wird Zeuge sein. Die Gläubiger müssen mir ein Papier unterschreiben und dann soll das Messer im Safe der Polizei bleiben, bis es ins Museum kommt.« Charlie legte das schwere goldene Messer in eine Ledertasche, in der er seine Landkarten und Flugpläne aufbewahrte.

Am nächsten Morgen holten die beiden Männer die letzten Ausrüstungsgegenstände aus dem Hubschrauber und bereiteten sich auf den Start vor.

»Viel Glück!« Matthews Vater schüttelte seinem Sohn und Kayak die Hand und gab ihnen eine Schachtel mit Patronen. »Ich hoffe, wir bleiben nicht lange fort. Ihr habt ja genügend Vorräte.«

»Piep-piep, Boys«, rief Charlie lachend.

Ein heftiger Windstoß fuhr den Jungen ins Gesicht und Matilda stieg mit dröhnendem Rotor in die Luft. Charlie und Matthews Vater winkten. Dann drehte der Hubschrauber ab und verschwand im gleißenden Licht der aufgehenden Sonne.

»Ich bin traurig, dass sie fort sind«, sagte Matthew.

»Ich auch«, sagte Kayak.

»Am schlimmsten fand ich das Händeschütteln und das ernste Gesicht meines Vaters«, sagte Matthew. »Als ob er nicht sicher wäre, uns jemals wieder zu sehen.«

Einige Wochen vergingen und die Jungen sahen kein menschliches Wesen – außer sich selbst. Ihre Vorräte wurden knapp.

»Wie kalt es heute Morgen ist.« Matthew fröstelte. »Ich frage mich, wo die beiden sein mögen?« Er dachte an die warmen pazifischen Winde vor der Küste Perus.

Kayak schnupperte und warf einen besorgten Blick auf die schwarzen Wolkenbänke, die sich über dem Foxe Basin zusammenbrauten. »Ich glaube, wir kriegen schon Schnee.«

Und er kam: ein wirbelndes Schneetreiben, das sich zu einem tosenden Sturm entwickelte. Die Jungen fürchteten, er würde das dünne Nylonzelt, ihren einzigen Schutz, in Stücke reißen. Als Matthew erwachte, hing das rote Zeltdach tief durch. Die Last der Schneemassen drückte auf seinen Schlafsack.

»Wir müssen uns einen Weg freischaufeln«, sagte Kayak. »Es wird gar nicht einfach sein. Solch früher Schnee ist oft nass und schwer wie Blei. Ich wünschte, wir hätten eine Schaufel.«

»Wir haben eine«, sagte Matthew. »Das heißt, falls ich es schaffe, die Hand aus dem Zelt zu strecken, ohne aus dem warmen Schlafsack kriechen zu müssen. Ich glaube, ich weiß, wo sie ist.«

Er tastete den Zeltboden vor dem Eingang ab und zog schließlich ein zusammengeklapptes Stück Blech mit einem Holzgriff herein.

»Was ist denn das?«, fragte Kayak.

»Es ist eine Biwakschaufel«, sagte Matthew und setzte die Teile zusammen. »So etwas benutzen die Soldaten im Krieg, um ihre Schützengräben auszuheben.«

»Die Schaufel ist eine gute Erfindung«, sagte Kayak. »Aber der Krieg, in dem sich die Menschen töten, ist eine schlechte Erfindung. Warum tun die Menschen das?«

Matthew überlegte eine Weile und schließlich sagte er: »Ich weiß nicht, warum sie es tun. Meistens geht es um Land, das einer dem anderen wegnehmen will.«

»Das Land sollte allen gehören«, sagte Kayak. »Genau wie die Sonne, der Mond und die Sterne. Wie das Meer, die Seen und die Flüsse. Ich würde niemals mit dir kämpfen, Mattoosie. Mir graust vor der Idee, dass Menschen miteinander kämpfen.«

»Ich kann es auch nicht verstehen«, sagte Matthew. »Aber ich werde jetzt aus dem Schlafsack kriechen und die Zeltklappe aufziehen. Dann können wir beide gegen den Schnee kämpfen.«

»Komisch«, sagte Kayak. »Wir glauben, dass alle weißen Männer verrückt sind, und da kommt einer und zeigt uns so eine wunderbare kleine Schaufel. Gib her, lass mich den Schnee wegschippen!«, rief er und warf Matthew eine kräftige Ladung Schnee an den Kopf.

»Schätze, das ist für mich die letzte Warnung, endlich aufzustehen«, rief Matthew und kroch aus den Federn.

Dann schaufelten die beiden abwechselnd, bis sie einen Tunnel ins Freie gebuddelt hatten. Keuchend richteten sie sich auf und starrten verwundert auf die grell gleißende Schneewüste, in die sich Prince Charles Island verwandelt hatte. Das kohlschwarze Meer rund um die Insel wirkte trostlos kalt. Es sah aus, als wäre das Wasser eingedickt wie eisiger Sirup, der jeden Moment zu festem Eis gefrieren konnte.

»Ich bin froh, dass wir die vier Steinmarkierungen aufgeschichtet haben, damit wir unsere Öltümpel wieder finden«, sagte Matthew. Er deutete auf den großen *inukshuk* hinter ihrem Zelt. »Sogar dieser Steinmann kommt mir heute wie ein Freund vor. Der Schnee macht die Insel noch einsamer.«

»Du wirst dich daran gewöhnen müssen«, sagte Kayak. »Der Sommer ist fast schon wieder vorüber!«

Matt schnitt zwei Lederstreifen aus der Kartentasche und machte sich ein Paar Einlegesohlen für seine zerschlissenen Seehundsfellstiefel. Auch Kayaks Stiefel brauchten dringend eine Reparatur. Matthew suchte den flachen Horizont im Osten ab. Er hoffte, Matilda zu sehen oder zu hören. Aber er sah nur eintöniges Weiß und die wie Totenschädel geformten Steine der Insel. Ein magerer schwarzer Rabe flatterte über den Himmel. Er krächzte, als wollte er das Schweigen des nahenden Winters unterbrechen.

Einmal, als sie durch die Gegend streiften, fanden sie die breiten Fußstapfen eines Eisbären im Schnee. Danach nahmen sie immer das Gewehr mit.

Die Zeit verging, Matilda kam nicht zurück. Eines Tages entdeckten sie die Fährten einer kleinen Karibuherde. Obwohl sie die Spuren stundenlang verfolgten, bekamen sie keines der Tiere zu Gesicht. Am Abend des nächsten Tages huschten die vielfarbigen Lichtorgeln des Nordlichts über den Himmel. Am nächsten Tag fiel das Thermometer schlagartig. Aus dem trägen Salzwasser rund um die Insel stiegen Nebel auf und vor der Küste bildeten sich kleine Eisschollen.

Tag für Tag beobachteten sie den Himmel im Südosten und hofften Matilda zu entdecken. Aber sie kam nicht. »Ich mache mir wirklich Sorgen um meinen Vater und Charlie«, sagte Matthew. »Sie sollten längst wieder hier sein. Wenn sie nicht bald kommen, müssen wir verhungern. Unser Proviant wird knapp. Wir haben nur noch zwei Büchsen Fleisch, sechs Suppenbeutel und eine halbe Schachtel getrocknete Aprikosen.«

»*Ionamut*«, sagte Kayak. »Da kann man nichts machen. Wir können die Dinge, die kommen, nicht ändern.«

Am nächsten Morgen zog Kayak die Zeltklappe auf. »Sieh mal – dort«, flüsterte er und deutete zur Hügelkuppe hinüber.

»Ich sehe nichts«, sagte Matthew und spähte in den glitzernden Schnee.

»Sag mal, kann man den Holzgriff der Schaufel abschrauben?«, fragte Kayak.

»Ja«, antwortete Matthew. »Man kann ihn in drei Teile zerlegen.«

»Gut. Gib mir den Griff; und bleibe knapp hinter mir, damit sie dich nicht sehen.«

»Wer soll mich nicht sehen?«, flüsterte Matthew. »Da draußen ist kein lebendes Wesen.«

»Komm mit«, flüsterte Kayak und huschte geduckt zur Hügelkuppe hinauf.

Als sie einen Augenblick stehen blieben, deutete Kayak nach vorn und sagte: »*Akgik.*«

Erst jetzt konnte Matthew sie sehen – drei, sechs, acht, zehn … mehr als zwanzig Schneehühner, die hektisch vor ihnen herumtrippelten. Diese rundlichen Vögel ähnelten kleinen Hühnern. Sie hatten ein dickes Federkleid an den Beinen.

»Wir hätten das Gewehr mitnehmen sollen«, sagte Matthew.

»Nein, es ist zu laut«, antwortete Kayak.

Er holte aus und ließ die Hand vorschnellen. Der Schaufelstiel wirbelte wie ein Hubschrauberflügel knapp über dem Schnee dahin. Lautlos traf er mitten in den Vogel-schwarm. Matthew sah, wie drei Schneehühner reglos liegen blieben.

Die anderen Vögel flatterten ein Stückchen weiter und ließen sich wieder im Schnee nieder. Kayak huschte vor und packte erneut den Schaufelstiel.

»Hol die drei Vögel und komm mit«, zischte er. Matthew sah, wie Kayak sich bückte und noch einmal den Schaufelstiel zwischen die Vögel schleuderte. Diesmal blieben zwei auf der Strecke.

»Willst du's mal versuchen?«, flüsterte Kayak.

»Nein. Du machst es sehr gut, wie ich sehe.«

»Das ist genug«, sagte Kayak nach dem dritten Wurf. Matthew sammelte den neunten weißen Vogel ein.

»Ich bin wirklich hungrig«, sagte Matthew.

»Zuerst müssen wir dem Geist dieser Vögel danken«, sagte Kayak. »Danken dafür, dass er uns ihr Fleisch geschenkt hat.«

Vorsichtig riss er jedem der Vögel eine weiße Schwanzfeder aus und steckte sie aufrecht in den Schnee. »*Nakoamiasit*. Vielen Dank!«, rief er nach Westen, wohin der Schwarm der Schneehühner geflogen war.

An diesem Abend im Zelt rupften und kochten sie zwei der Vögel. Sie aßen das saftige Fleisch und tranken die kräftige Brühe. Matthew fand, dass ihm noch nie im Leben etwas so gut geschmeckt hatte.

»Wenn der Bauch voll ist, fliegen die Sorgen davon«, seufzte Kayak und ließ sich rückwärts auf seinen Schlafsack fallen. »Ich würde gerne mit den Indianern in Arizoona, von denen du mir erzählt hast, auf die Vogeljagd gehen. Wie machen sie es?«

Um sich die Zeit zu vertreiben, beschlossen Matthew und Kayak am nächsten Morgen, die flachen Steinklippen an der Küste zu erforschen. Kayak stocherte mit der Messerspitze herum, bis er eine Stelle mit weichem Gestein fand.

»Wir nennen es *okoshikshak*«, sagte er. »Das bedeutet: Stein zum Töpfemachen. Er lässt sich gut schnitzen.« Er hob einen faustgroßen Steinbrocken auf, den er abgebrochen hatte. »Ich habe diesen Stein gefragt, was in ihm steckt. Er wollte nicht antworten, aber ich weiß, dass sich eine kleine Eule in ihm verbirgt.« Er hielt den Stein empor. »Siehst du, Mattoosie, wie sie heraus will?«

»Ja, ich seh es. Das ist der Kopf«, sagte Matthew. »Und das könnte ein Flügel sein.«

»Genau«, sagte Kayak.

Später, im Zelt, breitete Kayak sein Schnitzmesser, ein Stück Feuerstein, eine Feile und ein Büschel Stahlwolle vor sich aus. Schweigend begann er zu arbeiten.

Matthew holte aus seinem Rucksack das einzige Buch, das er mitgebracht hatte. Sein Vater hatte es ihm geschenkt. Es hieß: *Geologie – leicht gemacht.*

Gegen Abend blickte Matthew von seinem Buch auf und sagte: »Deine Schnitzerei fängt an einer Eule ähnlich zu sehen.« Er untersuchte einen der Steinbrocken, die Kayak mitgebracht hatte. »Ich glaube, dieser Stein heißt Steatit oder Serpentin. Das ist ein ziemlich weicher Stein und manchmal grün mit hellen Streifen. In diesem Buch steht, dass der Stein, den du bearbeitest, oft in der Nähe von Silber- und Nickelvorkommen zu finden ist«, fügte Matthew hinzu.

»Das wusste ich nicht«, sagte Kayak. »Leihst du mir das Buch?«

»Klar«, sagte Matthew. »Du kannst es haben – wenn du mir das Schnitzen beibringst.« Er hob einen Steinbrocken auf. »Ich sehe, dass in diesem Stein ein Bär versteckt ist. Es ist ein junger Bär, glaube ich. Ein kleiner Kerl, der niemandem etwas zu Leide tun wird. Gib mir doch mal dein Schnitzmesser und die Feile. Ich will versuchen, ob ich den Bären herauslassen kann.«

Zwei Tage später stellten sie ihre glatt polierten Schnitzereien nebeneinander.

»Deine Eule ist viel besser als mein Bär«, sagte Matthew.

»*Opinani!* Kein Wunder!«, sagte Kayak. »Mein Vater – er lehrt mich seit zwei Jahren Schnitzen. Mach noch ein paar Figuren und du wirst sehen, sie werden immer besser.«

Die nächsten Tage beschäftigten sich die Jungen damit, die Steinpyramiden bei den vier Öltümpeln zu verbessern, damit sie die Stellen auch im tiefen Schnee wieder finden konnten. Als sie ihre Arbeit beendet hatten, wanderten sie ein Stück weiter die Küste entlang, bis sie einen großen See erreichten. Ein kleiner Bach stürzte über einen Wasserfall zum Meer hinunter. Der See war nur zum Teil zugefroren.

»Wenn die Flut steigt, strömt Salzwasser in diesen See«, sagte Kayak. »Darum friert er nicht ganz zu.«

Während sie dastanden und schauten, sprang eine große Seeforelle aus dem Wasser. Sie schnellte empor und schlug mit ihrer Schwanzflosse auf das Wasser, ehe sie verschwand.

»Siehst du den großen Fisch?«, rief Kayak aufgeregt.

»Hat dieser See einen Namen?«, fragte Matthew.

»Nicht, dass ich wüsste«, sagte Kayak. »Aber jetzt soll er *Ikhalujuak*see heißen. Das bedeutet: Großer-Fisch-See.«

»Wenn du diesen See taufst, will ich der kleinen Insel dort draußen einen Namen geben: Schwarzer-Schädel-Felsen.«

»Ich glaube, hier sollten wir unser Winterlager aufschlagen«, sagte Kayak. »Wir könnten die Zelte unter den flachen Klippen am Ufer aufstellen. Dort sind wir besser geschützt vor dem Wind. Und wir sollten anfangen Fische zu fangen, wenn wir nicht verhungern wollen.«

Am Nachmittag leuchteten der Himmel und das Meer rund um die Insel im rötlich-gelben Widerschein der untergehenden Sonne.

»Der Winter kommt«, sagte Kayak. »Es wird früh dunkel und die Dämmerung dauert lange. Später wird die Sonne überhaupt nicht mehr aufgehen.«

An diesem Abend kochten sie sich im Licht des Vollmonds ihre zwei letzten Schneehühner. Matthew schlug vor, sie sollten nur eines essen und das andere aufsparen; sie gingen nur halb gesättigt schlafen.

Dreimal mussten sie an einem der nächsten Tage laufen, um ihre Rucksäcke und die ganze Zeltausrüstung zum neuen Lagerplatz zu schleppen. Matthew und Kayak machten nur einmal Rast. Das war, als sie den ersten Wolf heulen hörten. Ein anderer antwortete – irgendwo am Ufer des Großen-Fisch-Sees. Weit draußen, auf dem eisigen, nebelverhangenen Meer, hörten sie ein würgendes Keuchen.

»Das Geheul der Wölfe macht mir nichts aus«, sagte Kayak. »Sie heulen immer bei Vollmond. Was mir Angst macht, ist dieses andere unheimliche Geräusch.«

»Anscheinend kommt es vom Schwarzer-Schädel-Felsen.« Matthew schauderte. Als Kayak ihn anschaute, vergrub er die Hände in den Ärmeln seines Parkas. »Ich hab keine Angst. Aber es wird so furchtbar kalt.«

»Mir ist nicht kalt«, sagte Kayak leise. »Aber dieses Geräusch macht mir eine Gänsehaut.«

10

Am nächsten Morgen hingen Reifkristalle wie Weihnachtsschmuck von der Zeltplane herab.

Kayak kroch hinaus, streckte aber gleich wieder den Kopf hinein. »Der ganze Großer-Fisch-See ist zugefroren. Bis zum Abend ist das Eis fest genug, um darauf herumzulaufen. Aber«, fügte er hinzu, »wir wollen es lieber nicht versuchen. Noch nicht.«

Am dritten Tag gingen sie doch auf das Eis hinaus. Kayak hatte sein Fahrtenmesser an eine Zeltstange gebunden und prüfte das Eis vor jedem Schritt.

»Sei vorsichtig, Mattoosie. Tritt immer genau in meine Fußstapfen«, rief Kayak über seine Schulter. »Ich bin froh, dass dieser See bei Hochwasser vom Meer geflutet wird. Salzwassereis biegt sich ein bisschen durch, wenn es belastet wird. Das Salz macht das Eis elastisch. Das Eis auf diesem See ist ungefähr halb und halb. Süßwassereis ist gefährlich. Es splittert wie Glas und man kann ohne Vorwarnung einbrechen. Ich muss ein paar Löcher ins Eis hacken, bevor es zu dick wird. Vielleicht können wir morgen schon Fische fangen. Falls Matilda nicht bald wiederkommt, brauchen wir etwas zu essen.«

Diese Worte gefielen Matthew gar nicht.

An diesem Abend hockten sie in ihrem dunklen Zelt und teilten sich das letzte Schneehuhn. Sie waren in ihre Schlafsäcke geschlüpft, um sich warm zu halten. Wieder hörten sie das würgende, keuchende Geräusch.

»Soll ich die Kerze anzünden?«, sagte Kayak. »Bei Licht sieht alles viel freundlicher und wärmer aus.«

Ein Wolf stimmte eine einsame Klage an. Ganz in der Nähe antwortete ein anderer.

»Oh, ich wünschte, Vater käme endlich wieder«, sagte Matthew und biss sich auf die Lippen, als Kayak ihn ansah. »Ich mach mir wirklich Sorgen um die beiden. Ich frage mich, ob sie sich wieder verirrt haben?«

Kayak blickte zum Zeltgiebel hinauf und sagte nichts. Seit Tagen hatte er die gleiche Befürchtung.

Stumm lagen sie in ihren Schlafsäcken und lauschten in die Dunkelheit. Sie hofften, aus der Ferne das Knattern von Matildas Rotorblättern zu hören. Sie hofften darauf wie auf ein Wunder.

Draußen vor dem Zelt hörten sie ein unheimliches Knirschen. Irgendetwas stapfte mit schweren Schritten durch den verharschten Schnee. Weit draußen auf dem Meer hörten sie das würgende Keuchen.

Matthew saß aufrecht im Schlafsack und griff nach dem Gewehr. »Draußen trampelt irgendetwas herum und da ist schon wieder dieses quälende Gurgeln. Hier wird's allmählich laut wie in einer Großstadt.«

Über diese Vorstellung musste Kayak lachen. Schließlich zogen sie sich die Schlafsäcke über den Kopf und schliefen.

Am nächsten Morgen steckte Kayak den Kopf aus dem Zelt und rief: »Fische angeln füllt den Bauch und macht die Sorgen leicht.«

Er hatte Recht. Sie liefen aufs Eis und knieten bei den Fischlöchern nieder, um die Angeln ins Wasser zu hängen, die Charlie für den Notfall dagelassen hatte. Bis Mittag hatten sie sechs große, rotbäuchige Seeforellen gefangen. Jede wog mindestens fünf Pfund.

»Köpfe und Schwänze soll man nie wegwerfen«, sagte Kayak. »Aus dem ganzen Fisch kann man eine wunderbare Suppe kochen. Aber den ersten muss ich ausnehmen und essen, wie er ist.«

Zuerst ekelte sich Matthew ein bisschen, aber dann probierte auch er den frischen, rohen Fisch. Er fand, dass er ganz köstlich schmeckte.

»Himmeldonnerwetter!«, rief Matthew und machte Charlies Stimme nach. Als er aus dem Zelt lugte, sah er, dass das Meer rund um den Schwarzer-Schädel-Felsen verschwunden war – als hätte ein unsichtbarer großer Elefant es ausgetrunken. Die kleine Felseninsel war weiß verschneit, aber rundherum erstreckte sich steiniger schwarzer Meeresboden. Das Wasser war eine Meile vor die Küste zurückgewichen.

»Ich habe noch nie so starke Gezeiten gesehen«, sagte Kayak.

»Und sieh mal, dort«, sagte Matthew. »Das ist wie ein Weg, der unsere Insel mit dem schwarzen Schädelfelsen verbindet. Bei dieser Ebbe könnten wir hinüberlaufen. Lass uns hingehen und nachsehen, woher dieses gurgelnde Stöhnen kommt.«

Kayak stand vor dem Zelt und zog seinen Parka an. »Wenn wir wüssten, wie lange schon Ebbe ist – dann wüssten wir, wann die Flut wiederkommt.«

»Beeil dich!«, rief Matthew. »Wir laufen einfach ganz schnell. Die Flut kommt doch sehr langsam. Auf, lass uns starten!«

Kayak zog sein letztes Paar Seehundsfellstiefel an. »Wenn sie zerschlissen sind, kann ich barfuß im Schnee laufen«, sagte er.

Die Jungen trabten die Küste entlang und bogen dann auf das Watt hinaus. Sie wichen den überall verstreuten Felsblöcken aus und liefen mühelos über den feinen Kies. Manchmal mussten sie durch seichte Priele waten. Es war ein kalter, windstiller Morgen. Feine silbrige Eisplatten hingen an den Steinen. Die Jungen liefen schnell, um sich aufzuwärmen.

Plötzlich blieb Kayak stehen und rief: »Wir hätten das Gewehr mitnehmen sollen. Uff! Das ist der Nachteil, wenn man so Hals über Kopf aus dem Lager aufbricht. Das Wichtigste haben wir vergessen.«

»Nein, haben wir nicht. Ich habe meinen Geologenhammer mitgenommen.« Matthew zog seinen Parka hoch und zeigte Kayak die spitze Haue, die in seinem Gürtel steckte.

»Komm«, rief Matthew und fing an zu rennen. »Es ist nicht mehr weit bis zum Schwarzer-Schädel-Felsen. Bis Mittag können wir wieder im Lager sein.«

Die wie ein Totenschädel geformte Felseninsel war viel größer und viel weiter entfernt, als Matthew anfangs gedacht hatte. Es war beinah Mittag, als die beiden endlich auf das glatte Felsufer hinaufkletterten. Vorsichtig wanderten sie dann am Ufer entlang. Aber sie fanden keine Erklärung für die unheimlichen Geräusche, die sie manchmal von hier hörten.

»Ich verstehe es nicht«, sagte Kayak. Dann packte er Matthews Arm und deutete auf eine geheimnisvolle dunkle Öffnung im Gestein.

»Da – das ist es«, flüsterte er.

Neugierig untersuchten sie die Öffnung. Sie war gerade groß genug, um gebückt hineinzuschlüpfen.

»Was immer dieses Keuchen verursacht haben mag – es muss dort drinnen hausen«, sagte Matthew. »Geh du hinein und schau nach.«

»Nein, vielen Dank, Mattoosie. Geh du zuerst«, sagte Kayak. »Ich könnte mich in den Bauch beißen, dass wir das Gewehr vergessen haben.«

»Warum haben wir nicht daran gedacht, eine Taschenlampe mitzunehmen?«, flüsterte Matthew. Aber dann war seine Neugier stärker als seine Angst. Er bückte sich und kroch durch die schmale Öffnung im Fels.

Kayak gab sich einen Ruck und folgte Matthew in das bedrohliche Dunkel der Höhle.

Überrascht stellte Matthew fest, dass er sich im Innern der Höhle mühelos aufrichten konnte. Er schnupperte nach Erdgas und zündete erst danach ein Streichholz an. »Was trödelst du am Eingang herum?«, rief er Kayak zu. »Komm rein – du wirst es nicht glauben, was du hier siehst.«

»Hörst du ein unheimliches, gurgelndes Keuchen?«, fragte Kayak.

»Nein«, sagte Matthew.

»Na dann, gut«, sagte Kayak und kam herein.

Matthew zündete ein zweites Streichholz an. Als es aufflammte, erspähte Kayak im Halbdunkel zwei riesige rote Augen, in denen sich das Licht des Streichholzes spiegelte. Kayak drängte sich näher an Matthew und fragte: »Was ist denn das? Da ist noch eines. Und dort, in der Tiefe der Höhle, noch mal drei.«

»Am Anfang kam es mir vor, als ob diese Augen lebendig wären«, sagte Matthew.

»Und – sind sie es nicht?«, fragte Kayak mit leiser Stimme.

Matthew trat ein paar Schritte vor, reckte sich und fuhr mit dem Finger vorsichtig über das in die Felsmauer eingebettete Augenpaar. »Die sind kalt und scharfkantig«, sagte Matthew. »Ich glaube, es könnten Granatsteine sein. Und was für große!« Er zog seinen Hammer hervor und klopfte mit der Spitze gegen das Gestein rund um die Edelsteine. Drei, vier Schläge – und ein riesiger, beinah makelloser Granat fiel in seine offene Hand. »Ich habe noch nie einen so großen, so reinen roten Granat gesehen«, sagte er verwundert. »Nicht mal in den Museen von Mexiko oder Arizona.«

»Ari-zooona?«, sagte Kayak, der ein Streichholz nach dem anderen abbrannte. »Mattoosie, du bist wirklich verliebt in Arizona. Alles, was gut oder groß ist, kommt aus Arizona – oder aus Peru. Sind diese Steine kostbarer als Gold?«

»O nein«, sagte Matthew. »Aber manche Leute sind ganz wild auf makellose rote Granate wie diese.«

Er schlug noch einen Edelstein aus der Wand. Er fiel ganz leicht heraus. »Heiliger Strohsack«, stöhnte er. »Ich werde mir die Taschen und die Kapuze meines Parkas damit voll stopfen.«

»Ich auch«, sagte Kayak. »Diese blinkenden Steine gefallen mir.«

Sie setzten sich draußen hin und verschlangen das Büchsenfleisch mit Schiffszwieback, das sie sich mitgebracht hatten. Dann gingen sie wieder in die Höhle und arbeiteten abwechselnd mit Matthews Geologenhammer. Die riesigen roten Granate ließen sich ganz leicht mit der scharfen Haue aus dem morschen Gestein lösen. Sie verloren jegliches Zeitgefühl.

»Mattoosie, was ist das für ein Geräusch?«, fragte Kayak plötzlich.

Matthew war so eifrig damit beschäftigt, einen hühnereigroßen Granat aus der Felsmauer zu lösen, dass er das Geräusch anfangs gar nicht hörte.

Uhh-uhh. Auuuhhh!

»Es ist wieder das dumpfe, gurgelnde Würgen.« Matthew starrte entgeistert in die schummerige Tiefe der Höhle. »Da ist es wieder!«

Beide waren vor Schreck wie gelähmt. Sie lauschten.

Uhhh-uhhh. Auuuhhh! Wieder hörten sie dieses seltsam traurige, unheimliche Seufzen, gefolgt von einem leisen Gurgeln. Wie das Würgen eines in Ketten gefangenen Riesen hallte es aus der Tiefe der Felshöhle.

»Schnell, lass uns fliehen«, rief Kayak. »Ich glaube, jetzt weiß ich den Grund für dieses Geräusch. Ich habe Angst!«

»Was ist denn der Grund?«, fragte Matthew. »Es hört sich an wie ... es ist ... es ist Wasser!«

Noch während er sprach, wurde der ganze Boden der Höhle von Meerwasser überflutet.

»Hinaus! Hinaus!«, schrie Kayak. »Die Flut steigt. Wir dürfen uns nicht den Weg abschneiden lassen. Wir werden ertrinken!«

Matthew bückte sich und platschte hinter Kayak durch das Wasser. Draußen stellten sie entsetzt fet, wie hoch die Flut schon gestiegen war. Der Schwarzer-Schädel-Felsen war ringsum vom Meer umspült.

»Wenn wir über die hohe Sandbank dort laufen, könnten wir's bis zur Küste schaffen«, sagte Kayak.

Sie rannten los. Aber der lockere, feuchte Kies hemmte ihre Schritte. Der lange, schwarze Sandrücken, der sich im Bogen bis zu ihrem Lager auf der Hauptinsel erstreckte, versank bereits in den Fluten. Sie wateten weiter, bis das Wasser ihnen fast bis an die Knie reichte.

»Es ist zu tief«, sagte Kayak, als das Wasser um seine Schenkel schwappte. »Schwimmen geht nicht, das Wasser ist zu kalt. Wir müssen umkehren und bis morgen früh warten – bis die Flut wieder zurückgewichen ist.«

»Bis morgen?«, rief Matthew. Entsetzt schaute er zum Schädelfelsen zurück. »Meinst du, wir sollten die ganze Nacht hier draußen bleiben?«

Kayak sah prüfend zum Himmel. »Es ist windstill und es gibt keine Anzeichen für schlechtes Wetter«, sagte er. »Vielleicht haben wir Glück. Der kleinste Sturm während der Nacht würde uns von der Felseninsel spülen und wir würden ertrinken.«

»Eine schreckliche Vorstellung, hier draußen zu übernachten«, sagte Matthew, als sie wieder die nackten schwarzen Steinplatten hinaufkletterten.

»Heute Nacht wird der Mond eine der höchsten Flutwellen des ganzen Jahres auftürmen. Aber morgen früh müsste es möglich sein, an Land zu kommen – falls wir noch am Leben sind.« Kayak klapperte mit den Zähnen. Sein Gesicht war blau vor Kälte. »Zieh deine Stiefel aus und schiebe deine nackten Füße unter meinen Parka. Ich werde deine Socken auswringen, dann kannst du sie wieder anziehen. Anschließend machst du es für mich genauso und dann müssen wir auf dieser Insel im Kreis herumlaufen, um unsere Füße aufzuwärmen.«

Als das geschehen war, hockten sie sich auf den Schädelfelsen nieder und beobachteten ängstlich, wie das Hochwasser von allen Seiten heranströmte. Im Mondlicht schien ihr kleines rotes Zelt auf Prince Charles Island Millionen Meilen entfernt zu sein. Sie beobachteten, wie das tödliche Wasser stieg und konnten an nichts anderes denken. Wolken brauten sich vor dem Mond zusammen.

»Das Wasser steigt nicht mehr«, seufzte Kayak endlich erleichtert. Die eisige Flut leckte schon beinah an ihren Füßen.

Sie kauerten sich in der Dunkelheit zusammen und zogen den Bauch ein, um ihr Hungergefühl besser zu ertragen. Sie versuchten einzuschlafen und die drohenden Nebelbänke zu vergessen, die sie von allen Seiten umringten. Die feucht-kalte Dunkelheit hatte den Mond verschluckt.

Kurz vor Tagesanbruch erwachte Matthew zähneklappernd. Er rüttelte Kayak auf und sagte: »Was ist das für ein Gestank? Es riecht wie nach Schweinen.«

Kayak erwachte und sog schnuppernd die Luft ein. »*Ivik! Ivik!*«, flüsterte er. »Was du da riechst, sind Walrosse. Oh, das ist schlimm. Horch mal, man kann sie schon hören. Ich fürchte, sie kommen hier auf den Felsen.«

Jetzt konnte Matthew die Walrosse nicht nur riechen – er hörte sie auch, wie sie sich leise grunzend durchs Wasser wälzten.

»Oje. Wir haben uns den allerschlechtesten Platz der Welt ausgesucht«, stöhnte Kayak. Zusammengekauert starrte er auf die eisigen, grauen Fluten hinaus, die sie noch immer von allen Seiten einschlossen. »Wir sitzen auf einem Walrossfelsen. Nach dem Getöse zu schließen, das sie machen, müssen es sehr viele sein.«

Kayak kletterte zur Kuppe des Schädelfelsens hinauf und spähte hinüber. »Es ist viel schlimmer, als ich befürchtet habe«, sagte er, als er sich wieder neben Matthew niederließ. »Ich sag's dir nicht gerne, Mattoosie, aber ich fürchte, dass wir unser Zelt nicht mehr lebend erreichen.«

»Warum sagst du das, Kayak?« Matthew spürte die kalte Angst in sich aufsteigen.

»Geh hinauf und sieh selbst«, sagte Kayak. »Dann wirst du es wissen.«

Matthew kroch zur Kuppe hinauf und spähte hinüber. Er zählte drei, vier, fünf, sechs, sieben mächtige Walrossbullen. Alle hatten sie gewaltige, krumme Stoßzähne aus Elfenbein. Weiße Bartborsten sprossen ihnen an der Oberlippe. Die gewaltigen Tiere hatten sich auf die glatten, schwarzen Steinplatten am Ufer gewälzt. Jedem dieser Bullen folgte eine Herde weiblicher Tiere. Sie waren kleiner als die Bullen und hatten kurze, glatt polierte Stoßzähne. Die Weibchen robbten auf ihren kräftigen Flossen aus dem Wasser und drängten sich möglichst nah an ihren jeweiligen Beschützer heran, der sie eifersüchtig bewachte.

»Es müssen hunderte sein!«, keuchte Matthew. »Größer als Nilpferde! Bestimmt sind sie gefährlich.«

»Lass nur ja keines der Walrosse in deine Nähe kommen«, sagte Kayak, »besonders nicht die großen Bullen. Mein Vater – er hat gesagt, dass sie keine Furcht kennen, wenn sie ihre Weibchen beschützen. Dann greifen sie sogar große Schiffe aus Stahl an.«

Entsetzt beobachtete Matthew, wie immer mehr Walrosse schwerfällig auf die kleine Felseninsel kletterten. Das raue Grunzen der Tiere wurde immer lauter. Matthew musste schreien, um sich Kayak verständlich zu machen.

Und draußen im Wasser schaukelten noch unzählige schwarze Köpfe. Ihre gekrümmten Elfenbeinhauer blinkten, ihr Atem stieg in weißen Dampfwolken auf, während sie von allen Seiten auf die kleine Insel drängten.

»Hier ist nie und nimmer für alle Platz«, sagte Kayak. »Aber alle werden versuchen, sich auf dem Felsen auszuruhen. Vielleicht sind sie müde vom vielen Schwimmen. Wahrscheinlich haben sie sich die Bäuche mit Muscheln voll geschlagen und jetzt wollen sie nur das eine: gemütlich beisammen liegen und schlafen.«

»Wann wird die Flut so weit gesunken sein, dass wir von hier verschwinden können?«, fragte Matthew mit zitternder Stimme.

»Das ist ja die Gefahr, Mattoosie! Die Flut wird nicht schnell genug sinken, um uns vor diesen Tieren zu retten.«

Jetzt tauchte ein riesiger Bulle über der Hügelkuppe auf. Dann noch einer. Sie beachteten die Jungen nicht, sondern forderten sich mit Gebrüll zum Kampf heraus. Nun tauchten auch die ersten Weibchen auf und dann wälzten sich Massen von schokoladenbraunen Leibern – wie die Lava eines Vulkans – über die Böschung des Felseneilands herab; den ersten Menschen entgegen, die sie jemals gesehen hatten. Die beiden Bullen brüllten wütend. Einer wollte den anderen von seinem Weibchen wegscheuchen.

Kayak packte Matthews Arm und die beiden wichen vorsichtig vom felsigen Ufer bis an den Rand des Wassers zurück.

Vor sich und zu beiden Seiten im Wasser sahen sie unzählige Walrosse, die auf die schlüpfrigen Steine zu robben versuchten.

»Gib mir die Hand und sag mir Lebewohl, Mattoosie. Wir haben nur noch ein paar Minuten, bis wir ins Wasser gestoßen werden. Darum sage ich dir Lebewohl, mein Bruder.«

Matthew starrte Kayak in tiefster Verzweiflung an. Von allen Seiten rückte die riesige Herde gegen die Jungen vor. Sie sahen, hörten und rochen nichts anderes als den schrecklichen Anblick, das ohrenbetäubende Gebrüll und den atemberaubenden Gestank der Tiere.

Kayak tat das Einzige, was ihnen noch übrig blieb. Er griff nach Matthews Arm und balancierte vorsichtig auf einen großen, vom Wasser überspülten Stein hinaus. Matthew folgte ihm. Das Platschen kräftiger Flossen verriet ihm, dass die Walrosse hinter ihm nachdrängten. Aber die Flut war bereits gesunken und die lang gestreckte Sandbank, die zur Hauptinsel hinüberführte, tauchte schon teilweise aus den Wellen auf.

Den Rücken zum Meer gewandt, beobachteten die Jungen das Furcht erregende Schauspiel der unzähligen Tierleiber, die sich ihnen grunzend entgegenwälzten.

Ein jüngerer Bulle glitt auf dem nassen Schlick aus und rutschte gefährlich nah an einen alten Walrossbullen heran. Dieser war sofort bereit, seine Weibchen zu verteidigen. Er richtete sich auf und rammte seine langen Stoßzähne in die zuckenden Halsmuskeln des Jüngeren. Reglos verharrten hinter ihnen die Weibchen des alten Bullen – sie spürten, dass sich hier ein Kampf auf Leben und Tod entspann.

Der jüngere Bulle, dessen weiße Elfenbeinhauer vom vielen Schürfen in den Austernbänken geschärft waren, stieß ein Wut- und Schmerzgeheul aus und stürzte sich auf seinen viel größeren Gegner. Er riss ihm zwei klaffende Striemen in seine zähe Lederhaut. Der Kampf hatte begonnen!

Ängstlich wichen Matthew und Kayak noch ein paar Schritte vom Ufer zurück, während vor ihnen, nur ein paar Meter entfernt, die zwei Meeresungeheuer ihr tödliches Duell ausfochten. Ganz in den Bann dieses Schauspiels gezogen, wussten die Jungen doch, dass nur der Kampf dieser Tiere die anderen davon abhielt, sich weiter vorwärts zu wälzen und Matthew und Kayak ins eiskalte Wasser – und in den Tod zu treiben.

Die Gewalt, mit der die beiden Walrossbullen kämpften, ihr Gebrüll, das Blitzen ihrer Stoßzähne, die vernichtende Wucht ihrer Angriffe ließen Matthew seine Angst vergessen. Atemlos staunend schaute er zu.

Der Kampf hatte die Tiere ermüdet. Unter ihren blutig zerschrammten Flanken zitterten die mächtigen Muskeln und ihre Angriffe wurden immer schwächer. Stoßweise stiegen ihre Atemwolken auf in die frostige Luft. Die Weibchen verweilten in getrennten Herden hinter den kämpfenden Bullen. Aufmerksam beobachteten sie das Duell – jederzeit bereit, den Verlierer zu verlassen und zum Sieger überzulaufen.

Matthew erschrak, als Kayak ihn am Ärmel zupfte.

»Es ist vorbei«, sagte er. »Wir müssen versuchen von hier wegzukommen. Pass auf, dass du nicht ausgleitest. Wenn sie eine plötzliche Bewegung sehen, werden sie wütend. Schnell! Lauf um dein Leben!«

11

»Hast du's gesehen?«, rief Kayak. »Die Sandbank, die zur Hauptinsel führt, steigt aus dem Wasser auf. Die Flut weicht zurück.«

Vorsichtig, einer auf den anderen gestützt, tasteten sie sich über glitschige Steine vom Ufer der Walrossinsel fort. Bis zu den Hüften wateten sie durch das eisige Meer. Aber bald merkte Matthew, dass der lockere Kiesboden unter seinen Füßen anstieg. Bevor er sich's versah, reichte ihm das Wasser nur noch bis zu den Knien und dann bis zu den Knöcheln. Während das Wasser sich zurückzog, erreichten sie mühelos den gewölbten Sandrücken. Sie hatten es geschafft!

Matthew drehte sich um und schaute zu der schwarzen Schädelinsel zurück. Überall auf der flachen Felskuppe wimmelte es von Walrossen und ihre mächtigen braunen Leiber sahen aus wie verwitterte Steine. Reglos lag die Herde unter dem nebelverhangenen Himmel, wie sie es seit undenklichen Zeiten getan hatte – lange bevor der Mensch auf Erden erschien.

»Wir haben Glück gehabt«, keuchte Kayak. »Ich dachte schon, wir würden diese Felseninsel niemals verlassen.«

Der Wind frischte auf und sie spürten, wie sich in ihren Fellstiefeln eine dicke Eiskruste bildete.

»Los, gehen wir«, sagte Matthew. »Mir ist kalt.«

»Lass uns einen Dauerlauf bis zum Zelt machen«, sagte Kayak. »Das wird uns aufwärmen.«

Sie rannten los.

Im Zelt angekommen, zündeten sie ihren Primuskocher an und setzten einen Kessel Wasser auf. Sie hängten ihre nassen Kleider an die Leine unter der Firststange und krochen in ihre Schlafsäcke. Dann teilten sie sich die letzte Büchse Fleisch und knabberten dazu Schiffszwieback, während auf dem Kocher eine ihrer letzten Beutelsuppen sprudelte.

»Hoffentlich träume ich von Arizona oder von Peru – von irgendeinem Land, wo die Sonne scheint«, lachte Matthew und kuschelte sich in seinen Schlafsack.

»Aber vergiss nicht, Mattoosie, mich in deinem Traum mitzunehmen«, sagte Kayak. »Ich will endlich dieses Land Ari-zoona kennen lernen. Ich will sehen, wie die Apachenjäger mit ihren Spiegeln Signale geben. Ich will die springenden Anti-lopen sehen und die lange gelbe Nahrung, die aus der Erde wächst. Vergiss nicht, Mattoosie, ich habe noch nie eine Kuh oder ein Pferd oder einen Baum gesehen – außer auf Bildern.«

Bevor Matthew ihm antworten konnte, waren beide eingeschlafen. Aber Matthew träumte nicht von Arizona. Als der Morgen dämmerte, träumte er noch immer von einem riesigen hungrigen Eisbär – und das war alles andere als der Traum, den er sich gewünscht hatte.

»Mattoosie! Wach auf!« Kayak rüttelte ihn am Arm. »Hörst du es?«

Fern im Südosten hörte Matthew ein schwaches *Schop-Schop-Schop-Schop-Schop*, das immer lauter wurde. »Sie sind es! Das *muss* Matilda sein«, schrie Matthew. Er sprang aus dem Schlafsack, riss die Zeltklappe auf und stürzte hinaus.

»Sie sind es!« Er deutete zum kaltblauen Morgenhimmel hinauf, wo Matildas leuchtend roter Umriss immer größer wurde. Nur mit Stiefeln und langen wollenen Unterhosen bekleidet, führte er einen wilden Freudentanz auf.

»Zieh dich an, Mattoosie!«, rief Kayak. »Zieh deine Hose

und deinen Parka an, sonst erkältest du dich.« Auch er winkte begeistert zu Matilda hinauf, die mit Donnergetöse direkt über ihren Köpfen kreiste.

»Heiliger Strohsack!«, sagte Matthew. Es hörte sich an wie der Lieblingsspruch seines Vaters. »Jetzt wird alles gut. Diesmal haben sie sich nicht verirrt.«

Matilda landete kaum zwanzig Schritt vom Zelt entfernt. Matthews Vater riss die Kabinentür auf, um sie zu begrüßen. »Anscheinend seid ihr beide gesund und lebendig«, rief er strahlend. Dann packte er beide Jungen um die Schultern und drückte sie wie ein Grislibär an sich. »Jeden Tag, solange wir fort waren, hab ich mir Sorgen um euch gemacht«, sagte er. »Wir haben uns auch Sorgen um euch gemacht«, sagte Matthew.

»Gut, dass ihr wieder da seid«, sagte Kayak. »Wir haben euch viel zu erzählen. Aber das hat Zeit bis später. Ihr könnt euch nicht vorstellen, was wir auf dieser kleinen Insel, die wie ein Schädel geformt ist, gefunden haben.«

»Seid ihr noch nicht verhungert?«, fragte Charlie. »Euer Proviant ist doch bestimmt beinahe zu Ende?«

»Wir haben Fische gefangen und Schneehühner erlegt«, sagte Matthew. »Wir brauchten nicht zu hungern.«

»Prima«, sagte Matthews Vater. »Aber wie wär's mit einem Becher Orangensaft und ein paar frischen Spiegeleiern zum Frühstück?«

»Frische Eier?«, flüsterte Kayak.

»Orangensaft?«, japste Matthew. »Wir haben schon ganz vergessen, wie solche Sachen aussehen. Lasst uns erst davon kosten – dann erzählen wir euch, wie es schmeckt.«

»Wir haben nicht nur frischen Proviant mitgebracht«, sagte Charlie. »Wir haben auch einen ganz berühmten Häuptling in der Kabine. *Ta-taa, tataa!*«, sang er und winkte wie ein Zeremonienmeister zu Matilda hinüber.

Lächelnd kam Professor Wolfgang Volks zur Tür des Hubschraubers und kletterte heraus.

Er nahm seine Brille ab und polierte die dicken Gläser, die sich in der Kälte beschlagen hatten. »Na, endlich«, rief er und breitete die Arme aus. »Jetzt lerne ich euch kennen, Jungs. Charlie und Ross Morgan haben mir fast jeden Tag von euch erzählt. Sie sind glücklich, euch beide gesund und munter vor eurem Zelt zu finden. Und ich freu mich auch. Das ist wunderbar!« Er zog seine dicken Fäustlinge aus und schüttelte den beiden die Hand.

Professor Volks war nur knapp einen Meter sechzig groß und trug eine warme russische Pelzmütze auf dem Kopf. Er steckte von Kopf bis Fuß in einem blauen, dick wattierten Overall. Die grau-blauen Augen des alten Herrn strahlten so lebhaft durch die starken Brillengläser, dass man das Gefühl bekam, als interessiere ihn einfach alles auf dieser weiten Welt. Er hatte rote Wangen, was seinem Gesicht ein fröhliches Aussehen gab.

»Ich bin heute der Koch«, sagte Professor Volks. »Ich muss beobachten, was mit den Eiern passiert, die wir mitgebracht haben. Ich arbeite an einer Untersuchung über den Einfluss extremer Temperaturen auf flüssige Stoffe. Und jetzt müsst ihr mich entschuldigen«, rief er. »Ich will die Eier braten, bevor sie einfrieren.«

Er stapfte zum Zelt und warf einen Blick über die weiße Einöde. »Sagt mir nur, Jungs, warum musstet ihr eure Ölquelle in einer so gottverlassenen Gegend entdecken?« Er trampelte mit seinen pelzgefütterten Stiefeln auf den Boden und schlug seine Arme zusammen, um die Kälte zu vertreiben. »Ihr hättet sie doch auch im sonnigen Süden finden können. Vielleicht in St. Petersburg in Florida oder auf einer der schönen Inseln von Hawaii. Wäre es nicht angenehmer, dort einen Bohrturm aufzustellen?«

»Warten Sie nur, Herr Professor«, rief Kayak, »mein Land wird Ihnen schon noch gefallen. Ich bin nicht weit von hier auf die Welt gekommen. Fragen Sie nur Mattoosie. Wir haben hier eine schöne Zeit verbracht und wir hatten gutes Wetter – wenigstens nach dem schlimmen Schneesturm.«

Der Professor tat so, als wäre er in dem kleinen Zelt der Jungen zu Hause. Fröhlich pfeifend schlug er die Eier in die Pfanne. Der summende Primuskocher verbreitete eine wohlige Wärme.

»Noch nie hab ich einen so herrlichen Duft gerochen«, rief Kayak und schnupperte an der Pfanne, in der Eier und dicke Speckscheiben brutzelten.

»Du hast Recht«, sagte Matthew. Er packte mit Charlies Kneifzange eine Scheibe Brot und röstete sie über der Flamme goldgelb.

Erst jetzt, als der Kocher das Zelt aufgewärmt hatte, nahm der Professor seine pelzgefütterte Russenmütze ab. Erstaunt sah Kayak, dass nur ein dünner silbriger Haarkranz seine große Glatze einrahmte. Er hatte schmale, feingliedrige Hände. Mit knappen, präzisen Bewegungen deckte er den Frühstückstisch und brachte noch Messer und Gabeln, Salz und Pfeffer.

»Achtung!«, sagte er.

Kayak und Matthew hielten ihre Blechteller empor. Der Professor gab jedem drei Scheiben Speck und drei Eier. Dann schlug er noch ein Dutzend in die Pfanne.

»Ich hätte nie gedacht, dass Sie ein so guter Koch sind, Sir«, sagte Matthew. »Seit Wochen haben wir nichts als Fisch und Schneehühner gegessen. Wie herrlich, dass es wieder Eier mit Speck gibt!«

»Hm, da fühlt man sich gleich viel besser«, seufzte Matthews Vater, als sie sich alle satt gegessen hatten.

»Wir haben ein großes Leichtzelt mitgebracht«, sagte

Charlie, »und ein starkes Funkgerät, mit dem man senden und empfangen kann. Ich sage euch, Boys« – Charlie lachte – »in Matildas Bauch liegen ein paar tolle Überraschungen für euch. Ihr werdet sehen! Und Kayak, deine Großmutter hat für dich und Matthew je zwei Paar neue Seehundsfellstiefel mitgeschickt.«

Ein heftiges Schneetreiben setzte ein und den Rest des Tages waren sie damit beschäftigt, ihr Basislager neu einzurichten. Sie stellten die drei Zelte im Dreieck auf, wie es sich für ein Winterlager gehört, und gruben von einem Eingang zum anderen schmale Pfade in den Schnee. Das neue Zelt war viel größer als die kleinen roten Nylonzelte. Es war rund wie ein Iglu und konnte dem wildesten Sturm trotzen.

»In diesem großen Zelt wird Professor Volks schlafen«, erklärte Matthews Vater. »Aber es wird auch uns allen als Wohnzelt dienen. Hier wollen wir den größten Teil unserer Ausrüstung aufbewahren: Proviant, das Funkgerät, wissenschaftliche Instrumente und Landkarten. Und hier im Wohnzelt werden wir uns zum Essen versammeln – an diesem Klapptisch.« Er hängte die Kerosinlampe über dem Tisch auf. »Wir anderen schlafen in unseren kleinen Nylonzelten.«

Das Lager stand so nah am See, dass sie durch ein Loch im Eis frisches Wasser schöpfen konnten. Auf der anderen Seite schützte sie die Felsklippe bei der Fundstelle Nummer zwei vor der Gewalt des Nordwinds.

Am nächsten Morgen war strahlendes Wetter. Ross Morgan stand vor dem Schlafzelt der Jungen und rief: »Matt, Kayak! Ist das unser Glückstag? Ist das der Tag, der uns das schwarze Gold bringen wird?«

Bei diesem Zauberwort steckte Charlie den Kopf aus dem Zelt und brüllte: »Auf, Boys! Macht euch bereit! Dies ist der Tag, der uns alle reich machen wird!«

Matthew und Kayak krochen aus ihren Schlafsäcken, sie schlüpften in ihre neuen Seehundsfellstiefel und streiften sich ihre Parka über.

Drüben trat Professor Volks aus dem großen Wohnzelt. Er schüttelte sich. Dann zog er die breiten Stulpen seiner Polarhandschuhe hoch und klappte die langen Ohrenklappen seiner russischen Pelzmütze herunter. Es war windstill, aber so kalt, dass der Schnee unter ihren Schritten knirschte.

»Diese beiden Steinpyramiden«, erklärte Charlie, »bezeichnen die ersten Fundstellen, wo die Boys Öl entdeckt haben. Die anderen liegen jenseits des Hügels.«

Der Professor musterte die grauen Steine. »Wunderbar!«, rief er. »Sieht nach spätem Paläozän aus, mit starken Chlorid- und mesozoischen Einlagerungen. Führt mich jetzt, bitte, zu den Fundstellen. Wir müssen explorieren.«

»Sag mal, Mattoosie«, flüsterte Kayak, »spricht der Professor eine fremde Sprache?«

»Nein«, flüsterte Matthew zurück, »aber mach dir keine Sorgen. Ich versteh auch nur die Hälfte von dem, was er sagt.«

Professor Volks kramte in den ausgebeulten Taschen seines Schutzanzugs. Endlich brachte er eine große Taschenuhr zum Vorschein. Sie hing an einer dicken Silberkette.

»Sieben Uhr zweiundvierzig, dreißig Sekunden«, stellte der Professor fest. »Los, gehen wir an die Arbeit. Welche Fundstelle wollt ihr mir zuerst zeigen, Jungs? Wir könnten dort frühstücken.«

Matthew und Kayak flüsterten miteinander, dann deuteten sie auf die Steinpyramide am Fuß der Klippe, die sie Nummer drei getauft hatten.

»Die dort drüben«, sagte Kayak. »Mattoosie und ich – wir glauben, dass es unsere Glückszahl ist.«

»Ach, lauft mal schnell zum großen Zelt und holt mir ein Dutzend Eier, die Bratpfanne und einen fetten Batzen Butter«, sagte der Professor.

Als die Jungen wiederkamen, verschwand die gut eingepackte Butter in der Jackentasche des Professors. Dann nahm er seine Pelzmütze ab, legte die Eier hinein und setzte die Mütze vorsichtig wieder auf.

Matthew fing an zu kichern.

»Na«, brummte der Professor, »wo würdest du heute Morgen zwölf frische Eier transportieren, wenn du sie warm halten wolltest, damit sie nicht einfrieren?«

»Ich weiß nicht«, sagte Matthew aufrichtig.

»Ich würd's genauso machen wie Sie«, sagte Kayak. »Wir *Inuit* kriegen im Winter niemals Eier zu essen. Aber im Frühling, wenn es wärmer wird, nehmen wir unsere Parkahauben ab und legen die Eier hinein.«

»Habt ihr das gehört?«, rief Professor Volks und schlug auf die Bratpfanne, als wär's eine Trommel.

»Nehmt die Schaufel mit, Jungs«, sagte der Professor. »Wir werden ein bisschen in der Erde herumbuddeln.«

Damit stiefelte er los – in den Fußstapfen von Matthews Vater, der schon bei der Fundstelle Nummer drei angekommen war.

»Moment mal«, rief der Professor. »Wir müssen den Primuskocher mitnehmen. Auf dieser Insel gibt's kein Treibholz! Wie sollen wir unser Frühstück braten?«

Während Kayak zurücklief, um den Kocher zu holen, flüsterte Charlie Matthew ins Ohr: »Ich wüsste noch 'ne andere Art, hier draußen ein Dutzend Eier zu braten!«

Als sie die Fundstelle Nummer drei erreicht hatten, kniete sich der Professor hin und untersuchte sorgfältig die vom Wind glatt polierten Steine. Er sagte: »Eine so starke Deckschicht maritimen Muschelkalks dürfte auf eine günstige Porosität des Gesteins hinweisen.« Der Professor beschnupperte die Steinspalte der Fundstelle Nummer drei und die langen Ohrenklappen seiner Pelzmütze schaukelten im arktischen Wind.

»Wunderbar!«, lachte er. »Gentlemen, ich glaube tatsächlich, Sie haben einen Treffer gemacht. Hier riecht es stark nach Erdgas. Nach dem Geruch zu urteilen, dürfte das sedimentäre Becken bis zum Überlaufen voll sein.«

»Na, dann lasst uns mal frühstücken, bevor wir ernsthaft an die Arbeit gehen«, sagte Charlie.

»Vorsicht, Charlie!«, rief der Professor. »Gehen Sie doch mit dem Kocher hinter die Klippe dort.« Bedächtig nahm der Professor seine Mütze ab und gab Charlie die Eier.

»Vielleicht brauchen wir den Kocher gar nicht«, lachte Charlie und holte eine Schachtel Streichhölzer aus der Tasche. Er beugte sich über den langen grauen Spalt im Gestein, schnupperte daran und riss ein Streichholz an.

»Was tun Sie da?«, schrie der Professor. »Wollen Sie uns alle in die Luft sprengen?«

Entsetzt kauerte er sich auf den Boden und presste beide Hände an die Ohren, um sie vor der furchtbaren Explosion zu schützen.

Das Zündholz, das Charlie angerissen hatte, war nicht angebrannt.

Als der Professor nichts hörte, schlug er die Augen auf und brüllte: »Charlie! Sie haben mir einen Schreck eingejagt! An dieser Stelle Feuer machen – das ist das Schlimmste, was Sie tun können. Meinetwegen kochen Sie heute das Frühstück, aber ich bitte Sie: Gehen Sie weg mit dem Feuer, wenn Sie uns nicht alle umbringen wollen!«

»Gut, ich will vorsichtig mit den Streichhölzern sein«, versprach Charlie. »Aber sagen Sie uns, Professor – was sollen wir nach dem Frühstück machen?«

Lächelnd polierte Professor Volks seine beschlagene Brille. »Als Erstes müssen wir an allen vier Fundstellen Gesteinsproben entnehmen.«

12

In dieser Nacht tat Professor Volks kaum ein Auge zu. Über den Klapptisch gebeugt, hockte er in seinem großen Zelt und arbeitete mit seinem Taschencomputer, einer Wasserwaage und einem Spezialrechenschieber. Er füllte dutzende gelber Blätter mit komplizierten Formeln und Gleichungen, während über ihm die Kerosinlampe niederbrannte und die Luft im Zelt schal wurde.

»Was meinen Sie, Professor Volks?«, fragte Matthews Vater am nächsten Morgen.

»Ich meine«, sagte der Professor und zeigte auf den Boden, »dass hier, direkt unter unseren Füßen, Millionen und Abermillionen Barrel Öl und Billionen Kubikmeter Erdgas in einem riesigen natürlichen Speicherbecken lagern.« Er hob die Arme. »Ich kann nicht beurteilen, wie stark das seismische Feld sein mag oder in welche Tiefe es hinunterreicht. Ich kann auch nicht genau sagen, wie viel Erdgas es womöglich enthält. Aber ich bin begierig, mehr über dieses Sedimentbecken herauszufinden.«

»Charlie, hast du noch 'nen Pott Kaffee übrig?«, rief Ross Morgan dazwischen.

»Viele Jahre«, so fuhr der Professor fort, »habe ich an der Aufgabe gearbeitet, ein besonders kleines Bohrgerät zu entwickeln. Fachleute sagen, es sei das kleinste der Welt. Ich habe es so konstruiert, dass man es mühelos hierhin und dorthin ... einfach irgendwohin transportieren kann. Und diese Insel«, er lachte, »ist wirklich ... irgendwo. Auch eine kleine Company, die nicht viel Geld besitzt, kann mit diesem Gerät eine Probebohrung vornehmen, um die Stärke eines vermuteten Ölfeldes festzustellen. Der ganze Bohrturm lässt sich in eine große C-119-Maschine verpacken.«

»Uff«, sagte Charlie. »Sie können den ganzen Bohrturm, den wir hier brauchen werden, in ein Flugzeug packen und hin und her fliegen?«

»Zu diesem Zweck habe ich ihn gebaut«, sagte der Professor.

»Und wo befindet sich das Gerät?«, fragte Matthews Vater.

»Es befindet sich zur Zeit am Osthang eines Gebirges in Feuerland, Patagonien. Das ist der südlichste Zipfel von Südamerika. Es ist ein wildes, ein wunderbares Land. Man sagt, dass Magellan, der Entdecker, dort nicht zu landen wagte, weil er die Inseln mit ihren Feuer speienden Bergen für das Tor zur Hölle hielt. Dort hat mein Bohrgerät mehrere Bohrungen bis in die tiefsten Jura-Sandstein-Schichten gemacht. Aber bis jetzt ist kein Tropfen Öl gefunden worden.«

»Könnten wir Ihren Leichtbohrturm auf diese Insel schaffen?«, fragte Matthews Vater.

Der Professor rieb sich die Nase. »Um das zu wissen, müssten wir es probieren. Vielleicht kann die Ölgesellschaft in Patagonien uns helfen. Ich meine, wir müssten sie bitten, uns mein Bohrgerät und das geeignete Flugzeug zu borgen. Aber wo finden wir hier einen Flugplatz, groß genug für so einen fliegenden Transporter?«

»Der gefrorene See dort drüben ist lang und eben wie eine Landepiste. Er wäre der beste Landeplatz für eine C-119. Aber nur, wenn das Eis dick genug ist.«

Der Professor sah Matthews Vater an. »Wenn es Ihnen

recht ist, will ich die Company dort informieren, dass wir hier gute Aussichten auf einen bedeutenden Öl- und Gasfund haben.«

»Gute Idee«, sagte Ross Morgan. »Aber hört mal her, Boys. Wisst ihr schon einen Namen für unsere neue Ölcompany?«

»Wie wär's mit ›Kayak-Matthew-Company‹?«, rief Charlie. »Die Boys haben das Ölfeld gefunden und es sollte ihren Namen tragen.«

»Zu einfach«, sagte Matthew. »Wir wollen unsere Firma ›Kayamatt Drilling Company‹ nennen.«

Kayak und Matthew schüttelten sich lachend die Hände.

»Stell dir vor, jetzt sind wir Blutsbrüder – und Partner in einer Ölcompany«, sagte Kayak.

Der Professor wartete, bis es dunkel wurde. »In der Dunkelheit«, erklärte er, »kommen die Kurzwellensignale am besten durch.« Sorgfältig stellte er mit der großen Drehscheibe den Frequenzbereich ein und machte mit dem kleinen Knopf die Feinabstimmung. Um acht Uhr abends erwachte das Funkgerät pfeifend und knackend zum Leben.

»XK-2 YUW Northwest Territories, Canada, XK-2 YUW ruft Funkstation PQR-3 Feuerland, Patagonien, Argentinien. Ruft Funkstation Feuerland. Hören Sie mich? *Atención! Atención! Over.*«

Gleich darauf kam die Antwort: »*Aquí Radio PQR-3 Feuerland. Lo oímos con toda claridad, Profesor. Habla, por favor. Cambio.*«

Das Funkgerät spuckte ein Dutzend Hochfrequenzkodes und Sprachen aus allen Gegenden der Welt aus, während der Professor an den Kontrollscheiben drehte und ins Mikrofon pustete. Dann sprach er in raschem, abgehacktem Spanisch.

Während er auf die Antwort lauschte, beschlugen sich

seine Brillengläser. Jetzt sprach er wieder. Er klopfte – toi-toi-toi – auf das Mikrofon und zwinkerte Matthew und Kayak zu.

»Wunderbar. Es ist, wie ich gehofft habe. Sie sagen, sie werden mein neues Bohrgerät *mui pronto* zusammenpacken und alles mit ihrer C-119 hierher verfrachten. Der Manager lässt gerade den Piloten suchen, damit wir ihm Anweisungen geben können. Er ist noch nie in der Arktis geflogen. Aber immerhin hat er schon Nachschub für die Forschungsstation in der Antarktis – am Südpol – transportiert. Und er kennt sich mit dem Whiteout-Effekt* und mit anderen Problemen der Polarfliegerei aus. Wollen Sie ein paar Worte mit ihm wecheln, Charlie? Der Manager sagt, dass der Pilot gut Englisch spricht.«

»Hallo, Baffin Island an Patagonien ... Hallo, Boy?«, rief Charlie ins Mikrofon. Es hörte sich an, als wäre er schon sein Leben lang mit dem Piloten am anderen Ende der Welt befreundet. »Ich schlage vor, du packst deine C-119 voll und donnerst nach Rio, dann Richtung Norden nach Montreal. Dort kannst du auftanken und weiterfliegen nach Goose Bay an der Labradorküste. Und dann nach Frobisher auf Südost-Baffin-Island. Du findest diese Orte auf deiner Landkarte schneller, als ich ›Donald Duck‹ sagen kann. Danach aber wird die Sache kompliziert.«

Charlie klopfte auf das Mikrofon: »Bist du noch dran, Boy? Hör mal, ich hab da 'nen Freund bei der Mounted Police, ein Pilot namens Fletcher. Du kannst ihn in Frobisher aufpicken. Ein erstklassiger Arktisflieger. Ich werd ihm 'ne verschlüsselte Nachricht schicken und ihm sagen, wo wir zu finden sind. Du wirst hier auf dem Eis landen müs-

* Scheinbares Ineinanderfließen von Erde und Himmel in arktischen Gebieten bei bedecktem Himmel.

sen. Wir werden auf dem See eine Piste markieren. Das Eis wird schon jeden Tag dicker. Bald dürfte es das Gewicht deiner Maschine tragen.«

»Das will ich hoffen, Kollege!«, rief der Pilot in Patagonien ins Mikrofon. »Ich bade nämlich lieber heiß…«

Grumpf… quiiietsch… flops…

»Die Verbindung bricht zusammen«, rief Charlie. »Wir sprechen uns morgen wieder, Boy. *Over* und aus.«

»Ein erstklassiges Funkgerät, das Sie da haben«, sagte Charlie und ließ seinen Blick anerkennend über all die Kontrollscheiben und Knöpfe gleiten. »Ich wünschte, ich hätte so was in meiner Matilda.«

»Werden Sie haben. Werden Sie haben«, sagte der Professor. »Passen Sie auf, Charlie. Über Nacht sind Sie Millionär. Sind Sie darauf vorbereitet, reich zu werden?«, fragte er.

»Klar, bin ich«, sagte Charlie. »Darauf können Sie Ihre Trekkerboots verwetten.« Charlie kicherte. »Ich leg mich unter einen Affenbrotbaum in Tahiti und lerne den Inseltanz.«

»Sie machen mir nicht den Eindruck, als wären Sie ein Müßiggänger«, sagte der Professor.

Die nächsten zwei Wochen aber mussten sie alle sich in der hohen Kunst des Müßiggangs üben. Charlie ließ sogar Matilda am Boden rasten. Aus Patagonien kam keine Nachricht. Sie konnten nichts anderes tun als warten – warten – warten… Und hoffen, dass das Eis dicker würde.

Am neunzehnten Tag, um zwölf Uhr mittags, herrschte strahlend klares Wetter. »Wollt ihr ein kleines Wunder sehen, Jungs?«, fragte der Professor. »Es ist ein Experiment, das ich schon lange durchführen wollte. Aber ich musste auf das richtige Wetter warten.« Er streckte wie ein Zauberer die Hand aus und zeigte ihnen einen blauen Gegenstand.

»Was ist das?«, fragte Matthew.

»Es ist ein ganz gewöhnlicher Messlöffel, wie die Hausfrau ihn in der Küche benutzt«, sagte der Professor. »Ich habe ihn ausgewählt, weil er aus glattem Kunststoff und vollkommen rund geformt ist – nicht zu flach und nicht zu tief.«

Er schüttete aus dem Kochtopf Wasser in den Löffel.

»Was haben Sie vor?«, fragte Kayak verwundert.

»Kommt mit und ihr werdet es sehen.« Der Professor trat vor das Zelt und sagte: »Genau die richtigen Versuchsbedingungen! Strahlender Sonnenschein und extreme Kälte.«

Vorsichtig legte er den runden Löffel in den Schnee. »Bei dieser Temperatur dürfte es nur ein paar Minuten dauern«, sagte er. »Kayak, bitte zähle bis hundert. In Eskimosprache und in Englisch.«

Kayak fing an: »Eins – *atouasik*. Zwei – *muko*. Drei – *pingashut*…«

Als er bei hundert aufhörte, sagte der Professor: »Einen wunderschönen Klang hat eure Sprache. Ich würde gern versuchen, *Inuktitut* zu lernen. Zuerst aber müssen wir nachsehen, was unser runder Messlöffel macht. Hoffentlich sind da keine Luftblasen.«

»Das Eis ist fest und glasklar«, rief Kayak.

»Jetzt geht unser Experiment erst richtig los«, sagte der Professor und zog einen Streifen Klopapier aus der Tasche. »Sei vorsichtig, Kayak, wenn du das Eis aus dem Löffel schüttelst. Fass es nur am Rand an. Gib Acht, dass du die Oberfläche nicht mit den Fingern berührst. Und dann versuche die Sonnenstrahlen einzufangen – wie mit einem normalen Vergrößerungsglas.«

Er reichte Kayak das weiche Toilettenpapier. »So, du musst den Lichtstrahl auf das Papier bündeln. Und versuche, den Sonnenpunkt ganz, ganz klein zu machen.«

Bevor Kayak bis zehn zählen konnte, wurde der helle Fleck auf dem Papier braun, dann schwarz – und begann bläulich zu qualmen. Dann züngelte eine Flamme empor.

»*Voilà*«, sagte der Professor. »Feuer aus dem Eis!«

»*Wakudlunga!*«, staunte Kayak ungläubig. »Das ist wirklich Eisfeuer. So was habe ich noch nie gesehen. Mein Großvater – er würde sagen, das beweist, dass die Welt voller Wunder ist.«

»Dein Großvater hat Recht«, sagte der Professor. »Je mehr ich über diese Welt nachdenke, desto mehr weiß ich, dass sie voller Wunder ist. Jeden Tag, wenn die Sonne aufgeht, ist es für mich aufs Neue ein Wunder.«

In dieser Nacht riss Charlie die Zeltklappe der beiden Jungen auf und rief: »Kommt raus – und seht euch noch ein Wunder an! Direkt über uns!«

Matthew sah zum Himmel auf und da sah er die Nordlichter, die wie die Strahlen ungeheurer Suchscheinwerfer über den Nachthimmel huschten.

Kayak schwenkte die Arme und pfiff eine kurze Melodie. Die Nordlichter schienen dem Takt seiner Hände zu folgen. »Mein Großvater – er sagt, das sind Riesen, die mit einem Totenkopf Fußball spielen. Kann das wahr sein?«

»Warum nicht«, sagte der Professor. »Wir wissen noch immer nicht genau, was die Ursache der *aurora borealis* ist – des Nordlichtes, wie man sagt. Vielleicht hat dein Großvater Recht. Aber eines kann ich dir jetzt schon sagen«, sagte der Professor, »unser Funkgerät wird jede Menge statischer Störungen haben, so lange das Fußballspiel dort oben dauert.«

Es kam, wie der Professor gesagt hatte. Die nächsten zehn Tage hörten sie aus dem Lautsprecher nur Krachen und Quietschen und Wellensalat. Jeden Mittag maßen sie das Eis und jeden Tag war es dicker geworden.

Eines Morgens war es so kalt wie noch nie. Der Professor schlüpfte aus seinem Schlafsack und sagte: »Ich möchte gern wissen, wie dick das Eis jetzt schon ist.«

»Wir könnten es an den Fischlöchern messen und den Leuten in Patagonien eine Nachricht schicken«, sagte Kayak.

Der Professor drückte den beiden Jungen eine lange Stahlsonde in die Hand. »Messt die Stärke der Eisdecke ganz genau«, sagte er. »Und dann kommt sofort zurück.«

»Miss du das erste Loch in Inches«, sagte Kayak, »und ich werde das zweite in Zentimetern messen. So haben wir eine doppelte Kontrolle.«

Sie liefen über das Eis. »Sechsunddreißig Inches und ein bisschen. *Avitilo-kolitlo-pingasho-aktuklo-kitapilo*«, sagte Kayak. »So würden die *Inuit* sagen.«

Beim zweiten Loch senkte Matthew seine Sonde ins Wasser. »Genau neunzig Zentimeter.«

Dann liefen die beiden in der winterlichen Morgenluft über das Eis zurück. Als sie in das große Zelt stürzten, rief Matthew in der Sprache der Eskimos: »Das Eis ist *avitilo-kolitlo-pingasho-aktuklo-kitapilo!*«

»Sehr interessant«, sagte der Professor. »Also: sechsunddreißig Inches und ein bisschen?«

»Ja«, sagte Matthew.

»*Wakudlunga!*«, entfuhr es Kayak. »Er versteht bereits *Inuktitut.*«

»O nein«, lachte der Professor. »Aber ich habe schon ein paar Wörter aufgeschnappt. Ich liebe den Klang fremder Sprachen und die Art, wie verschiedene Völker die Laute bilden. Deutsch und Englisch sind ziemlich verwirrende Sprachen – allerdings sehr nützlich für Opernsänger und Dichter. Und ich muss zugeben, dass William Shakespeare mit seiner Muttersprache ziemlich viel anzufangen wusste.«

»Das Eis, Professor«, brummte Charlie. »Können Sie uns sagen, ob das Eis halten wird?«

Der Professor rückte seine Brille zurecht und hob die Hände, als stünde er vor einem Hörsaal voller Studenten. »Nun gut, meine Herren. Ich will mich ganz auf die Frage konzentrieren, wie fest eine Eisdecke von sechsunddreißig Inches oder neunzig Zentimetern sein mag und ob sie ein Gewicht von XYZ Pfund oder XYZ Kilogramm bei einer Temperatur von minus 40 Grad Celsius tragen wird. Merkwürdig, dass die Werte der beiden Skalen übereinstimmen. Das tun sie, nebenbei bemerkt, nur in diesem Fall.«

Gebannt standen sie alle am Ende des Klapptisches und schauten zu, wie der rechte Zeigefinger des Professors über die Tasten seines Taschencomputers huschte. Mit der linken Hand notierte er endlose Zahlenkolonnen auf gelbe Blätter. Lange sprach er kein Wort.

Endlich sah er Matthews Vater an und sagte: »Es ist eine sehr schwierige Berechnung, aber ich bin mir sicher, dass das Eis gerade noch stark genug ist. Heute Abend können wir versuchen eine Verbindung mit Feuerland herzustellen, um ihnen grünes Licht zu geben.«

»Heute Morgen hat der Professor schon vor Tagesanbruch auf seinem Computer gerechnet«, flüsterte Kayak.

»Ja«, flüsterte Matthew zurück. »Er macht sich Sorgen.«

»Das täte ich auch an seiner Stelle«, sagte Matthews Vater. »Die theoretische Mathematik ist eine schwierige Sache. Falls die Berechnungen falsch sind ... *Wumm!* Das Eis würde brechen und der Pilot würde samt seinem Flugzeug auf Nimmerwiedersehen im Wasser verschwinden.«

»Reden Sie nicht so leichtfertig«, sagte Professor Volks, der seine Arbeit unterbrochen und zugehört hatte. »Sie machen mir Angst! Haben Sie zufällig ein Nivellierinstrument?«

»Habe ich.« Matthews Vater nickte.

»Wir können jetzt nichts anderes tun, als die Landepiste auf dem Eis zu markieren«, sagte der Professor. »Wenn das Flugzeug kommt, müssen wir das Fahrwerk scharf beobachten. Wenn das Nivellierinstrument anzeigt, dass sich das Eis unter der Last durchbiegt, werden wir wie verrückt winken und dem Piloten Zeichen geben, dass er sofort wieder aufsteigen soll. Was haltet ihr davon?«

Charlie und Ross Morgan tauschten einen langen Blick.

»Ich weiß keine andere Methode«, sagte Matthews Vater. »Schätze, wir müssen es drauf ankommen lassen.«

»Gehen wir«, rief Charlie. »Bereiten wir die Eispiste vor. Davon verstehe ich wenigstens etwas.« Er schleppte eine rote Nylonplane herbei, die sie in schmale Streifen zerrissen.

Als sie den See erreichten, untersuchte Charlie aufmerksam die Schneeverwehungen auf dem Eis. »Der Wind weht hier überwiegend aus Nordwest. Richtig?«, fragte er.

»Ja«, antwortete Kayak und trat mit dem Fuß gegen den windgepressten Schnee.

Sie befestigten die roten Nylonstreifen an Schneeblöcken, die sie rasch ausschnitten, um das Flugfeld zu markieren. Die Landebahn, fast eine halbe Meile lang und mehr als dreißig Meter breit, erstreckte sich über die Mitte der schneebedeckten Eisfläche und führte genau nach Nordwesten. Charlie steckte eine Stange aus Leichtmetall in den Schnee und befestigte daran eine lange rote Fahne, die dem Piloten die Windrichtung anzeigen sollte.

»Jetzt bete ich nur, dass kein Nebel herrscht, wenn sie kommen«, sagte Charlie. »Und ich bin mir noch immer nicht sicher, ob das Salzwassereis stark genug ist. Was passiert, wenn es nicht trägt?«

»Ich weiß nicht, wie wir das feststellen sollten«, seufzte Professor Volks.

»Entschuldigen Sie, Professor«, sagte Kayak, »vielleicht wüsste ich eine Methode.«

»Und die wäre?«, fragte der Professor.

»Ja ... ich habe sie von meinem Großvater gelernt«, sagte Kayak mit unsicherer Stimme. »Wenn man die Stärke von Salzwassereis prüfen will, so sagte mein Großvater, muss man ein kleines Loch hineinbohren und neben dem Loch mit dem Fuß auf das Eis drücken. Das herausprudelnde Wasser kann man leicht sehen, auch wenn man nicht sieht, ob das Eis sich gesenkt hat. Wenn das Eis stark genug ist, wird es sich nicht durchbiegen und es wird kein Waser aufsteigen.«

»Sehr bemerkenswert!«, rief der Professor. »So einfach – und doch richtig.« Er klatschte seine behandschuhten Hände zusammen. »Sprich weiter, Kayak. Erzähle uns mehr von der Methode deines Großvaters.«

»Ich glaube, wir sollten mehrere kleine Löcher ins Eis bohren«, sagte Kayak. »Wenn das schwere Flugzeug landet, werden wir sehen, ob Wasser aus diesen Löchern spritzt. Wenn es das tut, werden wir wissen, dass das Gewicht des Flugzeugs zu stark auf das Eis drückt. Dann müssen wir mit Warnflaggen winken, um dem Piloten zu sagen, dass er sofort wieder aufsteigen soll.«

»Habt ihr's gehört? Das ist die Intelligenz der Naturvölker!«, rief der Professor. »Dein Großvater«, sagte er zu Kayak, »war ein sehr kluger Mann. Ihr seid ein sehr gelehriges Volk. Ich wünschte mir, ich selbst hätte immer so gute Ideen.«

»Fangen wir an«, sagte Mr. Morgan. »Ihr Jungen holt schnell den Schnitzmeißel, den Kayak mitgebracht hat, und bohrt etwa sechs kleine Löcher ins Eis – über die ganze Länge der Landebahn verteilt. Kayak wird wissen, wo ihr die Löcher bohren müsst.«

»Ich will schnell zum Meer hinunterlaufen, um die Theorie des Großvaters auszuprobieren«, sagte Professor Volks. »Aber ich bin sicher, dass sie funktionieren wird.«

»Sila, bitte lass es kälter werden«, rief Kayak zum Himmel hinauf. »Mach, dass das Eis von unten dicker wird.«

»Wer ist Sila?«, fragte der Professor.

»Er ist der Geist, der das Wasser beherrscht«, antwortete Kayak.

An diesem Abend schaltete der Professor wieder sein Funkgerät ein. »XK-2, YUW, XK-2, YUW. Foxe Basin, Canada, ruft Flugkontrollturm Frobisher. Hören Sie mich? Hören Sie mich? *Over.*«

»*Oui, certainement, petite isle.*«

»*Bon!*«, erwiderte der Professor. »*Est-ce que le C-119 est arrivé à Frobisher maintenant?*«

»*Pas encore. Nous avions eu une message de New York. Il arrivera ici demain matin.*«

Der Professor lächelte erleichtert und drehte sich zu Matthew und Kayak um. »Sie sagen, dass unser Flugzeug morgen in Frobisher ankommen wird.«

Drei Tage später war das Wetter klar und die Testlöcher im Eis waren vorbereitet. Der Professor gab an den Kontrollturm in Frobisher die Meldung durch, dass die Transportmaschine landen konnte.

Am nächsten Morgen hörten sie aus südwestlicher Richtung das dumpfe Brummen eines schweren Transportflugzeugs.

»Oh, wie groß das Flugzeug ist!«, rief Kayak.

Der Professor lief durch den Schnee ans Ende der improvisierten Landepiste. Sogar auf die weite Entfernung erkannte Matthew, dass der alte Herr, wie sie alle, beinahe vor Aufregung platzte.

Das Flugzeug zog eine Schleife über dem See. Anscheinend wollte der Pilot die vorbereitete Landebahn inspizieren. Dann drehte die Maschine nach Osten ab, wendete und kehrte mit ausgeklapptem Fahrwerk zurück. Matthew hörte das Gedröhn der Triebwerke anschwellen. Die schwere Maschine fuhr ihre Landeklappen und Höhenruder nach unten und reckte den Bug in die Höhe – wie ein Raubvogel, der zur Landung ansetzt. Sie schwebte knapp über dem windgepressten Schnee dahin, jeden Augenblick bereit, ihr volles Gewicht dem unberechenbaren Salzwassereis anzuvertrauen.

»Achtung! Achtung! Passt auf die Fischlöcher auf!«, rief der Professor. Er sprang in die Luft und schwenkte die Arme. Er schrie irgendetwas, aber niemand konnte ihn bei dem schrillen Pfeifen der Flugzeugmotoren verstehen.

Die Räder setzten auf dem Eis auf und Matthew sah mit Entsetzen, dass das Wasser aus den ersten beiden Fischlöchern wie ein Springbrunnen aufstieg. Während das Flugzeug über die Eispiste donnerte, presste Matthew die Augen zu.

13

Als Matthew die Augen wieder aufmachte, rollte die Maschine gerade an dem vierten Paar Fischlöcher vorbei. Ein wenig Wasser sprudelte auf das Eis, aber es schoss nicht mehr wie ein Springbrunnen in die Höhe. Als das Flugzeug das sechste Paar Löcher erreicht hatte, wo Matthew wartete, sprudelte überhaupt kein Wasser mehr heraus. Vor Freude machte er – genau wie Kayak, der Professor und sein Vater – einen Luftsprung.

Die schwere Maschine verlangsamte die Fahrt, dann wendete sie in einem engen Halbkreis und rollte langsam wieder zurück. Die vier großen Triebwerke wirbelten einen kleinen Schneesturm auf. Als die Maschine stand, sauste Charlie über das Eis auf die Pilotenkanzel zu, deren Tür bereits von innen aufgestoßen wurde.

»Beweg deine müden Knochen, Charlie-Boy!«, rief sein Freund, Sergeant Fletcher, der das Flugzeug als Lotse begleitet hatte. »Lass uns die massige Ladung löschen.« Sein Atem schwebte als weißes Dampfwölkchen in der Luft.

»Verdammt kalt ist's bei euch hier oben«, sagte der dänische Pilot. »Wir müssen heute Abend nach Frobisher zurück. Will einer von euch vielleicht mitfliegen?«

»Ausgeschlossen«, lachte Charlie. »Wir haben vor, auf dieser Schneeflockenfarm hier unser Glück zu machen.« Er schüttelte sich. »Das Klima hier ist frisch und gesund. Als ich heute Morgen mein Zahnputzglas ausleerte, gefror das Wasser zu Eiszapfen, bevor es den Boden berührte.«

Der Pilot der Transportmaschine sprang in den Schnee und sagte: »Ich komme aus Kopenhagen. Bei uns in Dänemark gibt's keine solche Kälte.«

»Aber in Grönland? Willst du mir weismachen, dass die Grönländer auf ihren Gletschern Orangen und Bananen züchten?«

Der dänische Pilot ließ Charlie einfach stehen. »Professor Volks«, sagte er, »soll ich das gelbe Ungeheuer aus dem Laderaum fahren?«

»Das ist kein Ungeheuer«, protestierte der Professor. »Das ist eine wunderbare Maschine und sie heißt Hänsel. Hänsel ist recht klug und geschickt für sein Alter von drei Jahren. Lassen Sie lieber die Finger davon. Ich werde Hänsel selbst herausfahren«, sagte er und verschwand durch die Frachtluke im riesigen Bauch des Flugzeugs.

Ein paar Minuten später hörten Matthew und Kayak ein dumpfes Gepolter und über die Laderampe rollte das seltsamste Fahrzeug, das die beiden jemals gesehen hatten. Es war leuchtend gelb angemalt und ähnelte eher einem Armeepanzer. Wenn man es von der anderen Seite betrachtete, sah es aus wie ein großer Kinderwagen mit Klappverdeck, aber es hatte auch noch Suchscheinwerfer, lange Antennenlauscher, einen Bildschirm, Manometer, Sirenen und einen mächtigen Ellbogen, der nach rechts herausragte und dazu diente, das Bohrgestänge und alle möglichen anderen Zubehörteile aufzunehmen.

»Was ist das?«, fragte Kayak und ging in die Hocke, um die eigenartig geformten Raupenketten besser zu sehen.

»Das ist Professor Volks' berühmter Volkswagen«, flüsterte Charlie. »So hat die internationale Ölbranche ihn getauft. Der Professor nennt ihn einfach Hänsel.«

»Hier seht ihr eine ganz einmalige Maschine. Es ist der kleinste und – wie manche sagen – erstaunlichste Ölbohrer der Welt. Eine Erfindung von Professor Wolfgang Volks.«

»Heiliger Strohsack!«, sagte Matthew. »Kommt mir recht klein vor für einen Ölbohrturm. Ganz anders als die großen Dinger, die ich in Oklahoma gesehen habe.«

»Wenn er größer wäre, würde er nicht mehr in ein Flugzeug passen«, warf der Professor ein. »Kommt mal her, Jungs, ihr könnt mir helfen. Ich zeige euch jetzt, wie das Bohrgestänge in Hänsels schwenkbarem Ellbogen befestigt wird. Dieser Bohrer« – er tätschelte das Gestänge liebevoll – »heißt Gretel.«

Und dann mussten sie alle anpacken, um einen endlosen Stapel dünner Magnesiumstahlrohre aus dem Bauch des Flugzeugs zu schleppen.

»Das alles geht kinderleicht, wie bei einem Märklin-Baukasten«, sagte der Professor, während er mit einem Schraubenschlüssel die einzelnen Teile zusammensetzte. Dann schwang er sich in den Fahrersitz seiner Wundermaschine. »Los, Jungs, steigt ein!«, rief er. »Lasst uns eine Spazierfahrt machen!«

Rasselnd wirbelten die Raupenketten durch den Schnee, während das seltsame Fahrzeug die Landepiste hinauf und dann wieder hinunter brummte. »Volkswagen?«, lachte Matthew. »Dieser Hänsel ist ja ein Rennwagen.«

»Was ist das?«, fragte Kayak. »Was ist ein Volkswagen?«

»Du Glücklicher!«, rief der Professor. »Stellt euch vor, Kayak hat noch nie einen Volkswagen oder eine U-Bahn gesehen. Keine achtspurige Autobahn und keine vierzigtausend Menschen, die sich im Fußballstadion drängen. Ja, Kayak führt ein ganz anderes Leben als wir – fern von den Städten und ihren Massen. Du hast ein wunderbares Leben, Kayak, ohne all den Qualm und die Lichter und den Lärm.«

»Gar nicht so wunderbar«, sagte Kayak. »Wir haben einen furchtbaren Lärm gehört, als eine große Walrossherde uns über die Insel da drüben hetzte. Das Getöse war schrecklich.«

»Getöse?«, fragte Professor Volks. »Wollt ihr mal ein richtiges Getöse hören? Dann hört mal zu, Jungs, wenn Hänsel unsere Probebohrungen in die Erde treibt. Nördlich von Patagonien hat noch niemand so einen donnernden, stampfenden Lärm gehört.«

»Die Ladung ist gelöscht – bis auf das Dynamit«, rief der dänische Pilot. »Wer will mir die Sprengstoffkiste abnehmen? Ich will das Zeug lieber nicht anfassen.«

»Her mit den Knallfröschen, Boy«, sagte Charlie. »In der Wüste, im Westen Australiens, haben wir auf dem Dynamit geschlafen, um es zu kühlen.«

»Lasst es nicht neben der Bohrstelle liegen«, mahnte der

Pilot. »Schafft es weit fort. Vielleicht auf die Klippe da drüben. Da liegt es sicher.«

»Reg dich nicht auf, Boy«, sagte Charlie. »Wir werden es schön kühl und trocken aufbewahren.«

»Na, ich sag euch *goodbye*«, rief der Pilot. »Ich will starten, solange meine Triebwerke noch warm sind. Ich fliege zurück nach Patagonien, wo jetzt Sommer ist und wo man herrliche Forellen fischen kann. Ich wünsche euch einen angenehmen Winter!«

»Klingt gut, nicht wahr?«, lachte Sergeant Fletcher und stülpte sich die Pelzkapuze seines blauen Polizeiparkas über den Kopf. »Ich würde mitfliegen, wenn ich nicht noch ein ganzes Jahr in dieser Eiswüste Dienst schieben müsste. Sofort würde ich fliegen«, sagte er. »Ein paar Tage Sommer und ein Tapetenwechsel, das wär das Richtige für mich.« Der Polizeipilot grinste und winkte Kayak zu. »Ich werde deinem Vater erzählen, dass es dir gut geht. Pass gut auf dich und die anderen auf!«

Sergeant Fletcher schwang sich in die Frachtluke und sein freundliches rotes Gesicht verschwand hinter der Tür, die sich mit lautem Krachen schloss. Die vier Triebwerke heulten auf und wirbelten tanzende Schneewolken auf, die sich nur langsam über der Landebahn auflösten. Die schwere Transportmaschine rollte in Startposition und der Pilot winkte ein letztes Mal durchs Fenster. Dann rumpelte die Maschine immer schneller über das Eis, bis sie donnernd in den stahlblauen Himmel aufstieg.

»Am besten gefällt mir Hänsels kleiner Zugschlitten«, sagte Kayak und betrachtete ungläubig die Unmengen von Geräten, die sich in wildem Chaos stapelten.

»Der Schlitten ist praktisch«, sagte der Professor. »Wir werden ihn später brauchen, um die schweren Kisten zu transportieren.«

»Vielleicht können wir ihn jetzt schon brauchen«, sagte Charlie. »Wir müssen das Dynamit wegschaffen. Ich würde es an Matildas Kufen festbinden und zur Klippe rüberfliegen. Aber wir müssen Benzin sparen.«

»Wenn Mattoosie mir hilft«, sagte Kayak, »können wir es auf den kleinen gelben Schlitten wuchten und hinüberziehen.«

»Gute Idee«, sagte Matthews Vater. »Aber mit dem Dynamit müsst ihr vorsichtig sein. Passt auf, ich will euch helfen.«

Er warf sich ein festes Seil über die Schulter und hob die gefährliche Kiste vorsichtig auf den Schlitten. Mit vereinten Kräften zogen sie das Dynamit auf einem langen Umweg die sanft geneigte Rückseite der Felsklippe hinauf. Vom Rand der Klippe blickten sie direkt auf die Fundstelle Nummer drei.

»Ich kann euch einen kürzeren und schnelleren Rückweg zu unseren Zelten zeigen«, sagte Mr. Morgan. Er schlang das Seil um einen Felsvorsprung. »Zuerst lassen wir den Schlitten hinunter und dann klettern wir selbst hinterher.«

Als der Schlitten auf ebener Erde landete, nahm Charlie ihn in Empfang und knüpfte rasch die Seilschlinge auf.

»Ich geh als Erster«, rief Matthews Vater. »Passt gut auf, wie ich es mache, Boys, und dann kommt ihr hinterher.«

Matthews Vater schlang sich das Seil um die Hüften und verknotete es vor seinem Bauch mit einem Klemmknoten. »Seht euch den Knoten gut an«, sagte er. »Auf diese Weise könnt ihr euch abseilen.«

Er drehte sich mit dem Rücken zum Abgrund, lehnte sich hinaus und trat einen Schritt zurück. Und dann sah es aus, als liefe er rückwärts die steile Felswand hinunter. Das Seil handhabe er so geschickt, als ob es ein Teil seines Körpers wäre.

»*Wakudlunga!*«, rief Kayak überrascht. »Das möchte ich auch können.«

»Wer ist der Nächste?«, rief Mr. Morgan herauf.

Matthew zögerte. Dann sagte er kleinlaut: »Ich?«

»Gut«, rief sein Vater. »Binde die doppelte Schlinge ins Seil, wie ich es dir gezeigt habe.«

Mit angehaltenem Atem machte Matthew den ersten Schritt in die Tiefe. Aber dann kam es ihm gar nicht mehr so schrecklich vor und er lief sicher, wenn auch stockend, die Felswand hinunter. Immer wieder stieß er sich von den Felsen ab, glitt ein Stückchen am Seil hinunter, stemmte sich wieder gegen den Fels, um das Gleichgewicht wieder zu finden, und klammerte sich fest mit beiden Händen ans Seil.

»*Attai!* Jetzt komme ich!«, rief Kayak und kletterte geschwind wie ein Eichhörnchen hinunter.

»Seht ihn an!«, rief Mr. Morgan. »Kayak ist ein geborener Bergsteiger. Er bewegt sich, als sei er ein Leben lang in den Bergen geklettert.«

Auf dem Rückweg zum Lager drehte sich Kayak um und betrachtete das an der Klippe baumelnde Seil. »Kann man auf die gleiche Weise auch aufsteigen?«

»O ja«, sagte Mr. Morgan und nickte. »Aber es ist schwierig. Man braucht sehr viel Kraft. Ich will es euch ein andermal zeigen. Jetzt müssen wir uns an die Arbeit machen.«

Sie bedeckten die neuen Vorräte und Werkzeuge mit dicken, wasserdichten Planen, die sie mit Steinen beschwerten. Ross Morgan und der Professor untersuchten noch einmal die Felsspalte an der Fundstelle Nummer drei, wo sie die erste Probebohrung vornehmen wollten. Schließlich wählten sie die Stelle, wo das Öl am stärksten aus dem Boden sickerte.

Kayak und Charlie schaufelten die dünne Schneedecke

beiseite und der Professor rangierte seinen berühmten Hänsel genau an den Punkt, wo sie mit der Bohrung anfangen wollten. Als das Bohrgestänge montiert war, legte der Professor bedächtig ein paar Schalthebel um.

Matthew sah, wie sich der Bohrer Funken schlagend in das Gestein fraß. Er hörte das immer lauter werdende Knirschen, Mahlen, Stoßen. Es war ein Geräusch, das er in den kommenden Tagen ununterbrochen hören sollte.

»Sogar im Schlaf werdet ihr hören, wie sich Hänsel und Gretel in die Erde fressen«, sagte der Professor und tätschelte stolz sein lärmendes Ungeheuer. »Hänsel ist wie eine Mücke, die ihren Stachel immer tiefer in die Erde schiebt, um fettes schwarzes Öl zu saugen.«

»Wie Sie über Hänsel sprechen, das klingt, als ob er lebendig wäre!«, sagte Kayak. »Meine Großmutter – sie spricht genauso. Sie glaubt, dass Steine, Harpunen, Lampen … einfach alle Dinge eine *inua* haben, eine Seele, ein inneres Leben. Genau wie die Tiere und die Menschen.«

»Vielleicht hat deine Großmutter Recht«, sagte der Professor. »Es gibt viele Dinge auf dieser Welt, die wir noch nicht verstehen.«

Unter Anleitung des Professors halfen sie alle zusammen, die vielen wunderlichen Zubehörteile der Maschine an der richtigen Stelle anzuschrauben.

»Was ist denn das?«, fragte Kayak, als sie einen großen Stahlkegel zur Fundstelle Nummer drei rollten.

»Keine Ahnung«, sagte Charlie. »Sieht aus wie eine riesige Narrenkappe, wie wir sie zu Hause aufsetzen mussten, wenn wir in der Schule eine Dummheit sagten.«

»Der Professor meint, wir sollten abwechselnd Wache halten, um die Manometer zu kontrollieren und um Treibstoff und Schmiermittel nachzufüllen«, sagte Matthews Vater.

»Ja, und ich übernehme die erste Wache«, sagte der Professor. »Ich will dafür sorgen, dass alles glatt abläuft. Anschließend wechseln wir uns in alphabetischer Reihenfolge ab. C – wie Charlie –: Nummer eins; K – wie Kayak –: zwei; M – wie Matthew –: drei; R – wie Ross –: vier; und W – wie Wolfgang –: fünf. Jeder übernimmt eine Schicht von vier Stunden und achtundvierzig Minuten, dann ist die Maschine rund um die Uhr besetzt. Falls etwas passiert«, sagte der Professor, »braucht ihr nur an dieser Schnur zu ziehen und dann macht die Alarmsirene *tut-tut-tut*. Wenn ihr dieses Signal hört, lauft ihr alle sofort herbei, und zwar schnell.«

Anfangs verlief die Bohrung gar nicht so glatt und Kayak musste den Professor wecken, weil das Antriebsaggregat dauernd *rums-zack-wumm*, *rums-zack-wumm* machte; und Mr. Morgan musste ihn zu Hilfe holen, weil das Bohrgestänge dauernd *knirsch-quietsch*, *knirsch-quietsch* machte. Es musste neu eingestellt werden und brauchte einen ganzen Eimer voll Schmieröl.

Aber trotz aller Pannen tuckerte Hänsel munter drauflos und trieb Gretels scharfen Diamantbohrer unerbittlich durch das harte Gestein. Tiefer und immer tiefer fraß sie sich durch Muschelkalk, sedimentäre Salzschichten und unterirdische Wasserbecken und erforschte den Landsockel von Prince Charles Island in einer Tiefe, in die noch kein Mensch mit seinen Maschinen vorgedrungen war.

Als Kayak von seiner dritten Wache zurückkehrte, fragte er den Professor: »Sind Sie an der Bohrstelle in Pantoffeln herumgelaufen?«

»Nein«, sagte der Propfessor. »Und überhaupt, ich trage immer meine doppelt geschnürten Polarstiefel.«

»Aber da war irgendjemand. Und es war kein Eisbär.« Kayak musterte die Füße der anderen. »Nein, ich glaube nicht, dass es einer von uns war.«

Es war Matthews vierte Wache, da hörte er im grauen Schein der ersten Morgendämmerung ein dumpfes Grollen tief unter seinen Füßen. Er sprang auf und rannte mit der Taschenlampe um den stampfenden Hänsel herum. Er prüfte alle Manometer. Sämtliche Zeiger standen auf Hochdruck. Gretel kreischte erbärmlich und ihr Ellbogen roch nach verbranntem Öl. Matthew riss an der Schnur der Alarmsirene. Sie ließ einen schauerlichen Heulton los.

Drüben im Lager flogen die Zeltklappen auf und im Dämmerlicht stürmten Kayak, Matthews Vater, Charlie und der Professor durch den Schnee zur Bohrstelle. Unterwegs warfen sie sich in ihre warmen Daunenparkas.

Matthew spürte den Boden unter seinen Füßen zittern. Er sah, dass die anderen plötzlich wie angewurzelt stehen blieben. Er schaute sich um – und sah eine mächtige schwarze Ölfontäne glitzernd in die Höhe steigen. Millionen feine Tröpfchen funkelten im ersten Tageslicht.

»Getroffen! Getroffen! Jetzt sind wir reich!«, schrie Ross Morgan. Er packte den Professor an den Armen und tanzte mit ihm durch den Schnee.

»Die ›Kayamatt Company‹ hat ihren Betrieb aufgenommen. Seht nur, wie das schwarze Gold funkelt!« Mr. Morgan breitete die Arme aus und jubelte: »Seht nur, welche Schätze hier unentdeckt unter der Erde lagern. Matthew, Kayak, wir haben Öl gefunden. Eure ›Kayamatt Company‹ ist Wirklichkeit geworden! Sie ist Wirklichkeit!«

»Aus dem Weg, bitte«, kommandierte der Professor. »Ich muss meinen braven Hänsel in Sicherheit bringen, sonst ersäuft er in diesen kochenden Ölfluten.«

Der Professor klappte die Ohrenschützer seiner Russenmütze herunter, schnallte den Sicherheitshelm unter dem Kinn fest und rannte los. Fieberhaft schraubte er das Bohrfutter ab und kletterte in den Fahrersitz seines berühmten

Volkswagens. Er warf den Motor an und drückte die Kupplung, während ihm das Öl wie zäher, schwarzer Regen auf den Rücken prasselte.

Matthew sah, wie die stählernen Raupenketten rasselnd über die Steine schnurrten, und schon donnerte der kleine Panzer davon, dass die Funken stoben – genau in die Richtung der sprudelnden Ölquelle.

»Heiliger Strohsack!«, rief Matthews Vater und hielt sich die Augen zu. »Lauft! Lauft um euer Leben!«, brüllte er. Fundstelle Nummer drei hatte sich in eine lodernde, fauchende Flammenfackel verwandelt.

14

»Lauft! Lauft um euer Leben!«, schrie der Professor. Er würgte Hänsels Motor ab und flüchtete entsetzt vor der brüllenden Feuersbrunst. Matthew sah, wie der Professor hinter ein paar großen Felsbrocken in Deckung ging. Auch Charlie rettete sich mit einem Hechtsprung hinter die Steine. Hinter ihnen ragte die steile Felsklippe auf – Charlie und der Professor saßen in einer Falle, aus der es kein Entrinnen gab.

Matthew und Kayak, die auf der anderen Seite der tosenden Flammensäule standen, schauten verzweifelt zu, wie Matthews Vater hilflos durch das Inferno von grellen Blitzen und schwarzem Qualm schwankte. Er stolperte über einen Steinhaufen und fiel hin. Krampfhaft presste er sich gegen die Felsen, um sich vor der Hitze zu schützen. Aber jetzt steckte auch er – genau wie Charlie und der Professor – in einer tödlichen Sackgasse, wo ihn keine menschliche Hilfe mehr erreichen konnte.

Die Ölfackel loderte mit bedrohlichem Grollen.

»Wir müssen etwas tun, und zwar schnell«, schrie Kayak, während er und Matthew geduckt vor den sengenden Hitzewellen davonkrochen.

»Wie sollen wir sie herausholen?«, rief Matthew.

»Ich weiß nicht«, brüllte Kayak zurück. »Wir kommen nicht mehr an sie heran. Das Feuer breitet sich aus.«

»Wenn diese großen Felsblöcke zu glühen anfangen, dann haben sie keine Chance mehr«, sagte Matthew und starrte Kayak entsetzt an. »Wir müssen ihnen ... helfen!«

»Aber was sollen wir tun? Wie sollen wir sie herausholen?«, fragte Kayak.

»Lass mich mal nachdenken«, rief Matthew. Verzweifelt wandte er sich von der lodernden, qualmenden Flammenhölle ab. »Ich habe einmal gehört ... ja, ich erinnere mich. So wurde es auf den Ölfeldern von Alberta gemacht. Aber es ist sehr gefährlich, Kayak. Man braucht dafür eine Menge Dynamit. Ich habe Angst, dass wir sie töten werden!«

»Wir müssen es trotzdem versuchen«, schrie Kayak. »Wir müssen versuchen sie rauszuholen. Die Steine werden immer heißer.«

»Also, los«, rief Matthew. Sie rannten im weiten Bogen zur Felsklippe hinauf, wo das Dynamit sicher in einer Gesteinsmulde lagerte.

Vorsichtig, ohne das leiseste Zittern, hob Matthew die schwere Sprengstoffkiste auf.

»Ich weiß einen schnelleren Weg hinunter«, sagte Kayak. »Wir binden das Dynamit an das Seil und lassen es über die Felswand hinunter. Anschließend seilen wir uns selber ab.«

Matthew nickte und folgte Kayak zum Rand der Klippe.

Plötzlich kam Matthew auf den glatten Sohlen seiner Fellstiefel ins Rutschen. Mit einem entsetzten Aufschrei fiel er hin – und glitt unaufhaltsam dem Abgrund entgegen.

Verbissen umklammerte er die Holzkiste mit dem Dynamit. Kayak reagierte blitzschnell. Mit einem Satz war er bei Matthew und erwischte ihn im letzten Augenblick, als er abzustürzen drohte, an der Kapuze seines Parkas.

»Ich … darf … sie nicht fallen lassen«, stöhnte Matthew. »Wenn das Dynamit explodiert, fliegen wir alle in die Luft.«

»Halt sie fest«, schrie Kayak. Aber schon spürte er, wie er unaufhaltsam auf die vereiste Kante der Klippe zurutschte. Er wusste, dass er nicht die Kraft hatte, Matthew und die tödliche Sprengstoffkiste wieder heraufzuziehen.

»Mattoosie«, keuchte er, »wir gehen hinüber. Gemeinsam.«

»Lass los«, rief Matthew.

Sie rutschten schneller.

»Rette dich! Lass los!«

In diesem Augenblick spürte Kayak, wie ein paar kräftige Fäuste ihn an den Fersen packten und langsam die Böschung hinaufzogen. Kayak hielt Matthews Parka fest umklammert und so wurden sie beide aus dem Abgrund gerettet.

Matthew kniff die Augen zu und knirschte mit den Zähnen. Nein, er durfte die bleischwere Kiste mit ihrem tödlichen Inhalt nicht fallen lassen.

Wieder auf sicherem Boden, blieben die Jungen keuchend im Schnee liegen. Von der gewaltigen Anstrengung waren sie so erschöpft, dass sie nicht mal einen Arm regen konnten.

»Woher hattest du bloß die Kraft, mich … hinaufzuziehen«, schluchzte Matthew.

»Ich … hab's … nicht getan«, flüsterte Kayak erschrocken. »Irgendjemand … ich weiß nicht wer … zog mich hinauf.«

Die Jungen setzten sich auf und blinzelten in die Runde. Sie sahen nichts als dichten schwarzen Rauch.

»Das ist unmöglich«, rief Matthew. »Hier ist niemand außer uns.«

»Und ich sage dir« – Kayak wies mit der Hand auf die schwarzen Rauchschleier – »wir sind hier nicht allein. Wir sind nicht allein.«

Matthew ließ sich auf Knie und Ellbogen nieder und kroch noch einmal zum Klippenrand, um das Kletterseil heraufzuziehen. Als er sich umwandte, sah er, dass Kayak sich die Dynamitkiste auf den Rücken geschnallt hatte.

»Du seilst dich zuerst ab«, sagte Kayak. »Ich komme mit der Kiste hinterher. Versuch meinen Fall zu bremsen, falls ich zu schnell am Seil hinuntergleite.«

Matthew stand auf und machte sich bereit. Im gleichen Moment fegte ein Windstoß den Rauch beiseite – und da sah er tief unten seinen Vater. Er hatte sich das Hemd vom Leib gerissen und krümmte sich vor Schmerzen. Seine Haut glühte rot, als stünde er vor einem offenen Feuerofen.

»Halt aus, Papa!«, schrie Matthew. Er schwang sich über die Felskante und glitt so rasch hinunter, dass das Perlonseil seine Hände aufschürfte.

Unten im glühenden Hexenkessel angekommen, kauerte er sich hin und hielt für Kayak das Seil straff. Vom arktischen Wind angefacht, züngelten die Flammen herüber. Wie ein Sturzbach prasselten die Öltropfen auf die Jungen herab und verschmierten die Dynamitkiste.

Ängstlich spähte Matthew zu dem Steinhaufen hinüber, wo sein Vater eingeschlossen war. Er entdeckte auch Charlie und den Professor. Alle drei hatten sich ihre brennenden Kleider vom Leib gerissen. Ihre Haut glühte rot im Widerschein der Flammen.

»Mir nach!«, schrie Matthew.

Kayak humpelte hinter ihm her, tief gebeugt unter der Last der schweren Kiste. Vorsichtig setzte er seine Füße in den aufgeweichten Schnee. Mit seiner tödlichen Ladung durfte er sich keinen Fehltritt erlauben.

Endlich fanden sie Hänsels kleinen gelben Anhängerschlitten. Matthew half Kayak, die Dynamitkiste auf die Pritsche zu wuchten. Fieberhaft knüpfte Matthew zwei lange Seile an die Schlittenkufen. Das eine reichte er Kayak, das andere nahm er selbst in die Hand.

Sie schlangen sich die Seile über die Schulter und rannten los. Hinter ihnen glitt der Schlitten mit seiner Dynamitladung. So liefen sie auf die lodernde Ölquelle zu.

»Auseinander! Auseinander!«, schrie Matthew. Er hielt sich die Hand vor die Augen, um sie gegen die furchtbare Hitze abzuschirmen. »Ich laufe auf der einen Seite am Feuer vorbei – du auf der anderen. Auseinander!«, rief er. »Weit auseinander!«

Mit aller Kraft stemmten sich die Jungen in die Seile und rannten links und rechts an der Feuersäule vorbei. Ihre Seile bildeten ein weites V, an dessen spitzem Ende der Dynamitschlitten hing.

»Vorsicht, in Deckung!«, schrie Matthew. Aber Kayak konnte ihn nicht hören. Seine Worte gingen im Aufruhr der Flammen unter.

Matthew drehte sich um. Am Ende der V-förmig gespannten Seile sah er den Schlitten mit seiner Dynamitladung im Zentrum der Feuersbrunst verschwinden.

»Lauf, Kayak! Lauf!«, brüllte Matthew. Er schlug seine Arme um den Kopf und hechtete hinter dem nächsten Felsblock in Deckung.

Wooohaaah-Wummmmpf! Die ganze Dynamitkiste explodierte mit einem einzigen vernichtenden Schlag. Der Knall schien die Luft zu zerreißen. Die Erde bebte. Felstrümmer wirbelten wie Konfetti empor und prasselten im weiten Umkreis auf den Boden.

Vorsichtig nahm Matthew die Hände von den Ohren. Er schlug die Augen auf und spähte über die Kante des glühend heißen Steins, der ihm das Leben gerettet hatte. Verblüfft stellte er fest, dass die tosende Ölfackel von der mächtigen Explosion wie eine große Kerze ausgepustet worden war. Ein dicker schwarzer Rauchpilz wölbte sich am Himmel.

»Es hat geklappt! Es hat geklappt!«, rief Matthew seinem Vater zu. »Der alte Ölbohrertrick aus dem Wilden Westen – er hat geklappt. Die Quelle brennt nicht mehr.«

Es kam keine Antwort. Dumpfes Schweigen lastete über den öltriefenden, qualmenden Steinen.

»Papa! Papa!«, rief Matthew. Seine Stimme hallte in der Stille wider. »Charlie! Kayak!«, rief er.

»Ich bin gut durchgebraten«, hörte er plötzlich Charlies Stimme. »Aber ich bin noch am Leben.« Sein versengter roter Schopf tauchte hinter den Felsen auf. Er war bis zum Gürtel nackt. »Der Professor ist auch hier. Er atmet noch«, sagte er. »Ich glaube, er ist durch die Hitze und durch den Knall der Explosion ohnmächtig geworden.«

»Papa! Kayak!«, rief Matthew verzweifelt. Aber es kam keine Antwort.

Charlie besann sich nicht lange und kletterte über die qualmenden Steine. Die Angst um seinen alten Freund trieb ihn vorwärts. Matthew stolperte hinterher. Er schrie auf, wenn seine Hand einen der glühenden Steine berührte. Endlich fanden sie Mr. Morgans Körper reglos hinter einem Steinblock. Seine Haut war krebsrot und geschwollen. Mit vereinten Kräften schleppten Charlie und Matthew ihn auf das freie Schneefeld.

»Oh, er darf nicht sterben«, flüsterte Matthew.

»Ach was, er ist ein zäher Bursche«, sagte Charlie und

rüttelte Matthews Vater vorsichtig. »Es ist dasselbe wie beim Professor. Er ist einfach von der grausamen Hitze ohnmächtig geworden. Ich sag dir, es war fürchterlich. Dagegen ist der Wüstensommer in Australien wie ein Spaziergang in einer Tiefkühlhalle.«

Matthews Vater schlug langsam die Augen auf. Er schaute die beiden an und seufzte. »Habt ihr vielleicht eine Hand voll Schnee für euren alten Kumpel?«, flüsterte er.

»Ich habe euch durch einen Spalt zwischen den Steinen beobachtet, Jungs«, rief der Professor, der inzwischen zu sich gekommen war. »Was ihr getan habt, war sehr, sehr tapfer. Ihr habt uns das Leben gerettet.«

»Kayak! Wo ist Kayak?« Matthew sprang auf. Kayak war noch immer nirgends zu sehen.

Matthew rief immer wieder seinen Namen – aber es kam keine Antwort.

»Hier ist sein Handschuh«, sagte Charlie. »Ich würde ihn dir lieber nicht zeigen. Er ist schwarz verkohlt und sieht aus, als wäre er ihm von der Hand gerissen worden.«

»Kayak! Kayak!«, rief Matthew. »Er hat mir das Leben gerettet – dort oben auf der Klippe. Er hat ganz allein das Dynamit getragen. Und jetzt … Und jetzt … ist er fort. Mein Bruder ist fort. Kayak! Kayak!«, heulte Matthew.

»Ich bin nicht fort, Mattoosie«, rief eine schwache Stimme. »Sondern ganz in der Nähe! Der große Knall hat mir den Parka vom Leib gefetzt.«

Kayak lag halb an den Fuß der Felswand gelehnt. Sein Gesicht war versengt und rußgeschwärzt. Blut tröpfelte von seiner Stirn.

Matthew wankte hinüber und kniete sich neben seinen Freund. Vorsichtig wischte er ihm das Gesicht ab. »Bist du in Ordnung?«, fragte er, während er seinen Parka auszog und ihn über Kayak breitete.

»Ich weiß nicht«, antwortete Kayak mit zittriger Stimme. »Ich wage nicht mich zu bewegen. Mir ist, als wäre irgendetwas gebrochen oder ein Teil meines Körpers abgerissen.«

»Bleib ganz ruhig liegen, bis Charlie kommt. Er ist gleich da. Er versteht etwas von erster Hilfe.«

Charlie hüllte die beiden in warme Decken ein. »Heb mal dein rechtes Bein«, sagte er zu Kayak. »Gut so. Das linke. Sehr gut. Den rechten Arm. Und jetzt den linken Arm. Ausgezeichnet. So, dreh mal deinen Kopf. Setz dich vorsichtig auf – mal sehen, was dein Rücken macht. Gut. Du kannst dich wieder hinlegen. Aber bleib ruhig liegen, Sonnyboy, du hast einen schlimmen Schock weg. Aber immerhin sind wir alle noch am Leben. Schätze, wir haben unwahrscheinliches Glück gehabt. Stellt euch nur vor – wir haben diese mörderische Hitze überlebt und dann diesen prasselnden Steinhagel aus der Luft!«

Charlie schüttelte sich und zog seinen angesengten Parka an. »K-k-kaum ist die verd-d-dammte Hitze vorbei, fang ich sch-sch-schon wieder vor Kälte zu zittern an.«

Der Professor schrie auf: »Seht, was mit dem armen Hänsel passiert ist! Er ist verkohlt und voller Beulen. Er ist ganz ruiniert. Und Charlie – dein Hubschrauber! Er qualmt! Ja, er brennt!«

»Himmeldonnerwetterzum…«, brüllte Charlie und humpelte, so schnell er konnte, zu Matilda. Ihre Türen hingen schief in den Angeln und aus ihren schwarzen Sitzpolstern züngelten bläuliche Flämmchen.

Charlie riss die Sitze heraus. Er angelte sich den Feuerlöscher aus der Kabine und erstickte das Feuer mit dem zischenden Schaum. Das Känguru auf Skiern, das Matthew und Kayak auf Matildas rotes Blech gemalt hatten, war bis zur Unkenntlichkeit verkohlt.

Als Charlie den Motor zu starten versuchte, machte der große Propeller nur eine müde halbe Umdrehung und blieb stotternd stehen.

»Achtung! Zu Hilfe!«, schrie da der Professor. »Das Öl sprudelt schon wieder! Wir müssen das Bohrloch sofort verschließen, bevor es wieder Feuer fängt.«

Alle fünf sahen sie wie die Vogelscheuchen aus – die Gesichter rußgeschwärzt, die Kleider versengt und in Fetzen. Mit ihren verbrannten Händen mussten sie die große eiserne Narrenkappe zum Bohrloch rollen. Noch ein letzter Schwung – und der Stahlkegel fiel auf den Schacht. Aber noch immer blubberte heißes, dickes Öl aus dem Spalt.

»Rammt ihn fest! Rammt ihn fest!«, rief der Professor. »Ich werde das Dichtungsmittel hineinschütten!«

Dann traten sie zurück und beobachteten das verstopfte Bohrloch. Ein dünnes Rinnsal sickerte noch über den gewölbten Rand des Stahldeckels, versiegte aber bald.

»Es hält dicht! Der Deckel sitzt fest! Er hält!«, jubelte der Professor. Er hüpfte auf und ab und schwenkte seine von Brandblasen verquollenen Hände in der kalten Luft.

Kurz danach standen die fünf vor der verkohlten Resten ihres großen Vorratszelts. Durch die brennenden Öltröpfchen, die der Wind heranwehte, hatte es Feuer gefangen.

»Alles kaputt«, sagte Matthew.

»Mein schönes Funkgerät ist nicht mehr zu gebrauchen«, stellte der Professor traurig fest. »Es ist verbrannt und zu Klumpen verschmort.«

Charlie humpelte zu seinem Hubschrauber zurück und holte die Erste-Hilfe-Decke, die er Ross Morgan über die Schultern legte.

»Du bist ein zäher alter Gockel mit einer Lederhaut«, sagte er zu Matthews Vater. »Trotz der Hitze hast du kaum Brandblasen abgekriegt.«

Charlie verband noch eine Schnittwunde an Mr. Morgans Schläfe und bandagierte ihm beide Hände. Dann verband er Kayaks Kopf. Er bestrich Matthews Brandblasen mit kühlender Salbe und kümmerte sich um den Professor. Schließlich verband er, mit Hilfe der anderen, auch seine eigenen Wunden.

»Freunde, ich hab eine schlimme Nachricht für euch. Wir sind noch am Leben. Und wir besitzen eine nagelneue Ölquelle. Aber...« Charlie schüttelte den Kopf. »Trotz allem stecken wir fürchterlich in der Patsche. Ich fürchte, die arme Matilda hat ihren Geist aufgegeben. Als ich vorhin den Motor starten wollte, gab er keinen Mucks von sich. Sie wird nicht mehr fliegen... Ich fürchte, nie mehr.«

»Nie mehr fliegen?«, fragte Matthew mit finsterer Miene.

»Und Hänsel? Und unser Notproviant?«, fügte der Professor hinzu. »Alles verbrannt. Wir haben kein Funkgerät mehr. Wir können also auch niemand bitten, uns Hilfe zu schicken.«

Charlie und Ross Morgan ließen die Köpfe hängen. Matthew sah Kayak an. Er zitterte noch immer unter der Nachwirkung des Schocks.

Kayak spähte zu der Klippe hinüber, wo die Jungen beinahe mitsamt der Dynamitkiste abgestürzt wären. Dann richtete er sich auf. »Wir sind hier nicht allein«, sagte Kayak. »Es gibt Menschen auf dieser Insel und sie beobachten uns.«

»Das kann nicht sein«, sagte Charlie beruhigend. »Was du jetzt brauchst, ist Ruhe. Viel Ruhe. Morgen wirst du dich besser fühlen.«

Mühselig und unter Schmerzen versuchten sie, die beiden kleinen Zelte, die nicht verbrannt waren, gegen den Wind abzusichern. Matthew, der Kayak beim Schneiden der

Schneeblöcke half, hörte seinen Vater zu Charlie sagen: »Jetzt haben wir unser Glück mit dem schwarzen Gold gemacht; aber was nützen uns Öl oder Gold – jetzt, wo unsere Vorräte und unsere Maschinen verbrannt und unbrauchbar sind?« Während ein eisiger Wind den Schnee aufwirbelte, sagte er: »Ohne Nahrung und ohne Wärme werden wir nicht lange überleben.«

Noch während Ross Morgan sprach, steigerte sich der Wind zu einem arktischen Sturm. Er fegte aus den einsamen Weiten von Prince Charles Island heran und peitschte nadelspitze Schneekristalle in dichten Schwaden vor sich her.

»Horch, Mattoosie!«, rief Kayak. »Das sind nicht die Wölfe. Auch nicht der Wind. Das hört sich an wie das Geheul von Schlittenhunden. Weißt du noch, wie ich dir vorhin erzählte, dass irgendjemand mich an den Fersen packte und uns davor bewahrte, mitsamt dem Dynamit abzustürzen? Das muss einer von ihnen gewesen sein.«

»Von ihnen? Wer sind sie?«, fragte Matthew.

»Ich weiß nicht«, antwortete Kayak. »Aber wir wären nicht mehr am Leben, wenn sie uns nicht geholfen hätten.«

Er drehte sich um und spähte ins Schneetreiben. »Ich habe so ein Gefühl, als ob sie uns … jetzt … beobachten würden.«

»Ach, Unsinn. Das kann nicht sein«, sagte Matthew. »Was du gehört hast, war nur ein Wolf – oder der Wind.«

»Wir haben schwere Strapazen durchgemacht«, sagte Matthews Vater, der Kayaks Worte mitgehört hatte. »Ich fürchte, du fängst an zu phantasieren.«

»Ach, wenn doch mein Hund hier wäre«, seufzte Kayak. »Er würde uns helfen, wieder nach Hause zu kommen.«

Sie krochen in ihre Nylonzelte und lauschten dem Tosen des Schneesturms, der heulend zwischen den viel zu hastig errichteten Schneewällen rumorte. Matthews Vater, der Professor und Charlie kauerten in dem einen Zelt, Kayak und Matthew in dem anderen.

Der Sturm tobte die ganze Nacht, aber am nächsten Morgen verebbte er so plötzlich, wie er gekommen war. Zurück blieb eine lautlose, beißende Kälte.

Matthew zog den Reißverschluss der Zeltklappe auf und schlüpfte hinaus. Staunend sah er die Verwandlung: Die ganze Welt schien unter einem erstarrten Wellenmeer von spitz aufgewehten Schneewächten versunken.

»Mattoosie, siehst du etwas?«, rief Kayak aus dem Zelt. »Was ist los?«

»Ich glaube, es ist ein Wunder!«, antwortete Matthew.

Kayak kroch aus dem Zelt und auch er blieb vor Staunen wie angewurzelt stehen. »*Wakudlunga!*«, sagte er. »Irgendjemand ist heute Morgen vor unseren Zelten herumspaziert.«

Er kniete sich in den Schnee und untersuchte die frischen, tief eingedrückten Fußspuren eines Mannes. »Mattoosie«, flüsterte er, »wir sollten … deinen Vater wecken.«

Stirnrunzelnd sah Matthews Vater die breiten Fußabdrücke an und sagte: »Wir müssen zusammenbleiben und herausfinden, was das zu bedeuten hat.«

Sie verfolgten die menschliche Spur, die zu einer flachen Hügelkuppe in der Nähe von Fundstelle Nummer eins führte.

Als sie den kurzen Anstieg überwunden hatten, entdeckten sie zwei neu erbaute Iglus. Daneben befand sich, etwas erhöht, ein Fleischdepot. Vor den Iglus lagen zwei Schlitten im Schnee und rundherum tummelten sich ein gutes Dutzend großer Schlittenhunde.

»*Inuit!*«, rief Kayak aufgeregt. »Kommt mit, wir wollen hingehen und sie besuchen. Sie werden uns helfen.«

Kayak blieb vor dem Eingang des größeren Iglus stehen und räusperte sich höflich, um die Leute drinnen wissen zu lassen, dass er da war. Die großen Hunde starrten feindselig herüber, blieben aber in sicherer Entfernung.

»*Pudluriakpusi*. Wir sind zu Besuch gekommen«, rief er in den Eingangstunnel.

Es kam keine Antwort.

Charlie lief zu dem anderen Iglu und rief: »Hallo! Ihr da drinnen! Ist denn niemand zu Hause?«

Keine Antwort.

»Ich geh hinein«, sagte Kayak. »Lass das Gewehr draußen, Mattoosie, und bleibe hinter mir.«

Er bückte sich und verschwand in dem niedrigen Schneetunnel, der den Eingang zum größeren Iglu bildete. Die anderen folgten, und als sie sich aufrichteten, fanden sie sich im Inneren einer kreisrunden Schneekuppel wieder, die von Millionen Eiskristallen funkelte.

Mehr als die Hälfte des Wohnraums nahm eine hüfthohe Schlafbank ein, die aus fest gestampftem Schnee bestand. Darüber waren zwei große Eisbärfelle gebreitet und ein Gewirr von weichen, braunen Karibudecken. Neben dem Bett stand eine große, ovale Steinlampe. Ihr langer Docht, gespeist aus einer Schale voll klarem Robbenöl, verbreitete helles Licht.

»Wohin mögen sie verschwunden sein?«, fragte der Professor. »Vor ein paar Minuten müssen sie noch hier gewesen sein. Glaubt ihr, sie haben sich vor dem Anblick unserer roten Zelte gefürchtet?«

»O nein«, sagte Kayak. »Die Leute von meinem Volk fürchten sich nicht. Vielleicht haben sie einen Bären oder ein Karibu gesehen und sind auf die Jagd gegangen.«

»Aber warum haben sie weder den Bogen hier noch den Speer mitgenommen?«, fragte der Professor.

Kayak nahm die Waffen erstaunt in die Hand. »So etwas habe ich noch nie gesehen«, sagte er kopfschüttelnd. »Diese Harpunenspitze ist aus Feuerstein gehauen und mit Sehnen an einen Narwalzahn gebunden. Der Bogen ist aus Knochen geschnitzt und mit Karibusehnen bespannt. Mein Volk benutzt seit vielen Jahren Gewehre für die Jagd«, sagte er. »Solche Waffen werden nicht mehr verwendet. Und seht euch dieses Frauenmesser an. Wir nennen es *ulu*. Es hat die gleiche Form wie das eiserne Messer meiner Mutter, aber dies hier ist aus geschliffenem Feuerstein und der Griff ist aus Knochen. Das Schneemesser hier ist aus Elfenbein von Walrosszähnen und die Klinge wurde nicht mit einer Säge geschnitten; sie wurde gespalten. Seht euch nur die wunderbaren Schnitzereien auf dem Handgriff an. Alles in diesem Iglu ist sehr alt. Hier gibt es keinen einzigen Gegenstand, der von den weißen Männern gemacht wurde.«

Sie eilten zum zweiten Iglu hinüber und schauten hinein. Es war niemand da, obwohl auch hier eine Öllampe glitzerndes Licht verbreitete. Alle Werkzeuge und Gerätschaften schienen sehr alt, wie von den Jägern der Steinzeit angefertigt.

Als sie wieder im Freien standen, starrte Kayak Matthew verwundert an. »Ich kann meinen Augen nicht trauen. Schau, Mattoosie, diese Hundeschlitten haben einen Rahmen aus Knochen. Mein Großvater hat gesagt, dass die *Tunik*-Leute solche Schlitten bauten.«

»Und wer hat diese Iglus gebaut? Warum scheinen sich die Schlittenhunde dort vor uns zu fürchten?«

»Ich möchte diese fremden Jäger und ihre Familien kennen lernen«, sagte Kayak. »Ich möchte mit ihnen sprechen.«

»Da brauchst du nicht lange zu warten«, rief Charlie und deutete nach hinten. »Da hocken zwei, drei von ihnen im

Schnee und beobachten uns. Siehst du sie, da unten am Fuß des Hügels?«

Kayak tat ein paar Schritte auf sie zu und rief etwas in seiner Muttersprache.

Die drei in dicke Pelze gehüllten Fremden antworteten nicht und machten keine Bewegung.

Kayak ging langsam weiter. Als Begrüßungsgeste zog er seine Handschuhe aus und streifte die Ärmel seines Parkas zurück. Mit dieser uralten Gebärde, die er von seinem Großvater gelernt hatte, zeigte er ihnen, dass er kein Messer versteckt hielt.

Matthew beobachtete, wie die drei fremden Jäger ihre Waffen in den Schnee legten. Dann hoben sie – mit der gleichen Gebärde – ihre Arme und kamen langsam näher.

Kayak drehte sich halb um und sah seinen Adoptivbruder lächelnd an. »Mattoosie«, sagte er, »diese altmodischen Menschen kommen uns entgegen. Und sie sehen aus … wie Freunde.«

Inukshukshalik, im Westen von Baffin Island gelegen, ist bis heute einer der unberührtesten und geheimnisvollsten Orte der Erde. Diese erstaunliche Ansammlung uralter menschlicher Steinbildnisse sollte als historische Stätte der *Inuit* gewissenhaft konserviert werden. Sie gibt Zeugnis von der frühesten Erforschung des Nordens durch den Menschen.

James Houston

WER BEI DEN TUNNELKIDS GELANDET IST, DER IST SO GUT WIE ERLEDIGT, ER WEISS ES NUR NOCH NICHT.

Ein Leben mit dem Finger am Abzug – ein spannungsgeladener Roman über jugendliche Schicksale an der Grenze zwischen Erster und Dritter Welt.

Werner J. Egli
TUNNELKIDS

ISBN 3-570-12244-1

C. Bertelsmann